一世倾城

⑩ 两相知 (上)

YISHI QINGCHENG

苏小暖 作品

江苏凤凰文艺出版社
JIANGSU PHOENIX LITERATURE AND ART PUBLISHING, LTD

图书在版编目（CIP）数据

一世倾城. 10 ： 全2册 / 苏小暖著. —南京： 江苏凤凰文艺出版社，2019.1

ISBN 978-7-5594-2696-3

Ⅰ. ①一… Ⅱ. ①苏… Ⅲ. ①长篇小说—中国—当代 Ⅳ. ①I247.5

中国版本图书馆CIP数据核字（2018）第182824号

书　　名　一世倾城. 10
作　　者　苏小暖
出版统筹　姚　丽　侯　开
选题策划　孙红彦
责任编辑　白　涵　刘洲原
文字编辑　孙红彦
责任监制　刘　巍　江伟明
出版发行　江苏凤凰文艺出版社
出版社地址　南京市中央路165号，邮编：210009
出版社网址　http://www.jswenyi.com
印　　刷　三河市航远印刷有限公司
开　　本　700毫米×980毫米　1/16
字　　数　381千字
印　　张　32
版　　次　2019年1月第1版，2019年1月第1次印刷
标准书号　ISBN 978-7-5594-2696-3
定　　价　59.80元

影视版权抢订热线　13911704013

江苏凤凰文艺版图书凡印刷、装订错误可随时向承印厂调换

目录【上】

CONTENTS

目录【下】

CONTENTS

第一章 抢夺灵宠

巫启和副城主对视一眼，都在彼此眼中看到了一抹震惊。他们哪有时间和精力去关注别的事，十天前他们就开始内斗了，时时刻刻都在死盯着对手，全神贯注、专心致志。

“所以阳炎宗宗主托梦的事是假的，都是因为你的梦幻丹？你做这一切，只是为了让我们内斗，从而没时间注意到你们？”副城主难以置信地看着眼前这位漂亮的少女，“你们……简直太儿戏了！”

苏落淡淡一笑：“既然你们已经猜中了过程，那就不需要我再浪费口舌多说一遍了。”

“可是我不信。”巫启冷冰冰地盯着苏落，“现在你应该在天道宗，被火阳炎宗主剿灭，怎么会出现在这里？你不是苏落吧！”

苏落用看白痴的目光看着巫启：“阳炎宗早就散了，火阳炎已经离开这块大陆，天道宗重新开始掌控十八大陆了，难道你们不知道吗？”

什么？巫启和副城主绝对不信，那个创造了无数神话的火阳炎会解散阳炎宗。

就在这时，巫启腰间的通讯珏忽然响了。此刻他已经虚弱无比，无力将之放在耳边，于是点了外放键。

通讯珏里传来一道焦急的声音，巫启和副城主都听出来了，是和他们关系很好的一位城主：“巫启，大事不好！火宗主走了，炎阳宗解散了，天道宗反败为胜，重新掌控大陆了！你千万不要说你跟炎阳宗有关系，听到没有！”

巫启连一抹苦笑都扯不出来了，用尽最后一丝力气问道：“为什么？是谁干的？”

周围寂静无声，其他人都被这个消息吓得忘了反应。

“因为两个人，一个叫苏落，另一个叫南宫流云……”隔壁城主将他打听到的事说了个大概，从天道宗被阳炎宗碾压，到后来大黑龙出场，再到最后南宫流云露面，火阳炎跪下求做奴仆，后来南宫流云给了火阳炎一个可能成为他徒弟的机会。

上界、中央大陆、龙凤族……这些只存在于传说中的人物，如今却化为具体的人，出现在他们的世界中。

听完那个让人热血沸腾的故事，巫启用尽最后一丝力气看了苏落和南宫流云一眼。原来这个让他毫无还手之力的人，就是神秘莫测、遥不可及的龙凤族少主啊。幸好迟了十天，幸好没杀他们，否则他即便死了也永世不得超生。

巫启苦笑着闭上眼睛，与世长辞。

一旁的副城主早就吓傻了。他难以想象南宫流云到底尊贵到何种程度，只知道南宫二少的地位很高很高，一想到自己落到了他和苏落手里，就觉得这简直太可怕、太恐怖了。

副城主眼睛一闭，来不及多想，直接抽刀抹了脖子。

“其实我没打算杀他啊。”苏落很无辜地一摊手，“我不仅不想杀他，还想奖励他呢，他怎么就……手速这么快呢？”苏落利用了副城主，副城主为他们拖延了时间，立了大功，怎么就吓得自杀了呢？

如果走在阴曹地府的副城主听到苏落这句话，不知会不会气得跳回来。

城主府的那位城主夫人，在看到丈夫和弟弟都死了之后，她也抹了脖子。于是，原本盛极一时的城主府，因为苏落和南宫流云的到来，瞬间变得死气沉沉，没有一个活人。

形势又回到了当初的局面，林城主继续做他的城主，小林继续做她的城主女儿，曾经被贬谪的人也都官复原职了。

“苏落，谢谢你。”小林握着苏落的手，诚挚而认真地看着她，“虽然说谢谢很俗套，但我还是要郑重地跟你道谢。”

如果不是苏落，现在的林府已经被巫启给灭了，天火城里的反对者也都难逃一死。

苏落淡淡一笑："既然当初我能让你父亲当上城主，现在自然有责任帮他把位子抢回来。不过，这样的事只此一次，我不可能每次都有时间下来巡查。"

"嗯，我知道，接下来我一定会努力修炼，争取和你一样考进帝国学院！"小林激动地握拳。

苏落眼眸一亮，有了那副字帖，说不定小林还真有可能进展神速，于是她提笔写了封信，递给小林。

"这是进天道宗的推荐信，如果有朝一日你觉得实力够了，可以拿着这封信去找三长老，进入天道宗学习。"苏落淡淡一笑，"帝国学院在下界唯一的招生点，就设在天道宗。"

小林激动地握着推荐信，郑重点头："好！"

"你放心，等我回到帝国学院，我会向院方建议，给天道宗增加一些招生名额，这样你的概率就高了。"

听到苏落说的是"一些"，而不是"几个"，小林扑哧一声笑了："你以为帝国学院的招生名额是大白菜啊，还增加'一些'，哈哈哈……"

小林以为苏落在开玩笑，没想到苏落还真拿这件事当正事办了。在往后的无数年，帝国学院向天道宗招生的名额，一下提高到一届十个！当然这是后话。

"你这就要走了吗？"小林依依不舍地问。

苏落皱皱眉头："卍别墅塌了，但是还有一些事没有了结。"

"什么事？"

"找我曾经的仆人。"苏落眼底闪过一丝忧虑，"当初我们离开的时候，卍别墅留给李东看管，可是这次回来，卍别墅已经被巫启霸占，李东也不见了。我原以为李东会被巫启囚禁起来，可是查遍了城主府，也没有发现他的踪迹，这就奇怪了。"

如果没有李东这件事，苏落他们已经启程去碧落大陆了，可是没找到李东，苏落总觉得蹊跷，所以她跟南宫流云还是在城主府住了下来。

苏落已经恢复了神化七星的实力，南宫流云是大圆满实力，在他们的帮助下，东风几个的实力也在逐渐恢复当中。

几天后，小林兴冲冲地跑来告诉苏落："找到线索了！"

"什么线索？"苏落问。

小林说："经过不断盘问，我们终于找到一个人，他说在巫启霸占卍别墅之前，卍别墅曾出现过异象。"

小林身后跟进来一位货郎，他告诉苏落，在很久之前，他挑着货物经过门口时，看到有道神光突然射进了卍别墅中。当时他吓了一跳，转身就跑，跑了没多久就发现货箱丢了。货箱可是他的命根子，无奈之下，他只能拎着扁担跑回去找货箱。在距离卍别墅还有几百米的时候，他看到一位全身罩在黑袍里的人，犹如一道影子一样朝前面走，而他的身后则跟着一个人。

货郎指着小林手里的画像对苏落说："就是这个人！我看到他跟着那个穿黑斗篷的人走了。"

"咦？"小黑猫激动地从空间里跳了出来，"这好像是独孤大人！"

独孤大人？苏落顿时眼睛一亮，这位独孤大人她还真听过，她还学了点儿他的空间法门呢。

因为他是卍别墅的前任主人，蓝晶世界应该就是他建造的。

"他在哪里，能感应到吗？"苏落望着小黑猫。

小黑猫一直以为前主人死了。因为只有前主人死了，它跟前主人的主仆契约解除后，它才能跟苏落建立主仆契约。

可是，这斗篷和黑袍，就是独孤大人惯常的装扮啊。

小黑猫陷入沉思，直到苏落跟它说话，它才茫然看向苏落，摇了摇头，又点点头，最后说："感应不到具体位置，但勉强可以一试，因为我的新技能是占卜问路。"

苏落想知道李东究竟出了什么事，毕竟当初是她让李东留下来看守卍别墅的，所以她得解决了这件事之后再走。更何况……苏落疼惜地看了南宫二少一眼。之前在那无名小岛上，南宫流云的那块兵符碎片被卷走了，至今下落不明，让人想找都不知从何找起。后来他们又乘三兄弟的渔船回到无名小岛所在的海域，却发现无名小岛彻底消失了，就像从来不曾出现过一样。

南宫流云和她不甘心，还潜入海底寻找过，却连一丝踪迹都没找到。虽然南宫流云神色淡定，依旧谈笑风生，但是苏落很清楚，他是在意那块兵符碎片的。而且这块兵符很可能是他的家族任务。好不容易找到一块却弄丢了，这比没找到还让人郁闷。

南宫流云为苏落做了那么多事情，苏落也想帮他做点什么。所以在找到兵符之前，她不打算离开了。

小黑猫一直闭着眼睛，用心感应着黑袍客离开的气息，厄运之气一路追随而去……忽然，小黑猫呕出一口黑血.苏落心中一紧，小黑猫紧接着又喷出了一口黑血。苏落心疼极了，紧张地盯着小黑猫，却不敢贸然中断占卜，否则小黑猫定会遭到反噬，后果很严重。

“噗——”许久之后，小黑猫呕出第三口黑血。

呕完之后，也不知它从哪里扯出一条干净的绢帕，优雅地拭去嘴角的血渍。苏落递给小黑猫一颗补灵丹和一颗恢复精神力的丹药。苏落一路上炼制了不少，之前因为空间被封，所以用不了，但是恢复到神化七星的实力后，苏落已经能够打开空间了。

小黑猫像吃糖豆一样将两颗大补丹咽下，这才优雅地看着苏落：“有线索，东北方向。”

“小家伙，辛苦了。”苏落笑嘻嘻地将小黑猫整整齐齐的长毛揉成鸡窝状。

“喵！不要揉头！”小黑猫嫌弃地瞪了苏落一眼，表示抗议，耳尖却浮现出一抹可疑的绯红，看上去非常可爱。

小黑猫在心里想：哼哼，竟然揉我的头，我才不告诉你，那块破碎的兵符也在那个方向呢，哼！

苏落并不知道小黑猫内心的想法，要是知道了，早就抓着这小东西威逼利诱了。

事不宜迟，一行人当即朝东北方向赶去，三天后终于到了一座海岛上。

现在苏落对海岛有一种本能的忌惮，所以这次她并没有急着下去，而是先绕着海岛飞了一圈，确定安全之后，一行人这才进入海岛。

海岛并不大，从上空俯瞰，碧海蓝天白沙，风景极美。海边生着一排排的椰子树，沙滩上荒无人烟，岛中央有座小山，山顶上有个天然的水池，池边有座古朴的院子。

一行人刚到山顶，一道暴躁的声音突然从紧闭的院里传出：“既然来了，还不快给老子滚进来！”

声音如隆隆巨雷，在众人头顶上炸裂。南宫二少一挥袖，这些威压顿时被他挥成了一阵风，朝房屋冲去。紧闭的院门被撞开，砰的一声碎成齑粉，朝院内扬去。

“咯咯咯……”院内传来一阵剧烈的咳嗽声。院子的主人，那位传说中的独孤大人，捂着胸口不住地咳嗽。

苏落他们从空荡荡的门口往里看，只见院子里有两个人，一个是黑袍老者，另一个正是她的仆人李东。

在货郎的眼中，黑袍老者是一位高冷、孤傲、神秘的绝世高手，但是此刻的他，正一边用力挥开粉尘，一边臭骂李东："还愣着干什么？强盗都上门了，还不快去给老子揍人！"

李东哭丧着脸，哭笑不得："老师，您都被弄得这么狼狈了，我的实力怎么行啊？那不是去送死吗？"

"师父有命，弟子从命，还不快滚出去！"黑袍老者大声咆哮，一脚将李东踹了出去。

苏落有些惊讶地看着黑袍老者，这位老者的表现，跟高冷孤傲的世外高手完全不一样啊。

李东被踹了一脚，径直向苏落撞去。南宫流云正要出手阻拦，就听到苏落大喊一声："别伤他，他就是李东！"

南宫流云闻言，随手拂出一道微风，将来势汹汹的李东定在了半空中，时间和空间仿佛在这一刻完全静止下来。那位黑袍客本以为乘其不备，一击可以得手，不料对方实力太强，强得让他近乎绝望。双方刚一交锋，便各自收手。

"主人救命！"砰的一声，李东从空中摔落，痛得发出一声惨叫。

主人？黑袍客狐疑地朝苏落所在的方向看了一眼。

就在这时，一道黑影朝黑袍客冲去。小黑猫瞬间冲到黑袍客肩头，在他的脖颈间嗅了嗅，再在他的发丝间闻来闻去。黑袍客在看到小黑猫时，有一瞬间的激动，但是很快就恢复平静，任由小黑猫打量。

"喵？"小黑猫朝黑袍客迷惑不解地叫了一声。他的身上没有前主人的气味，但是感觉却很像……这是怎么回事？小黑猫想不明白。

就在这时，黑袍客伸出手指弹了弹小黑猫的鼻子："嗨，小卍，果然是你吗？"

"小旺？"这不是小狗的名字吗？苏落顿时笑出声。

不许笑！小黑猫气呼呼地瞪了苏落一眼，然后愤怒地瞪向黑袍客。

"哈哈哈，你这小东西，还是这么傲娇，真不可爱。啧啧啧，瞧瞧你这圆滚滚的肚子，怎么长这么肥了？都能当球踢了。"黑袍客毫不客气地取笑小黑猫。

小黑猫气得张嘴就朝黑袍客吐出一口黑气。黑袍客一时不察，吸进去一点儿，随即反应过来，大声地往外咳。

“臭小卍，翅膀硬了，会毒你家主子了？”黑袍客拎着小黑猫的尾巴，想吓唬吓唬它。然而，小黑猫尾巴一扭，如一道黑烟般朝苏落蹿去。

“你这小东西，快给老子回来！连主人的话都不听了？”黑袍客表示很生气。

听到黑袍客的话，小黑猫顿在原地，看看苏落，又看看黑袍客，神色间有些为难。苏落微微皱眉，小黑猫是她的灵宠，已经和她契约了主仆关系，哪还有第二个主人？黑袍客这是要跟她抢小黑猫吗？

苏落当即对小黑猫招呼一声：“回来。”小黑猫唰地蹿进苏落的衣袖，只露出一双碧绿的眼睛。

黑袍客见小黑猫跑了，脸都绿了，怒气冲冲地瞪着苏落，苏落也气势汹汹地瞪着他。

“那是我的小黑猫！”两个人异口同声。

“你敢觊觎我的小黑猫！”两个人又异口同声。

苏落：“……”

黑袍客：“……”

“什么叫你的小黑猫？它跟你契约了吗？它听你的话了吗？你叫它它应了吗？莫名其妙！”苏落冷哼一声，每一句都正中要害。

黑袍客郁闷极了。确实，原来的独孤大人在一场战斗中死了，可是又没有真正死亡，因为他夺舍重生了。重生后的他，跟小黑猫的契约早就自动解除，哪里还能命令它？

“那你，你契约了吗？”黑袍客不服气。

苏落得意地点头：“是啊，我契约了啊。小黑猫现在是我家的了，麻烦你以后不要叫它小旺了，它不喜欢，又不是狗，叫什么小旺啊。”

小黑猫：“……”此“卍”非彼“旺”好吗，主人？

黑袍客被打击得不轻。他为什么会回卍别墅来？因为他想带小黑猫走！他为什么会带走李东？因为他的小黑猫被别人带走了，所以他也要把别人的仆人带走！可是现在，他家小黑猫居然被别人契约了……真是可恶！

“你要多少钱，才肯把小卍让给我？”黑袍客盯着苏落，目光带着一丝凝重，“你随便出，随便开口！说吧！”

苏落知道黑袍客肯定很有钱，一个能够构建出蓝晶世界的强者，又是一位空间法师，怎么会没钱？不过，苏落很确定的是，黑袍客绝对没有她有钱。

苏落冷冷一笑："小黑猫是活生生的灵兽，又不是货物，能用钱来侮辱吗？不过，既然你出钱，那我也出钱，你要多少钱，才肯放弃小黑猫？你随便出，随便开口！说吧！"

黑袍客怒视着苏落，苏落也坚定地瞪着他，两人的视线在空中交会。

"这个够吗？"苏落从空间里拿出一张蓝晶卡，在蓝晶卡里输入灵力，在他面前刷出里面的金额。

看到上面的额度，黑袍客都快疯了，抖着手指向苏落——土豪！超级土豪！那里面的零多得都快数不清了，他只知道很多很多很多，多得让他想哭。

苏落那位风情万种的娘亲，留给她三张卡：一张绿晶卡，一张蓝晶卡，还有一张紫晶卡。绿晶卡和紫晶卡苏落都用过，唯独这张蓝晶卡，苏落一直都没有机会消费，所以里面的额度就是原始额度，除了第一位，后面是一串数不清的零。

"你……你……你……"黑袍客受刺激过度。

可怜的黑袍客，论实力，他打不过南宫流云；论财力，苏落还没动用中央大陆的东西，只是拿出蓝晶卡，就能逼得他吐血；论跟小黑猫的亲密程度，也比他这个换了身体的前主人契合度高多了。

李东看看苏落，又看看黑袍客……这些年来，黑袍客对他还不错，所以他好心地提醒黑袍客："老师，你流鼻血了……"原来被土豪炫富，受刺激过度是会流鼻血的？李东表示他大开眼界了。

黑袍客愤怒地瞪了李东一眼，把所有的怒火都发泄到他身上："看什么看！还有比你更笨的人吗，一套空间扫尾，练到现在只学会两招，你是白痴吗？"

李东被骂得连大气也不敢出。这些年黑袍客心情不好就会骂他，他已经被骂习惯了。再说，他这样的小人物，有独孤大人当老师是他的荣幸，再怎么被骂都是理所应当的，谁让他笨呢。所以李东任由他骂，一点反驳的意思都没有。

苏落看不下去了，冷冷一笑："你是他的徒弟，还是我的仆人？"

在李东最困难时，是苏落收留他的，正是因为有了这番机遇，他才有机会被独孤大人带走，所以李东毫不犹豫地对苏落说："先是您的仆人，然后是老师的徒弟。"

黑袍客差点没被李东的回答气死。

苏落微微一笑，点点头："非常好，既然如此，你跟我走吧，反正跟着这个人你也学不到东西，他收你不过是为了引我们过来，然后将小黑猫夺走。"

"你……"黑袍客被苏落戳破心事，顿时怒了。

李东回头给黑袍客跪下，对他恭恭敬敬磕了三个响头，全了师徒情分，然后毫不犹豫地起身朝苏落走去。

“你给我站住！”黑袍客气得面色涨红，指着李东大吼，“站住！”

李东站住，回头，狐疑地看着黑袍客。黑袍客觉得颜面无存，朝李东大吼：“你给老子滚过来！”

苏落淡淡一笑：“去你那里干吗？跟在你身边这么多年，也没见他有什么长进，可见你根本没用心教他，就是拿他来钓鱼而已。还不如让他跟着我呢，进步可比你快多了！”

“谁说老子没有用心教了？老子用心教给你看！”黑袍客朝苏落怒吼一声，继而对李东说，“空间扫尾第三招你给老子看好了，要是再学不会，老子削死你！”

说完，黑袍客给李东示范了一遍。

虽然他已经故意放慢速度了，但是对李东来说还是太快了，所以当他演示完毕时，李东茫然地摇摇头。

“你这个白痴！”黑袍客拍了李东脑袋一下，拍得他一屁股坐在了地上。

黑袍客见苏落又要开口说话，当即一把将李东拎起来，放在原地：“站好！给老子看好了，再学不会，老子直接把你扔到海里喂海兽！”

黑袍客将空间扫尾第三招放慢了速度，又给李东演示了一遍。这次，李东看清楚了，也记清楚了。轮到李东演示的时候，他确实演示得似模似样的。

苏落微微颔首，看来她的激将法用对了，之前黑袍客拿李东钓她这条鱼，根本没用心教，现在他用心教，李东用心学，效果非常不错。而且，黑袍客跟李东不论是身体素质还是骨骼结构，甚至是元素法则，都非常相似。

跟着黑袍客学习，李东将会事半功倍。所以，对苏落来说，现在最重要的事，就是逼出黑袍客的真才实学，让他认真教授李东，也算是全了之前他们的主仆之情。

苏落淡淡一笑：“你教的也不过如此嘛，没比我教的好多少，我家的仆人我带回去教，你自己请便吧，走了走了。”

“等等！”黑袍客不服气，“你说你教得好就教得好了？要不要赌一赌啊？”

“赌没有问题，但是事先声明，我家小黑猫不会当赌注。”苏落似笑非笑地瞥了黑袍客一眼。这位黑袍客，心心念念想将小黑猫拐回去，她才不会上当呢。

黑袍客郁闷地瞪了苏落一眼，他家小卍，他不会轻易放弃的！

“如果你赢了，这座岛屿归你；如果你输了，请你给小卍一次重新选择主人的机会。”黑袍客认真而凝重地盯着苏落，“如此可好？”黑袍客一直表现得脾气古怪暴躁，但是这一刻，他的声音和表情却前所未有地严肃。

对于黑袍客的提议，苏落还没想好，小黑猫却扯扯苏落的衣袖，朝她眨了眨眼睛，暗示苏落答应。苏落狐疑地看了小黑猫一眼，这小家伙要干什么？难道它真想回到前主人身边？跟小黑猫朝夕相处那么久，在它身上投了那么多资源，看着它展现出一个又一个新技能，苏落有一种幼儿养成的成就感。

但如果养不熟……苏落又看了小黑猫一眼，对黑袍客点头表示：“如果最后小黑猫选的是我，这座岛也得归我。”

“好，就这样说定了！”黑袍客内心一喜：小黑猫跟了苏落不过几百年，却跟了他无尽的岁月，谁是真正的主人难道它不知道？

黑袍客说：“我们就比谁教这臭小子教得好，哼，我才不会输给你呢！”

苏落淡淡一笑：“是吗？那就拭目以待了。”

接下来，苏落和黑袍客都开始教李东，苏落教的是空间剑法，黑袍客教的是空间扫尾。半个月后，黑袍客连压箱底的本事都被李东掏空了，检验的时候到了。

检验的方式很简单，就是李东用空间扫尾和空间剑法互搏。

这是一种很痛苦的方式，不过这也是一种很痛快的方式，因为这么做可以将他身体里未曾融合的空间灵气全部压缩融合，只有这样，他的实力才能进一步提升。

六个时辰后，李东身体里的两道气流终于分出了胜负。

“哈哈哈……”黑袍客激动地大吼大叫，“我赢了！我赢了！小丫头你输了！”

黑袍客非常激动，因为是他提出的赌约，是他提出的赌注，他赢了，对小黑猫他就有了主动权。但是，他并没有在苏落脸上看到懊恼的表情，相反，这位过分漂亮的小姑娘泰然自若，神色间甚至连一丝沮丧都没有。

黑袍客的激动情绪戛然而止，他有些茫然地看着苏落：“你为什么没有不开心？”

看着黑袍客跟高冷外表截然不同的搞笑本质，苏落耸肩、摊手：“为什么要不开心？”

“你输了啊。”黑袍客理所当然地看着她。

“谁说我输了？”苏落笑嘻嘻地看着李东，“他是我的仆人，而你将一身本事都毫无保留地教给了他，我哪里输了啊？”

黑袍客怔住了，无语地看着苏落。这半个月时间，每当他占上风的时候，转眼就会被这丫头教的压过去，黑袍客当然不甘心了，于是他又赶紧教。

经过苏落点醒，黑袍客这才发现他上了苏落的当，拿自己压箱底的东西去教她家仆人。想到这里，黑袍客脸上顿时出现愤怒的表情。

“但是，你还是输了啊！”黑袍客愤怒地瞪着苏落，“把小卍让出来！”

“之前说好的是给小黑猫一个重新选择主人的机会，而不是把小黑猫输给你。”苏落没好气地瞥了黑袍客一眼，将躲在她衣袖里的小家伙抱了出来。

“小卍乖，到我的怀里来。”外人眼中高冷的黑袍客，就像爷爷哄小孙子似的，朝小黑猫露出谄媚笑容，伸出双臂。

小黑猫冲黑袍客瞄了一眼，身形动了动，倏然跃起小短腿，跳到黑袍客身上。

黑袍客怔了怔，顿时露出一抹狂喜：“哈哈哈……我就知道小卍肯定会选我的，哈哈哈哈哈……”

狂笑完了，黑袍客得意地跟苏落炫耀：“看到没有？小卍最后选的还是我这个原主人！我和小卍的感情，不是你这个后来者可以破坏的！小卍你说对吧？哈哈哈……”

小黑猫深深看了黑袍客一眼，喵了一声，说了句人话：“你自己保重。”

然后它转过身，纵身一跃，重新跳回苏落的怀里，两只肉肉的小爪子抱住苏落的脖子，脑袋埋在苏落的怀里没有再抬起来。

黑袍客蒙了，保持着抱小黑猫的姿势，眼睛直直地盯着前方，好半天才反应过来，指着苏落怀里的小黑猫怒吼：“你给老子滚过来！”

但是小黑猫撅了撅小屁屁，脑袋埋在苏落怀里，就是不理他。

黑袍客想动粗，却打不过南宫流云，不禁又气又怒，却又无可奈何。

苏落笑嘻嘻地看着他：“小黑猫选谁已经很清楚了吧？你还固执什么？”

“我不信！”黑袍客额头上的青筋突突直跳，“除非它亲口说它不选我！”

“就是不选你！”黑袍客话音刚落，小黑猫倔强地扭过头，那双幽绿色的眼睛盯着黑袍客，“就是不选你！”

“你这个小浑蛋！”黑袍客快被小黑猫气死了，“为什么不选我？给我一个说服我的理由！”

“我有主人了啊。”

“可我是你的原主人啊。”

“我有主人了啊。”小黑猫没好气地重复道。

“可是……你就不怀念以前吗？”

“我有主人了啊。”小黑猫继续强调。

无论黑袍客如何劝说小黑猫，小黑猫来来去去只有一句“我有主人了啊”。

虽然只有一句，但黑袍客愣是拿它没办法。打又打不过，骂又骂不过，小黑猫又不选他，他还教了苏落仆人压箱底的功夫……黑袍客觉得自己真是赔了夫人又折兵。

最后还是小黑猫不耐烦地提醒他：“你什么时候走啊？”

走？倏然想起，如果小黑猫最后选了苏落，这座岛他是要输给苏落的。

这座岛是他的基地，居然就这样输出去了？黑袍客骨子里是很高傲的，既然输了，愿赌服输，他只能无奈地走了。

在黑袍客离开之后，小黑猫对苏落说：“我感觉到，那个东西也在这座岛上。”

这就是为什么小黑猫在绝对要选苏落的情况下，还让苏落答应这桩赌约的原因。因为它要帮苏落要到这座岛。

可怜的黑袍客，如果他知道小黑猫一心帮苏落坑他，不知会不会气得吐血。

那个东西？苏落和南宫流云对视一眼，异口同声：“兵符碎片！”

小黑猫闭着眼睛感应了一下周围的气息，肉乎乎的小爪子直指湛蓝的湖水。

“你有感应吗？”苏落记得当初南宫流云隔着老远就感应到天道宗残影崖地底下阵法中央的兵符碎片。

南宫流云摇摇头，不过他很清楚，如果池底真有兵符碎片，而他没有感应到，那一定是因为现在的他实力才恢复到大圆满一星所致。

“少主，我下去看看？”东风跟南宫流云请示。

南宫流云点点头。

东风跃入水中，众人等了一个时辰，才见到他回来，身上带着伤，鲜血染红了衣衫。

“下面不平静。”东风在南风的帮助下，简单处理了一下伤口，立即跟南宫流云禀报，“看着这天池是在山顶，但是下去后才知道，天池跟下面的海是相通的。”

什么？苏落惊讶地看了东风一眼。要知道，这里可是十万米高的山顶，从这么高的天池跳进去，竟然能一路游进海里？

“海底有个门，以我的实力打不开。”东风看着南宫流云，“小神之下，只怕都打不开。”南宫流云微微颔首。

东风就是南宫流云的眼睛，他看到的一切南宫流云都看到了，正因如此，南宫流云非常清楚，尚未恢复实力的他根本推不开那扇门。

“走吧。”南宫流云召唤出八翼飞马，打算就此离去。

“这就走？”苏落一把拉住南宫流云，“去哪里？”

“你不是心心念念要回碧落大陆吗？现在可以走了。”南宫流云宠溺地捏捏苏落的脸蛋。

“可是你的兵符碎片在下面啊。”苏落指着那碧蓝的天池，“你不努力一下吗？”

南宫流云摇头：“我的实力还未恢复，拿不到。”

“那我们可以一直住在这里，等到实力恢复。”苏落认真地看着他。

南宫流云闻言顿时笑了：“住在这里倒是好，不过，可能住到你五年级结束，都恢复不了实力呢？”

“不会那么衰吧？”苏落弱弱地说。

南宫流云叹了口气：“一旦试图破坏那道门，后来者就会知道那里的秘密，既然如此，还不如将兵符碎片留在这里，等以后实力恢复了再来拿。”

后来者？苏落注意到这三个字，心里细细咀嚼着这三个字里的含义。

“走吧。”南宫流云拍拍苏落的脑袋，“到了碧落大陆，以你这身修为，也可以横着走了。”

终于要回久违的碧落大陆了，苏落原本低落的情绪很快高涨起来。她拉着南宫流云的手，一路走一路说，跟他说了碧落大陆的很多细节。

苏落不知道的是，此刻的碧落大陆，正经历着一场前所未有的浩劫，曾经被南宫流云和苏落打残的魔族卷土重来了。魔族一百零八族，集结了一百零八支队伍，合并成三十六路军团，从边境碾压而来。域外战场是抵挡魔族的第一道屏障。炼狱城欲将魔族大军拖在域外战场，如此一来就不会影响普通人的生活。

如今，炼狱城的城主不是别人，正是苏落的小伙伴北辰影。紫妍身为圣姑，又是城主夫人，在他身边辅佐。

帝国历史上最恐怖的一战，就在这一年的十二月二十五。

这一天，炼狱城集中了全部人力物力，就连当年没有跟苏落一起离开的傻大姐、小狐貂和变异相思树，都聚集到域外战场。如果这一战胜利，魔族大军会被阻拦，帝国疆域将会安宁；如果这一战失败，魔族大军将长驱直入，人族将面临种族危机。

“为了人族的存亡而战！”人族强者聚集在域外战场，试图将魔族拦截在这里，不让他们进入人族居住的帝国。

为了这一战，人族强者尽出。可是面对来势汹汹的魔族长老、强大无比的魔族三十六金刚，还有那汹涌而来的一百零八支魔军，人族节节败退！

帝国朝廷，几百年过去了，暗夜冥依旧坐在皇帝的位置上。因为服用过驻颜丹，他的容颜依旧是二十来岁的模样，但是这些年他早已疾病缠身、卧病在榻了。如果不是魔族大举进攻让他吊着最后一口气，他早就闭上双眼了。

就在这样的形势下，苏落和南宫流云这一行人终于通过灵界那条幽暗的通道，被传送到碧落大陆偏北的位置。

他们抵达的城池叫漠城。

进入碧落大陆后，受天地规则所制，苏落和南宫流云的实力都被暂时降级了，不过再受压制，他们在碧落大陆都是碾压一切的存在。

因为暗夜冥没有告知百姓们北方的惨烈大战，所以漠城里的一切，看上去是那么的祥和。现在的漠城，就是帝国还未统一时北漠的皇城。

当年苏落和南宫流云被墨老祖追杀，最后就是逃到北漠皇宫藏着，还顺便拐了北漠三公主当婢女。后来北漠三公主被苏落激发了光明系属性，在大陆上散播她的光辉。而这些光明系的信仰之力，都源源不断地涌入苏落体内，让苏落的光明系分身不断变强。

街上行人熙熙攘攘，街道两旁商贩叫卖，一片繁华的景象。

苏落让其他人先去客栈，她则挽着南宫流云的手，一边逛街一边感叹：“这么多年过去了，漠城还是这么热闹，看来暗夜冥将帝国治理得很好。”

南宫流云看着前方如织的人流，微微颔首：“人虽多，不过适合修炼的却不多。”

苏落没好气地说：“那是自然，碧落大陆是普通的物质大陆，本来就灵力匮乏，强者基因又不好，哪里能跟灵界比呢？”

在灵界，随便一抓，最低的也是圣主阶，就算餐厅的服务员都是君主阶、玄化阶。可是在碧落大陆，街上的行人绝大多数都是没有修为的普通百姓，偶尔才走过一个修炼者。

就在两个人边走边说时，一个小男孩急匆匆地迎面跑来，砰的一声撞到苏落身上，差点倒飞出去。苏落随手拎住小男孩的脚，将他往地上一放，然后打量着他。只见他大约十岁，神色间带着一丝焦灼、凝重。

“对不起，谢谢。”小男孩行色匆匆地对苏落道谢，随后继续往前冲。

有好心人提醒苏落：“姑娘，看看你的钱包还在吗？街上这种故意撞人偷钱包的事多着呢。”

苏落淡淡一笑，说：“没事，那孩子不是小偷。”

苏落所站的位置，边上就是一座酒楼，此刻，从酒楼里出来一位富态的老伯。老伯一副酒足饭饱的模样，一边剔牙，一边很有谈兴地说：“诸小卫自然不是小偷，这孩子聪明着呢，就是命不太好。”

“诸小卫？这孩子就是传说中的诸小卫？”旁边的人饶有兴致地问道，似乎这个诸小卫很有名。

苏落一直盯着那位跑远的小孩，久久没有回神，神色间有丝不解。

“怎么了？”南宫流云发现苏落神色不对，于是问她。

苏落若有所思地说：“这孩子有点面熟……”是真的很面熟，但苏落怎么都想不起在哪里见过他。必然不是在灵界，那就只能是碧落大陆了。可是，这孩子只有十岁，这几百年苏落一直待在灵界，所以不可能有机会见到。那么，难道是故人之后？

而此刻，周围的人已经聊开了。

“诸小卫这孩子聪明着呢，三岁识字，五岁能诗，七岁时策论比当朝状元还好，八岁智退草原狼族，九岁便成了咱们漠城的第一聪明人。”

“是啊，十岁的时候，他那一身实力，在同龄人中已经无敌。”

“但是他的气海不通，感觉不到任何一系的元素，等过个几年，那些同龄人都会远远超越他，等待他的将是绝望的失败。”

街坊们对诸小卫的事充满了遗憾。

“对了，诸小卫跑那么快干吗？”

“未央宫难得一次开门招徒，诸小卫只怕是要去试一试运气吧。”

“未央宫每隔十年才收一次徒，每次还只收一个，收谁也不会收诸小卫吧？”

“那可不一定，说不定诸小卫就走了狗屎运呢？”

就在街坊邻居们兴奋聊着的时候，苏落已经牵着南宫流云的手快步离去。

未央宫——又是一个熟悉的地方。

当初苏落和南宫流云在未央宫可是待了不少的地方，苏落不仅偷了未央宫的灵果、拔了灵树，还将墨老祖变成白痴了。正因如此，苏落和南宫流云才一路被墨老祖追杀，差点一命呜呼。

后来未央宫要找苏落报仇，却被苏落横扫，此后未央宫一落千丈，没想到经过几百年的休养生息，未央宫又冒头了。

以苏落今时今日的地位，未央宫哪里还能被她放在眼里？她之所以跟南宫流云去未央宫，一是为了重游故地，加深南宫流云的印象，二是为了诸小卫。

到了现在，苏落还是没有想起诸小卫是哪个故人的后代……

未央宫。

未央宫如今的宗主不是别人，正是墨云枫。而近日主持招徒仪式的，则是墨云晴。当年墨云晴喜欢南宫流云，结果被苏落狠狠坑了一把，过了这么多年她才缓过来。

苏落和南宫流云到的时候，收徒仪式已经开始了。

收徒的规则很简单，就是登山。从未央宫山脚下一直登到山顶，最先登顶的那个人就能被未央宫收为徒弟。

苏落和南宫流云站在人群里，看着墨云晴静静地坐在最高位上，周围的未央宫弟子都立在她身后，民众对墨云晴更有一种发自内心的敬畏。

墨云晴跟几百年前相比，神色间多了上位者的强势，少了些少女的骄纵。

而此刻，漠城里无数的孩子正在攀登着那座漠山。

苏落他们出发比诸小卫晚，但是到得却比他早很多，到了中午，诸小卫才满头大汗地赶到山脚下。

主持考核的那位中年大叔拦在他面前：“时间已过，下次请早。”

旁人见了，都在议论诸小卫。

“这孩子命不好啊，偏偏气海不通，感应不到灵力。”

“是啊，不然以他的智慧，一旦开始修炼，绝对是绝世天才。”

“听说未央宫有一道未央之光，如果最强者将未央之光注入诸小卫的体内，他的气海说不定有机会被打通，说不定他就能够修炼了呢。”

“可是，未央之光是未央宫的镇宫之宝，怎么可能给诸小卫这样的外人用？”

“所以他必须考进未央宫，成为未央宫最被看重的核心弟子才有机会吧？”

谁都知道这个机会有多难，这几乎是不可能完成的任务。

见此情形，中年大叔有些为难，走到墨云晴身边，对她耳语了几句。墨云晴冷漠地扫了他一眼：“气海不通？气海不通还参加什么比试？未央宫怎么会收一个气海不通的弟子？墨师，你的脑子有问题吧！”

墨云晴还是那样的不留情面，一点也不给中年大叔留面子。苏落看到这样的墨云晴，顿时笑了，虽然过去了几百年的岁月，但是这位未央宫的大小姐还是这么不长脑子啊。

“你笑什么笑！”在所有人都对未央宫的圣姑敬畏有加时，苏落却笑了，而且还笑得那么肆无忌惮，当即就被墨云晴发现了。

墨云晴看到苏落，忽然，砰的一声，这位受人敬仰的圣姑大人直接往后摔去。

太可怕了！她居然看到了……那个人和那个人，这怎么可能？

墨云晴瞬间站了起来，死盯着苏落：“是你！”

苏落朝墨云晴微微挑眉：“墨云晴，好久不见。”

“你……你不是离开大陆了吗？”墨云晴像看鬼一样看着苏落，“离开的人还能回来？”这跟她的认知完全不同。不是说一旦离开了大陆，就根本不可能回来了吗？

事实上，别人确实回不来，但是苏落身份特殊，又有着游学的目的，当然可以回来了。

“苏落，你知不知道……”墨云晴指着苏落，忽然冷冷一笑。

苏落静静地看着墨云晴，看她到底想说什么。出乎苏落意料的是，她忽然冷冷一笑，转而对那个孩子说：“你气海不通，这辈子都不可能修炼，你就是个废物！”

诸小卫抬眸，静静地盯着墨云晴，双眼明亮、清澈，眼中充满了小孩子少有的坚毅。墨云晴被这孩子的目光盯着，竟有一股脊背微微发寒的感觉。不就是一个废物吗，为什么会有这种感觉？难道这孩子身上还真能出现奇迹不成？

墨云晴瞥了苏落一眼，忽然想到，这孩子会不会被苏落捡走？她抢在苏落面前问诸小卫：“你很想进未央宫？”

"我想修炼。"诸小卫粉雕玉琢的小脸绷得紧紧的，薄唇抿成一条线。

墨云晴冷冷扫了苏落一眼，指着远处的阶梯对诸小卫说："既然你想试试，那就给你一个机会，去吧！"

那向山上绵延而去的阶梯并不是普通的阶梯，阶梯上布了阵法，越往上阻力越大，越需要运起灵力抵抗。对于纯粹身体强悍却灵力为零的诸小卫来说，这就是个不可能完成的任务。

早早往上爬的那些孩子，有些已经放弃了，正默默地往下走；有的已经昏迷不醒，被未央宫的人抬了下来；还有的正在勉力坚持。

走在队伍最前面的是一个十三四岁的少年，据说是漠城城主之子。

围观的群众都在劝这个没有灵力的孩子别白费力气了，但是诸小卫却目光坚毅地踏出了第一步。

诸小卫上阶梯的速度不快，但是步子很稳。过了一百级台阶之后，诸小卫的速度明显减慢，看上去非常吃力。汗水浸湿了他的衣衫，整个人像是从水里捞出来的一样，每走一步都在地上留下一道汗渍。

如果有灵力，绝对不会这样，可是诸小卫的体内一点灵力都没有，他绝望得想哭。

诸小卫不由得想起了从前——那熊熊燃烧的大火；尖锐的匕首刺入母亲的心脏，拔出匕首后那喷洒而出的血；被母亲塞进柜子里，睁大眼睛惊恐地看着眼前的惨状却喊不出一个字；还有被灭族的全家……

上苍将他归类为不能修炼的普通人，可是血海深仇在身，他岂能做一个废物！

绝不认输！

气海不通，那就强行让它通！

就算用砸的，也要将它砸通！

诸小卫心里有着最坚定的信念，他单手握拳，狠狠地咬着下唇，突如其来的剧痛让他下意识地清醒了一点儿。

坚持坚持坚持！诸小卫缓缓地，却坚定地，一步一个脚印地迈上去，那瘦小的背影，犹如最挺拔的小松树，给人一种坚韧不拔的印象，让人有种发自内心的感动。底下的这群大人，心里都有些期待奇迹的发生。

越到后来，诸小卫的速度越慢，每迈出一步，他的身体都会发出一阵剧烈的晃动，仿佛随时都有可能倒下。

几乎所有人的视线都黏在这个孩子身上，他的每一步停顿，都让大家把心提到了嗓子眼。

一开始，诸小卫在阶梯上留下的还是汗水，但是后来，他的鞋底被阶梯磨破，双足被灼热的地面烫伤，一步一个血脚印，看得众人触目惊心。

这一刻，许多人不由得望向墨云晴：以这孩子的毅力，难道未央宫就不能破一次例吗？

墨云晴冷冷一笑，直接就说："废物就是废物，不在家好好待着，非要出来丢人现眼，真是恶心！"

墨云晴的音量很高，诸小卫听到这句话，身侧的手紧握成拳，鲜血滴滴答答地顺着指缝往下流。

墨云晴挑衅地瞟了苏落一眼："几百年后，你反倒越来越胆小了，真是可笑。"

苏落对她的话充耳不闻，望着诸小卫的背影，在脑海中疯狂地回想着碧落大陆的故人，现在已经回忆到关键处了，答案呼之欲出。

墨云晴见苏落不理她，顿时大怒，狠狠一拍桌子："苏落，我在跟你说话，你这是在无视我吗？"

那重重的声响，将苏落从回忆中惊醒。

苏落很不悦地瞪着墨云晴，只差一点点，她就能想起来了！

"你说什么？"苏落神色不善地盯着墨云晴。

"你一直盯着诸小卫，难道你到现在还确信他能登顶？"墨云晴冷笑道。

"当然。"苏落回答得毫不犹豫。

众人都无语地看着苏落，心说这才走了几百级台阶，诸小卫就要撑不住了，那上万级台阶他能登上去吗？

墨云晴也笑起来："如果他能登顶，我墨云晴当场把这桌子给吃下去！如果你输了，把你身边的男人留下来！"

苏落冷冷一笑："你是白痴吗？"

"什么？"

"虽然我稳赢，可我为什么要跟你赌？"苏落鄙视地看着她。

"你……"

就在此时，诸小卫突然脚下一滑，身子如断线的风筝一般往山下疾坠。

就在众人都以为诸小卫必死无疑时，苏落伸出一根手指朝空中一点，诸小卫的身体便被定住了。

不止诸小卫的身体被定住了，在场之人的身体几乎都被定住了，能动的只有苏落和南宫流云二人。

此刻，被定格的众人都用看神一样的目光看着苏落，唯独墨云晴神色复杂。她本以为，这几百年里，苏落就算有进步，也不会多厉害，直到这一刻，她才体会到什么叫“云泥之别”。

苏落手一动，诸小卫被她拎在了手里。

这可怜的孩子，此刻简直惨不忍睹，但难能可贵的是，他依旧目光清澈、眼神坚毅。

“你为什么一定要修炼？”苏落忽然问了他一句。

“血海深仇，身不由己！”这是个秘密，诸小卫在内心深处藏了五年的秘密。

“一定要修炼？”

“是！”

“即使可能会死？”

“是！”

“好。”苏落淡淡一笑，对他说，“盘腿坐下，心无旁骛，能做到吗？”

诸小卫好奇地看着眼前这位漂亮的少女，总觉得她很熟悉，似乎在哪里见过，所以鬼使神差地说了一句：“我见过你。”

“什么时候，在哪里？”苏落好奇地问。

“不记得了……”诸小卫沮丧地垂下脑袋。

“那就等我想起来吧。”苏落看着小少年，笑着说道。

而此刻，诸小卫已经进入一种浑然忘我的境界。在苏落的印象中，就连灵界那些修炼多年的强者，都未必能达到这种境界，可是眼前这小家伙居然这么快就能屏除杂念进入这种无感闭合的境界。人体七十二大气穴，全通了是绝世天才，一窍不通者，则是废物。

眼前这位可怜的少年，当苏落给他检查身体的时候就发现，他那七十二大气穴，果然一个都未通，而且不是人为堵住的，真的是天生气海就不通。苏落摇头苦笑，这天才孩子若是没有碰上她，只怕这辈子就这样被耽误了。

苏落手中多了一盒妙影神针。要通气海，必须用妙影神针刺破气穴，不然的话，任何办法都无济于事。苏落手一挥，少年身上的褴褛衣裳倏然脱落，露出被灼伤的肌肤。

这是要干吗？众人看着少年，再看看苏落，眼中带着一丝不解。墨云晴直接问道："苏落，你在做什么？"

墨云晴本以为苏落会继续无视她，苏落却淡淡地回应了一句："疏通气海。"

什么意思？众人都表示不懂，见苏落拿着一盒金针，顿时脑洞大开：这位绝美的姑娘，莫非想拿针把诸小卫的气海戳破？

当墨云晴这样问苏落时，苏落理所当然地点点头："对啊，就是拿针戳破气海，不然还有别的办法吗？"

众人都用看神经病的目光看着苏落，有好心人连声劝阻："姑娘，万万动不得！气海乃人体健康之本，若是刺坏了，这孩子的健康就毁在你手里了。"

"就是就是，姑娘，你就放过诸小卫吧，他气海不通，真的已经够可怜了……"

苏落无奈地看着这群人，心想，若是不帮诸小卫，他才真的够可怜呢。不过苏落很尊重当事人的意见，在下针之前问诸小卫："你怎么说？"

诸小卫什么都没说，只是坚定地点了点头。于是苏落不再理会众人，双手飞快地施针，一两秒的工夫，七十二根金针嗖嗖嗖地刺入诸小卫体内，一分钟不到又唰唰唰地飞出。

诸小卫缓缓睁开眼睛，眼中出现片刻迷茫，随即震惊地看向苏落："你……"

幸福来得太突然，他能明显感觉到：原本如石头一样坚硬的丹田中，有一道细微的、温热的气流正在缓缓升腾；原本如血栓一样不通的经脉骤然通了，而且通得仿佛是条康庄大路！

苏落拍拍诸小卫的脑袋："通了？"

诸小卫下意识地点头："通了。"

"那么，接下来就让我们看看，你究竟具备几系元素。"苏落笑眯眯地摸出一个水晶球放在诸小卫面前，"把你的手放上去。"

"好。"诸小卫深深地看了苏落一眼，带着忐忑的、期待的、不安的神色，两只手缓缓地放在了水晶球上，可是水晶球却毫无变化，诸小卫见了，紧张得脸色惨白。

苏落没好气地指点诸小卫："手放在水晶球上，闭上眼睛，集中意念，把气海里的那股热流传递到手上。”

苏落一眼就看出诸小卫是个难得的天才，只不过他刚打通气海，还不知道怎么沟通天地灵气。果然，在苏落的引导下，诸小卫很快就引出一股热流，哗！哗！哗！水晶球中相继出现了黄、蓝、红三系元素，而且全都是超等！

一个被上苍认定的废物，短短几分钟之内，七十二气穴全被打通，而且还具有三系超等元素，从此变成超级天才？这个变化太大，众人目瞪口呆，根本反应不过来。

就在这时，诸小卫忽然朝那座通往未央宫的山上冲去，噔噔噔地往上跑，简直如履平地，跟之前的他判若两人。

五千步……八千步……九千步……一万步，登顶！诸小卫比那位漠城主的小儿子速度还快，抢先一步登顶！

距离山顶只有一步之遥的漠小元僵立当场，山顶上那位负责计时的长老也惊呆了。

长老反应过来，正要喊话的时候，诸小卫却唰的一声往下冲，速度快得那位长老都抓不住。

噔噔噔……不一会儿，诸小卫就站到苏落面前，小脸因为激动而红扑扑的，那双黑白分明的眸子，兴奋而感恩地看着苏落。

“很好。”苏落摸摸诸小卫的脑门，“走吧。”

“嗯！”诸小卫激动地点头，乖乖地被苏落牵着手就要走。

“站住！”墨云晴拦住苏落的去路，对苏落冷冷一笑：“你走可以，但是未央宫的弟子必须留下！”

“未央宫的弟子？”苏落饶有兴致地重复着这句话。

墨云晴冷哼一声：“他第一个登顶，所有人都看见了，难道还有假？我现在宣布，诸小卫就是这次未央宫招收的弟子！”

宣布完了后，墨云晴伸手朝诸小卫抓去，想将他带走。笑话，七十二气海全通，还是三系超等元素，这样的绝世超级天才谁不要谁是傻子！这绝对是各大势力誓死都要争夺的天才苗子！

不过墨云晴并没有抓到诸小卫，不知从哪里冒出来一只小黑猫，一爪子朝墨云晴的手挠去，雪白的手臂上顿时多了一道深深的血痕。

“啊！”墨云晴痛得惨叫一声。

苏落似笑非笑地瞥了墨云晴一眼，转身就要走。

“来人，给我把他们围起来！没有我的命令，谁也不许走！”墨云晴怒气上来，指着苏落，“想带走我未央宫的弟子，好大的胆子！”

“未央宫的弟子？诸小卫，你是未央宫的弟子吗？”苏落淡淡一笑，低头问道。

“不，我不是未央宫的弟子！”诸小卫小脸绷得紧紧的，无比认真地否认。

“说谎！”墨云晴大怒，“你第一个登顶，不是我未央宫的弟子又是谁的弟子？”

诸小卫瞥了墨云晴一眼：“原本以为未央宫是高高在上、神秘莫测、修为强大之地，现在看来完全不是这样，所以，我弃权了。”

苏落笑眯眯地问道：“你还没有进未央宫，怎么知道未央宫完全不是你想的那样？”

诸小卫指着墨云晴说道：“她不是未央宫的圣姑吗？连未央宫的圣姑都这样疯疯癫癫跟神经病似的，里面的人还能正常到哪里去？所以我弃权。”

墨云晴差点被气疯，但是不等她说话，苏落就赞赏地朝诸小卫点点头，然后对墨云晴说：“听清楚了没有？因为你，这孩子才不进未央宫的，这都是你的错。”

苏落说罢，和南宫流云带着诸小卫潇洒离去。

在路上，苏落终于想起诸小卫是哪位故人的孩子了——是绿萝！

苏落刚从地球来到碧落大陆时，第一个见到的人就是绿萝。在苏府，所有人都欺辱她，唯独绿萝自始至终陪伴着她。后来，随着实力的提高，她离开了苏府、离开了帝都、离开了大陆……如今她都快想不起那个忠心耿耿的丫鬟了，没想到绿萝的后人此刻就在眼前。

苏落还来不及感慨，漠城的气氛陡然一变，许多人背着行囊匆匆朝城南跑去，大街上到处都是喊声、哭声。

苏落随手拉住一位路过的大妈询问：“这是怎么回事？”

大妈急声说道：“魔族大军已经突破相思树防线，炼狱城大部分人身亡，魔族三十六路大军已经逼近三十六座城池，漠城必破啊！姑娘你别拉我了，快快逃跑吧！”

魔族？相思树防线？炼狱城大部分人身亡？三十六路大军？苏落脑子一蒙，狠狠一拍自己的脑袋，若非在漠城耽搁了时间，也不至于发生这样的惨事。

“魔族大军来啦！快跑啊！”

难民们潮水般朝城南涌去。但是城南因为人马太多，交通堵塞了，越是急，越是疏散不了，不少人都被堵在那。

前无逃生之路，后有魔族大军压境，很多人都绝望地跪在地上，大声祈求老天爷给条活路。

在人生最绝望的时候，他们恨不得上苍赐予一位强大无比的战神，将魔族大军一巴掌全部拍死！

“当初让帝国大一统的苏落神女和南宫大人，如果他们还在，魔族何至于如此猖獗？”

“就是就是！当初就是这两位大人，狠狠地将魔族打回去了！”

“可是他们已经离开碧落大陆了，怎么可能回来？”

“只要我们的意念足够强烈，只要我们的态度足够诚恳，我相信一定能感动上天，让苏落神女和南宫大人显灵的！”

人群中多是这种对话，苏落听了，有一种很无语的感觉。而南宫流云的神色间却多了一抹深思，他突然发现自己的脑海里多了一点东西……

第二章 魔族大军

魔族大军很快就出现了，那轰隆隆的脚步声震得地面哗啦啦作响，有一种天崩地裂的感觉。

这支魔族大军由狼头人组成，每个魔兵都长着一个狼头，但身体却是人类的身体，有着四肢，直立行走，还穿着衣服。

“哈哈哈……人类，吃吃吃！”魔军疯狂地朝城外那群人冲去。一路急行军，他们已经饿得前胸贴后背，一看到人类就露出了锋利的獠牙。

漠城的百姓无力反抗，所有人脸上都露出死亡前的绝望和不甘。

就在此时，苏落和南宫流云出手了。

凤舞剑在魔族大军中飞舞，剑风所到之处，狼头人的脖子全都出现一道清晰的血痕，鲜血嗤嗤嗤地往外喷。

南宫流云长袖拂过，一道罡风朝魔军袭去，所到之处，狼头人皆被狂风卷走。

苏落嘀咕了一句：“这哪里是龙卷风啊，分明就是人肉吸尘器嘛。”

苏落和南宫流云的效率都非常高，他们一出手，几秒钟之内，来势汹汹的狼头人大军就少了三分之二。

狼头王敬畏地看着苏落和南宫流云，漠城居然有这样的强者，太可怕了！撤退还是战斗？如果人族真有如此强者，怎么可能不去域外战场，而是躲在这小小的城池里？所以，这一定是幻觉！

“杀！”狼头王大吼一声冲向苏落。然而，还没等他冲到苏落面前，站在苏落身后的那位绿裙子姑娘一扬手，一件暗器朝他迎面而去。

砰的一声，春月还没啃完的半个馒头，狠狠砸中狼头王的脑袋，把他砸得脑浆迸裂。

就这样，不可一世的狼头王，竟被春月用半个馒头砸死了……

四周死一般寂静，所有人都愣住了，用看鬼一样的目光看着春月。春月被众人看得有些不自然，对身边给她馒头吃的大妈尴尬一笑：“这位大娘，真不是馒头不好吃才扔出去的，刚才只是情急之下……”

那位大妈猛然间回神，一把抓住春月的手激动地说：“姑娘，你还要馒头吗？我这还有！”

“对对对，我也有！我还有鸡蛋呢，生的熟的都有，姑娘你快拿去！”

“我这还有油条，姑娘你快拿去砸死那可恶的魔军。”

无数人激动地围着春月叫嚷，春月顿时哭笑不得，连连摆手：“不急不急，有我们家两位主子出手，天下还有什么摆不平的事？你们且看着好了。”

主子？众人闻言，顿时心头大震：用馒头就能砸死魔族三十六金刚之一，这位姑娘居然只是个丫鬟……这到底是谁家的丫鬟啊？要不要这么恐怖？

就在这时，南宫流云和苏落同时收手。整整一万魔军，轰轰烈烈而来，本欲踏平北漠城，却在一分钟不到的时间里全都死了！

这场面太震撼了，以至于所有人的视线都集中到苏落和南宫流云身上，不知是谁忽然大吼一声：“天啊！这两人长得跟苏落神女和南宫大人好像啊，你们快看！”

“帝都广场里有他们二人的雕像，我有幸看到过一回，就是长这样！”

“难道是我们的祈求感动了上苍，把他们给召回了？”

“天啊！人族有救了，人族有救了啊！”

众人都跪了下来，对着苏落和南宫流云的方向胡乱拜谢，一个个激动得泪流满面。

原本他们以为自己会死，原本他们以为自己会在逃亡的路上流离失所，原本他们以为整个人族都会被魔族毁灭……

但是在看到苏落等人出手后，他们就再也不害怕了，因为苏落他们杀魔族大军就跟切菜一样容易。

苏落和南宫流云对视一眼，眸中都带着一抹笑意。

在众人的磕头拜谢中，苏落和南宫流云携手飞身而去，给北漠城的民众们留下一个潇洒的背影。

而此刻，碧落大陆唯一的帝国——碧落帝国的朝堂上，一片愁云惨雾，没有人开口说话。

“噗——”高高在上的帝国君王吐出一口血，脸色有些不正常的潮红。

这个帝国是南宫流云给他的，为了治理好这广袤的疆域，为了百姓能够安居乐业，暗夜冥做了很多很多的努力。他勤政爱民，他公正严明，他将这个帝国治理得比历史上任何一个朝廷都好……

可是，在绝对的实力面前，还是不行啊。

“喀喀喀……”暗夜冥不断地咳血。

“报！”传令官狂冲进来。按理说，这样的行为实属殿上失仪，但是此刻，整个朝堂都弥漫着一股颓败的气氛，所有人都对传令官的举动无动于衷。

传令官将战报呈上去。

暗夜冥的心思根本不在这份军报上，只是出于君王的责任，他一边咳血，一边展开战报，顿时一怔，用颤抖的声音念道：“北漠城没有沦陷，反而全歼魔族狼头人大军……”

这份来自北漠的战报，只有寥寥几句，只说了战斗结果，但是战斗的过程一个字都没有描述。

“快连线北漠城城主，问他到底发生了什么事！”

可是，还没等他们连上北漠城，又有消息传来：“魔族熊头人袭击了北明城，北明城不费一兵一卒，全歼熊头人部队，并且熊头王也被歼灭。”

接下来，每隔十五分钟就会传来一份战报，内容必然是“某城全歼魔族某某大队，并且杀了他们的首领——三十六金刚中的某某某”。

十五分钟歼灭一趟？这是怎么做到的？难道用了瞬移？

瞬移？暗夜冥忽然想到一件非常不可能的事：“能在一天之内跑遍三十六城，全歼魔族三十六金刚和三十六路大军，没别人了，就是他们，绝对是他们！”

群臣震惊地看着他们家帝王——向来内敛的暗夜冥，显然激动得有些忘我……

全歼魔族三十六金刚和三十六路魔军之后，苏落一行人以最快的速度赶往域外战场。

苏落怎么都没想到，陪她一路成长起来的变异相思树会陨落在这块大陆上，她非常后悔自己没在第一时间赶到域外战场。

一个时辰后，这一行人站在了域外战场上。苏落远远地看到，她最熟悉的那些伙伴——北辰影、紫妍、蓝渲、小狐貂、傻大姐，全都悲戚地站在枯萎的变异相思树前，沉默不语。

以北辰影和紫妍的实力，早在两年前就达到进入灵界的标准了，可是他们却没有离开，依旧守护着碧落大陆。

“如果宫二和落落在，哪有这群魔族嚣张的机会！”北辰影义愤填膺。

紫妍叹了口气：“据说灵界也分三六九等，没有背景和后台的人在那里连活着都不容易。落落和二师兄才去了几百年，他们的日子大概也不好过吧？”

两人对视一眼，都在彼此眼中看出了无奈。就在这时，小狐貂忽然转身朝山丘疯狂地跑去。小狐貂的动作惊动了北辰影和紫妍，他们双双回头，只见夕阳的余晖中，黄土沙丘上，一个熟悉的身影迎风而立……

“落落！落落！……”紫妍看到那张熟悉的脸，顿时泪流满面。她一边哭一边跑向苏落，冲过去将她紧紧地搂入怀中。

“落落！”北辰影他们也冲上来，大家的情绪都很激动。

苏落看到他们，原本担着的心渐渐放下了。听闻相思树防线失守，她担心紫妍、北辰影他们出事，才以最快的速度赶了过来。还好他们都在，一个都不少，只是除了……

苏落快步走向变异相思树，紫妍紧跟在苏落身边，一边走一边跟她说明当时的情况：“当时魔族的人将我们缠着，集中火力排山倒海地轰炸。那些炸弹片不可能是我们碧落大陆的武器，变异相思树就算是最强的防御，也防不住啊……”

苏落静静地蹲下，目光温柔地看着这株残破不堪的变异相思树。

“落落，节哀……”紫妍哀伤地看着苏落，“变异相思树真的很伟大，它守护碧落大陆这么多年，直到身体化为灰烬，依旧守护着这块大陆，你……你不要太伤心。”

苏落苦笑地看着紫妍：“我没伤心。”

“啊？”紫妍不解。

“因为它还活着。”苏落单膝跪下，徒手挖掘，很快地上就出现了一棵小小的幼苗。

“绿芽！这……”紫妍激动地看着苏落，“我不是眼花了吧？这是真的吗？”

苏落淡淡一笑：“当然是真的。”

苏落跟变异相思树是有主仆契约的，苏落能感觉到，变异相思树真的死了，而后它又真的重生了。不过重生之后，它只是一株小小的幼苗。

苏落小心翼翼地将幼苗捧在手心，柔声说道：“在生命的最后时刻，它领悟到了另一个境界，却还是陨落了，所以它用自己的身体引开所有的注意力，这株幼苗才得以幸存。”

说着说着，苏落轻笑起来：“这株幼苗天赋异禀，以后的成就肯定非同凡响。”

而且，一开始就在她的随身空间里培育，苏落相信，长大后的变异相思树绝对是个无与伦比的植物宠。

“对了，落落，南宫呢？怎么就你一个人回来了？”北辰影关切地问。

“他……他……”苏落想到南宫流云的失忆，一时不知从何说起：“唉，一言难尽啊。”

“难尽你就慢慢说，我们又不催你，来，坐着说。”北辰影和紫妍一左一右拉着苏落坐在石头上，然后虎视眈眈地注视着她，一副非得知道的样子。

苏落认真地看着他们，严肃地说：“他……不记得你们了。”

“什么？”北辰影第一个跳了起来，“不记得我们了是什么意思？他出什么事了？”

“他……咦，外面战火连天，你们怎么不出去？而且，你们是怎么活下来的？”苏落忽然转移了话题。

说到这件事，北辰影几人顿足捶胸。他们之所以出不去，源于一位大人物——魔族的大魔王。

这位大魔王很奇葩，他亲自出马，将北辰影、紫妍、蓝溰、傻大姐等人引开，然后让三十六金刚深入大陆内部绞杀人类。等三十六金刚进去后，大魔王将他们禁锢在这方圆十里之地，不让他们出去。

北辰影等人对大魔王又气又恨，却无可奈何。同时他们也想不明白，明明这位来自魔界的大魔王可以杀死他们，为什么不杀呢？

经北辰影这么一说，苏落才知道魔族还有位来自魔界的大魔王。大魔王和他们一样，都是从高等界面过来的，实力自然远超碧落大陆本土的修炼者。

“对了，你是怎么进来的？”紫妍忽然想起这个很重要的问题，“这里被大魔王画了一个圈，只有方圆十里的活动范围，你是怎么进来的？”

紫妍此话一出，其他人也都好奇地注视着苏落。

苏落被众人看得一脸茫然：“怎么从外面进来的？不就是走进来的吗？”

紫妍几个对视一眼，都在彼此眼中看到了一抹震惊，然后大家齐齐望着苏落：“难道你没有碰到什么阻碍吗？”

“什么阻碍？”苏落不解地问。

“就是一堵无形的墙啊！”北辰影手脚并用地描述道，“当你想冲进来的时候，不是应该碰到一堵坚韧的墙壁吗，难道你没碰到？”

苏落茫然摇头：“没有墙啊，就是有些蜘蛛网一样的东西，被我顺手给灭了。”

“被你灭了？也就是说，我们可以进入内陆了？”北辰影激动起来，“走，快走！”

紫妍也急忙对苏落说：“落落，原本我们没有胜算，既然你的实力比大魔王还高，我们人族就有救了，快走快走！”

北辰影在左，紫妍在右，两个人恨不得架上苏落赶紧往回飞。

苏落没好气地瞥了他们一眼：“要等你们去救，人族早已沦陷，哪里来得及？”

“那……”北辰影的话还没问出来，前方忽然出现一道飞射而来的身影。

“敌袭！”北辰影他们大惊失色。这样的速度，他们只从一个人身上看到过，那个人就是大魔王。

不过，等他们看清那个人时，全都震惊了，因为来的不是大魔王，而是南宫流云。

南宫流云漠然扫了他们一眼，在苏落身边站定，双手负在身后。

北辰影顿时如遭雷击。落落说得没错，南宫真的不认识他们了。

失忆这种事，一直都存在于故事里，可是，当这件事真发生在自己人身上时，就变成事故了。

苏落苦笑。现在南宫流云对北辰影他们的态度，一如当初在森林里第一次见到她时那样，冷漠疏离，就像在看陌生人。

北辰影瞠目结舌，张了好几次口，才弱弱地喊出一声："南宫……"

"你是谁？"南宫流云冷漠地瞥了北辰影一眼。

北辰影默默地转过身，无语地看着苏落："……他真的失忆了？"

苏落叹了口气，原本她还抱着一丝希望，期盼着南宫流云看到北辰影时会突然恢复记忆，看来奇迹并没有发生。

苏落没好气地说："现在你们是什么感受，当初的我，感受比你们强烈十倍。"

"这到底是怎么回事啊？"北辰影完全无法接受这个事实。

苏落见天色尚早，就问南宫流云："东风他们呢？"

"绞杀魔族余孽。"南宫流云带着淡淡的笑意说道，"除了三十六路魔军，还有一些魔族也跑进去了，总得杀干净才行。"

北辰影他们羡慕地看着苏落——失忆后的南宫流云，对苏落依旧宠溺无比，这一点从他的目光中就可以看出来。

苏落哪里不知道这几个人内心的想法，没好气地说："我当初的待遇可比你们差十倍，既然有时间，就给你们讲讲这些年在灵界的事吧。"

南宫流云已经听苏落讲过《一世倾城》的故事了，但是现在苏落又详细地说了一遍。

特别是南宫流云被龙凤族抢走后，他们第一次相遇时，南宫流云的冷漠、残酷、无情……

苏落说得认真细致，北辰影他们听得瞠目结舌。

南宫流云坐在苏落身边，搂住她的纤腰，转眸就可以看到她那精致漂亮的侧脸。

南宫流云不是第一次听苏落讲这场经历了，这次听的时候，心里多了很多感触。

当初在田园村的时候，第一次听苏落讲这个故事，南宫流云对苏落已经有一种微妙的情愫潜滋暗长，但他自己却冷漠地排斥这种出自本能的喜欢，抗拒让自己喜欢上苏落，所以当时听的故事，也仅仅是个故事而已。但是现在，他已经明白他是故事里的男主，而且他早已不再抗拒内心的冲动，对苏落早已情根深种。

在这样的情况下，再去听这个故事，感觉自然截然不同。

南宫流云脸上带着笑意，皎洁的月光洒在他的脸上，仿佛打了一层柔光。他静静地看着苏落，眸中有着连他自己都察觉不到的温柔……

北辰影和紫妍看着眼前这对璧人，脸上都带着会意的笑容。

苏落就是苏落，即便南宫流云失忆了，她也能让他再次疯狂地爱上她。

那么长的故事，苏落花了一天一夜才讲完。北辰影他们终于知道，南宫流云在灵界的中央大陆有着怎样恐怖的权势和地位了。

“啪啪啪……”几个人拼命地鼓掌。

苏落很受用，不过她却反问他们：“你们有什么打算？”

“打算？”紫妍歪着脑袋想了想，“碧落大陆的事还没了结，大魔王不除，人族的生存依然受到威胁，这时候我们不能离开碧落大陆。”

“大魔王的事了结之后呢？”苏落看着北辰影和紫妍，“你们有什么打算吗？”

北辰影和紫妍互视一眼，然后双双看向苏落。

“我想去灵界。”北辰影认真地说道，“碧落大陆的灵气越来越稀薄，想进步已经很难很难了，想要变强，只能进入灵界历练。”

苏落看向紫妍，用眼神询问她的意思。

紫妍牵着北辰影的手，坚定地说道：“他去哪里，我就去哪里。”

苏落其实也是希望他们进入灵界的，他们的回答让苏落感到很欣慰。

对于有背景有后台的修炼者来说，灵界就是天堂，而苏落已经打好了物质基础。

继而，苏落望向蓝渲，问道：“蓝渲，你是怎么想的？”

蓝渲苦笑：“我的资质我很清楚，当初我们几个人中，我就是垫底的，这么多年来，在炼狱城的资源管够的情况下，到现在还是玄化阶的实力，所以我还是留在碧落大陆吧，毕竟碧落大陆还是需要人守护的。”

苏落点点头，她尊重蓝渲的意见，也很清楚，在神化阶遍地走的中央大陆，他到时候内心的挫败感会如何强烈，所以苏落并没有勉强他，而是笑着拍拍他的肩头：“我尊重你的选择，不过你也不要妄自菲薄，回头让南宫指点你几句，保证你的潜力再度突破。”

现在南宫流云在苏落眼中就是先知，他点拨谁几句，谁的实力就会突飞猛进。

蓝渲看着南宫流云，内心一丝叹息，面上一丝苦笑。当初最好的发小，如今却相见不相识，这种感觉真是糟透了，也不知道南宫什么时候才能恢复记忆……

接下来是傻大姐。傻大姐歪着脑袋想了想，问道：“灵界有鸡腿吗？”

苏落笑眯眯地说：“当然有啊，而且比碧落大陆的好吃多了。”

“那……灵界有烤肉吗？”

“当然有啊，而且比碧落大陆的好吃多了。”

“我也要去灵界！”

于是，吃货傻大姐就这样被苏落拐跑了。

蓝渲告诉苏落，暗夜冥的身体很不好，经过这次魔族大举入侵之事，恐怕这时候更不好了。苏落担心暗夜冥时日无多，让大家都上了八翼飞马，马不停蹄地朝帝都赶去。

在他们还未到达的时候，帝都正在发生一件改朝换代的大事。

暗夜冥大口大口地吐完血，正拉着二皇子的手宣布由他即位。

“老二，等朕走后，这皇位就是你的了。你要记住，这江山是南宫家族给的，要善待南宫家。”

“是，父皇。”

“老大……”暗夜冥拉着大皇子的手，“朕知道你不甘心，但是这块大陆并不平静，在和平年代你会是一位很好的帝王，可是现在是战争时期，你弟弟比你更合适，你不要恨你弟弟。”

大皇子咬着下唇。他能甘心吗？他是嫡长子，从小被当作储君培养，他等这个位置等了足足几百年，结果现在他爹突然要将皇位传给他弟弟。

“父皇，请您收回成命！”大皇子单膝跪地，单手握着他父皇的手，目光如剑，射向暗夜冥。

暗夜冥的心微微一颤，陡然生出一种不妙的预感。

“暗夜文，你要做什么？”暗夜冥一边咳血，一边想挣脱暗夜文的手。

可是，他的手被暗夜文死死拽住了。这些年来，暗夜冥殚精竭虑、勤政爱民，把所有的精力都放在治理江山上了。他没有时间修炼，身体损耗又多，所以在几个发小中，数他的身体最弱。

当年，他牵着大皇子的手，大皇子的手还那么小，可是现在，这只大掌强而有力，暗夜冥感到一阵力不从心。

“父皇，请收回成命。”暗夜文死死盯着暗夜冥，眼神犀利如剑，坚定地盯着他的父皇。

“暗夜文，你在逼宫！”暗夜冥怒视着暗夜文，脸色因为激动而潮红。

暗夜文冷笑了一声，并不说话。

就在这时，暗夜冥床前的四位顾命大臣集体跪下：“请陛下收回成命，请大皇子继位。”

“你们……”暗夜冥万万没有想到，这四位顾命大臣居然全都支持暗夜文。

“如果朕不答应呢？”暗夜冥忍住没有咳血，目光森冷地盯着这群在他人生的最后时刻出卖他的人。

“陛下在位这么多年，也该退位让贤了。”顾命大臣李丞相第一个抬头。

“如果朕不答应，你是不是预备逼死你的父皇？”暗夜冥双目赤红，死盯着暗夜文。

暗夜文没有辩解。因为现在局势对他很有利，甚至可以说，他是稳赢的。

“其实就算我答应了，你们也是会逼死我的。”暗夜冥缓缓吐出这句话。

“父皇怎会这么想？儿臣只是想让弟弟多在屋子里读点书罢了。”暗夜文说得不动声色，眼中却有着掩饰不住的得意。

“难道你就不怕他们回来后杀了你？”暗夜冥冷笑，“魔族三十六金刚都死在他们手里了，你觉得你的脑袋比魔族金刚长得还结实？”

“父皇这是提醒我了。”暗夜文握着暗夜冥的手，一股强大的力量注入暗夜冥体内。

暗夜冥的身体仿佛被电击过一样，不断地战抖、剧烈地痉挛。暗夜冥能够感觉到，他的生命正在迅速流逝……

他不禁苦笑一声。他怎么都没想到，大皇子居然隐瞒了他有修为的事。

“父皇，你知道我盼着你死盼了多少年吗？你看看我的头发，盼着盼着都白了……”大皇子死死拽着暗夜冥的手，“听说苏落先祖医术了得，如果让她看到父皇，父皇是不是还能活个千年？”

原来如此！暗夜冥的心猛然一颤，大皇子等皇位等得太久，如今已经等不下去了，所以提前发动了政变。

“所以，父皇你去死吧……”暗夜文猛然用了狠劲。

暗夜冥的生命力只剩下百分之一了，如何禁得起这样的折腾！

眼看着暗夜冥即将失去生命，就在这关键时刻，八翼飞马冲破皇宫正殿的殿顶从天而降。

皇宫的保护结界，对八翼飞马来说形同虚设。

轰隆隆！殿顶破了一个大洞，所有人的注意力都被吸引过去。

暗夜文心知不妙，骤然朝他父皇激发杀招。但是苏落的速度实在太快了，瞬间便将暗夜文举起，像丢垃圾一样砸向墙壁，然后坐到暗夜冥床前。

“落落，南宫……”暗夜冥看了苏落和南宫流云一眼，带着满足的微笑闭上了眼睛。

苏落用妙影神针治好暗夜冥的内伤，取出一颗丹药递给北辰影：“喂他服下，就算不能让他多活一千年，八百年总还是有的。”

大皇子本来还剩下最后一口气，听到苏落这句话，脑袋一歪，彻底死了。

等暗夜冥再次醒来，已经是第二天了。

跟大皇子的大逆不道比起来，二皇子看上去还是挺孝顺的。

之前他被大皇子的人制住动弹不得，当苏落他们及时赶到改变了局势后，他什么事都不闻不问，只一心伺候着他的父皇。

有了大皇子的事之后，大家看二皇子都带了点有色眼光，总怀疑他是不是也有异心。

苏落经过细心观察，摇摇头道：“这二皇子还算有良心，不像大皇子那样是个白眼狼，而且修为也不错，带去炼狱城修炼吧。”

北辰影点点头：“对暗夜来说，这总算是个安慰。”

帝国历史上第一次逼宫事件，就这样落下了帷幕。这件事除了皇族，只有核心大臣才略有耳闻，他们甚至都不清楚具体的事情。

那四位顾命大臣及其家族，都被暗夜冥给灭了。

就在暗夜冥需要发泄怒火的时候，魔族的谈判大军到了。

魔族派来了两个主事者：一个是大魔王的守护者一号，嚣张跋扈，目中无人；一个是魔族的牛丞相，一只老谋深算的老狐狸。

暗夜冥很清楚，魔族那位大魔王是很恐怖的存在，有他在，魔族在对人族的战争中就有着绝对的优势。他可以培养出三十六金刚，就能培养出三百六十金刚。

这次战争，魔族损失惨重，人族的实力也大为削弱，迫切需要休养生息。

因此，对于魔族提出的议和，暗夜冥是同意的，并派二皇子全权处理此事。

二皇子领会了暗夜冥的意思，议和时并没有咄咄逼人，而魔族的态度就太嚣张了。

那位守护者一号直接就说：“你们得意什么？我们魔王陛下如果亲临，你们人族这片大陆瞬间就会化为灰烬！”

二皇子冷冷一笑。

“我们魔王陛下说了，从今以后，双方疆域以相思树防线为界，相思树防线那边是你们的，这边全是我们魔族的！”

二皇子皱眉道：“炼狱城在相思树防线之外，你的意思是说，炼狱城也归你们魔族了？”

这简直是天大的笑话。

守护者一号冷冷一哼：“这有何难？你们人族留下来我们还不要呢，你们能搬走的东西尽量搬走好了，但是这块地方必须归我们魔族。”

二皇子用看神经病一样的目光看着守护者一号，冷冰冰地说：“别忘了，这次打了败仗的是你们魔族！”

“那又如何？”守护者一号大言不惭，“我刚才不是说了吗？那是因为我们大魔王陛下没有出手，一旦我们大魔王陛下出手，你们人族全都得死，包括你们那什么苏落先祖、南宫先祖的，哈哈哈……”

就在守护者一号狂笑之际，忽然，夏月掀开帐篷的帘子，双手叉腰，不耐烦地哼了一声：“叫什么叫，笑什么笑，找死啊！”

大魔王的守护者一号很嚣张，但是苏落身边的丫鬟更嚣张，光从气势上讲，夏月就足以碾压守护者一号。

守护者一号冷不防被这么一喝，心里抽了一下，下意识地朝夏月看去，原来是一位娇娇弱弱的小姑娘。

守护者一号冷冰冰地盯着二皇子：“你们人族就是用这种态度对待谈判的？你们还有没有诚意？”

二皇子没有说话，夏月却冷笑道：“诚意？为什么要给你诚意？”

“既然如此，那这次议和就不议了！”守护者一号冷哼一声。

夏月双手叉腰，冷哼：“不议就不议呗，好像谁求着你们来一样，好笑死了。”

守护者一号盯着二皇子：“如果不立刻杀了这个臭丫头，魔族立即发兵攻打人族，我们大魔王陛下必然亲至！”

“说得好像你自己是魔族大将军似的，还立即发兵！再说了，你们家大魔王陛下听你的命令吗，你说他亲至他就亲至啊？”夏月素来泼辣，又口齿伶俐，论吵架还真没人吵得过她，更何况这次理还在她那边。

守护者一号冷冷一笑："好，不杀她是吧？那我来杀！"

守护者一号为了维护他的尊严，运起魔力，利剑脱手而出，径直朝夏月射去。

夏月看着那朝她笔直射来的剑，眸中闪过一抹认真之色。

她之所以进来吵，就是想激怒这位大魔王身边的第一人，从他的身手大致能推算出那位大魔王的实力。

夏月观察得非常认真，但是很快眼中就闪过一抹冷笑：守护者一号的实力，看来也不过如此。

夏月的身形忽然一动，将那柄来势汹汹的利剑握在手中。

"你……"守护者一号惊怒交加。怒的是，他引以为傲的飞剑竟然被对方抢走了；惊的是，眼前这小丫头的实力竟然比他还强。

"刚刚你说，一旦你们大魔王陛下出手，人族所有人全都得死，包括我们家主子？"夏月似笑非笑地看着守护者一号。

她手里的剑横在守护者一号的脖子上，剑刃上冒出一颗颗血珠。

守护者一号冷笑道："是我说的又如何，难道你还敢杀我不成？"

双方议和，不斩来使，这一条铁律不管到哪里都适用，所以守护者一号很淡定。

"为什么我不敢杀你？"夏月不解地看着守护者一号，"现在，就让我宣判你们魔族的罪行——一、你们大举入侵人族，其心可诛；二、此战中很多人族修炼者死去，你们该死；三、杀你们耗费了我们很多时间，你们更该死；四、……；五、……；……"

"以上，你们罪该万死，所以，先杀了你收点利息！"

夏月的语速极快，快得旁人还没反应过来，就响起咔嚓一声。

"天啊！"二皇子这下真坐不住了，因为夏月姑娘竟然把守护者一号给杀了。看到地上那还没停止滚动的脑袋，二皇子的内心是崩溃的。

夏月淡淡地瞥了二皇子一眼，朝他点点头："不就是杀了个奴才吗，你急什么？"

"你……你居然杀了他？你可知道他是谁！"牛丞相好半天才从震惊中回神。他是保守派不假，可是在这时候他跟守护者一号是同一个立场的。

夏月淡然瞥了他一眼："不就是个奴才吗，杀了就杀了，值得你们这么大惊小怪的？"

“奴才？他是我们的使节，而且是正使节，老夫是副的！”牛丞相怒斥一声，“这件事不能就这么算了！你们等着，我们大魔王陛下一定杀得你们人族生灵涂炭、永世不得超生！”说完，牛丞相一挥手，一群义愤填膺的魔族人跟在他身后就要离去。

夏月却淡漠一笑：“先不说你们大魔王百分之百打不过我家主子，退一万步来说，就算打得过又如何，碧落大陆跟我可没啥关系，生灵涂炭、永世不得超生也没什么，反正我们也快回灵界了，哪管得了碧落大陆洪水滔天啊？”

牛丞相瞪大了眼。魔族人一向粗犷剽悍，直来直去，他们见过不怕事的，还真没见过这么不把碧落大陆当回事的。

二皇子脸上的冷汗唰唰地往下淌。

夏月冷冷一笑：“不过在离开之前，我起码要杀你们几百万魔族人！”

“我们的人还不少，主子们实力更强，所以杀得你们魔族灭族什么的，也不是什么难事。”夏月指了指守护者一号。

牛丞相傻眼了，直到这一刻，他才终于意识到一件事——眼前这丫鬟打扮的姑娘一挥手，大魔王陛下身边的第一人就被砍了脑袋，这说明了什么？说明这姑娘的实力足以碾压大魔王陛下身边的那些强者。

而她的主子……会不会碾压大魔王陛下呢？

而且听说她的主子有两位。

“哦对了，忘记说了，我家主子，就是雕像被放在帝国广场里日晒雨淋的那两位。”夏月没好气地说。

牛丞相的脸色又苍白了几分。

人族有四位超强者：一位是炼狱城城主，一位是容云大师，一位是南宫流云，还有一位是苏落。

魔族为什么敢发动毁灭人族的战争？因为这四位超强者全都不在碧落大陆了，他们去灵界了，没有极特殊的情况，他们根本不会回来，也回不来。但是现在什么情况？四位超强者中，有两位回到碧落大陆了？

想到这里，牛丞相整个人都不好了，虽然心里翻江倒海，表面上还是故作镇定地说：“就算……就算你们神女回来了，那，那又怎么样？你们也不能这么不讲道理啊！”

二皇子注意到，牛丞相的语气一下子就软下来了，没有之前那么咄咄逼人了。

夏月冷笑连连："讲道理？你们魔族进攻人族就是讲道理？"

"那，那，那是因为弱肉强食啊。"

"所以我们人族如果现在进攻魔族，也只是因为弱肉强食了？谢谢阁下告诉我这个道理。"夏月满意地点点头。

牛丞相承认他被吓到了，所以他的语气更急："你们到底想怎样？"

二皇子惊奇地发现，自从夏月过来后，局势完全一边倒了。在她到来之前，魔族可嚣张了，不仅提出以相思树为界，而且还让人族给魔族纳贡称臣，每年进献人口。这哪是战胜国的待遇啊？分明是战败国的待遇。

可是夏月过来，一剑斩下，守护者一号就死了。她比守护者一号更嚣张、更强势、更霸道，魔族还真的就被逼得节节退让了……

此刻，苏落和南宫流云并不在帝都。

苏落来碧落大陆另有目的，就是寻找十二大神器之一——碧落峰的九阳壹尺。

七色碧霞绫曾暗示苏落，九阳壹尺就在碧落峰中。

碧落峰是碧落大陆最高的山峰，高耸入云。

南宫流云和苏落已经攀登到顶端，甚至，整个碧落峰都被他们找遍了，却完全没有九阳壹尺的踪迹。苏落拿出其余的神器，试图让这些神器跟九阳壹尺发生一些感应，但是居然完全没有反应。

苏落郁闷地看着南宫流云："应该就在碧落峰啊，怎么没有？"

南宫流云摸摸苏落的脑袋："不急，慢慢找吧。"

"这座山峰的周围我们已经全部探查清楚了，没有阵法，没有障眼法，也没有隐藏的洞穴……"

苏落掰着手指头，一边数一边说，"能找的地方都找了，就是没有，真是奇怪。"

南宫流云也有些不解，以他寻找东西的能力，他能确定，碧落峰里确实没有九阳壹尺。

为保险起见，南宫流云提议："再探查一遍内部？"

"只能如此了。"

在所有能用的方法和技巧用完之后，苏落和南宫流云采取了最简便也是最原始的办法。南宫流云一剑刺下，碧落峰的山顶到山底就多了一条笔直的通道，深不见底。

苏落和南宫流云跳入通道，攀爬在石壁上，一个负责左边，一个负责右边，开始一寸寸地探索碧落峰的内部。碧落峰是碧落大陆最高也是最巍峨的山峰，即便是南宫流云和苏落，想要一寸寸地探索，没有十天半个月也是不可能完成的。

就在南宫流云和苏落抱着一线希望寻找九阳壹尺时，谈判还在继续。

夏月正冷笑地看着牛丞相。牛丞相在夏月的咄咄逼人下，主动让了一步，他说："那边界就还是原来的卡巴斯基防线吧？"从相思树防线到卡巴斯基防线，已经是很大的一个进步了。

二皇子瞅着夏月，暗示得眼角都快抽筋了，可夏月只当没看见，依旧看着牛丞相冷笑。牛丞相心虚了："赔款的事，你们就不用给了，这样总可以了吧？"

夏月继续冷笑，牛丞相握拳："你到底想怎样？"

"如果没记错的话，打胜仗的是我们吧？打了胜仗还要给你们割地赔款？"夏月觉得这件事太不可理喻了，魔族怎么好意思提出这么不要脸的要求？当她的视线从二皇子脸上扫过，看到他脸上的神情时，夏月愣了一下，指着二皇子道："不要告诉我，以前你们就是这么窝囊的！"

二皇子默默地垂下脑袋，心说那位大魔王陛下真的无敌啊……

这时候，人族这边又进来几个人，分别是北辰影、紫妍、蓝渲和暗夜冥。暗夜冥经过治疗，身体已经好了大半，不用人扶着就能自己走了。

他们进来的时候，刚好听到夏月问这句话，一个个瞬间涨红了脸。魔族欺负人族的事件，这几百年来层出不穷，人族无力抵抗，事实就是这么让人抬不起头。

夏月看了这群人一眼，深吸一口气，她觉得如果不克制自己的情绪，她会一巴掌将牛丞相拍飞。

夏月指着还在说话的牛丞相："你给我闭嘴！"

正在滔滔不绝的牛丞相被夏月吓了一跳。

夏月冷笑一声："你们魔族的哪些城池最繁华？"

牛丞相不知道夏月要做什么，下意识地答道："月城、冥城、时城、空城、牧城……"

牛丞相一口气说了十座城池，末了还说："这十座城池，是我们魔族最繁荣昌盛、最——"

夏月点点头：“很好，以后这十座城池就归我们所有了。”

“什么？这可不行！”牛丞相差点跳起来。

夏月身后的那群人也全都惊讶地看着她。这要求未免太……简单粗暴了吧？如果这件事真能实现，那人族可占大便宜了。

“这绝对不可能！”牛丞相怒气冲冲地抗议，但是夏月没理他，径自说道：“你们已经割了地，赔款就少给点吧，把这些年来从人族搜刮走的，再翻一倍给送回来，嗯，就是这样。”

夏月瞥了目瞪口呆的二皇子一眼，问道：“这些年给魔族送的单子都还在吧？”

二皇子如梦初醒，忙点头道：“嗯，还在还在，都还在……”

北辰影和紫妍他们都惊讶地看着这个张扬的小丫头。这丫鬟的做派，跟他们印象中的苏落可真像啊。不过这姑娘只是苏落的丫鬟吧？什么时候连丫鬟都这么剽悍了？

夏月这干脆利索的一番话，说得牛丞相暴跳如雷：“不行！这议和没法谈了，你们这是在欺负人！”

夏月点头道：“对啊，就是在欺负你们，你不会现在才看出来吧？”

“……这就是你们人族的态度？人族的皇帝，你也这么认为吗？”牛丞相看到了站在夏月身后的暗夜冥，忙不迭地质问。

暗夜冥双手负在身后，对夏月点点头：“谈判的事，你可以全权负责。”

夏月朝暗夜冥点点头，转而看向牛丞相：“现在，我们人族的皇帝也这么认为了。”

牛丞相气急败坏道：“我要求暂停谈判！”

夏月居然好脾气地同意了。

牛丞相冷哼一声，带着人回到营帐，当即就跟魔族联系，可大魔王陛下的通讯器一直嘟嘟响，就是没有接通。

于是，牛丞相就跟他们的议会组联系。议会组是由一百零八个种族的族长组成的，会长是豹族长。

豹族长告诉牛丞相一件事，吓得牛丞相通讯珏都快掉地上了。

“什么？”牛丞相的内心一哆嗦。

豹会长说：“这件事是真的，所以你那边务必要将和约签下来！不管是什么条件，必须签下。人族很好骗，你稍微对他们和颜悦色一点儿，他们就会让一大步。”

牛丞相简直想哭，以前的人族确实是这样的，但问题是，现在这姑娘是从灵界来的，明显是见过大世面的，这些手段完全无效啊。

就在这时，营帐外面突然传来一阵惨叫声。

牛丞相心中一惊，当即将通讯器收起来，大步冲出营帐，只见夏月拿着那柄杀死守护者一号的剑，像切大头菜一样，在魔族的议和队伍里杀了个三进三出。

地上血流成河，一颗颗脑袋滚来滚去，很多魔族人死不瞑目。

牛丞相愣了一下，很快就回过神来，愤怒地指责夏月：“你在干什么？你疯了吗？！”

夏月笑嘻嘻地瞥了牛丞相一眼，完全没有因为杀了魔族人而愧疚的感觉。夏月很清楚，当时如果不是主子和二少来得及时，这整块碧落大陆都已经是魔族人天下了，人族已经被杀得片甲不留了，所以，杀几个魔族人收点利息算什么？

牛丞相破口大骂：“不是暂停谈判吗，你为什么杀人？这就是你们人族的待客之道？你这么不讲道理，还怎么谈判！”

夏月冷冷一笑：“你自己说不谈的啊，既然不谈，我又闲着，那就每天杀你们一百个魔族人好了，不然我睡不着觉啊！”

夏月说完，一挥手就要走。

牛丞相简直想哭，他可是被豹会长下了死命令的，必须要将议和进行下去，必须要拿到议和的和约。之前他跟豹会长说了守护者一号被杀之事，即便这样，豹会长还是命令他务必拿到议和和约，这件事背后……牛丞相想想都觉得胆寒。

这边，夏月又得寸进尺，她将剑扛在肩头，对牛丞相的手下们回眸一笑：“好好待着，本姑娘明天再杀。”

牛丞相实在气不过，立马将魔族被杀的事禀报上去。他想，这样会长大人肯定不能再忍耐下去了吧？但是他怎么都没想到，会长大人的回答居然是——继续谈判，务必要继续谈下去！

牛丞相傻眼了，现在还怎么谈啊？人家明摆着就是在欺负魔族嘛。

第二日，牛丞相一早就给他们送去了一百个人头，然后悲伤地坐在营帐里，想拖一天再说。不料夏月竟然出现在他的面前，将一块玉珏递到他的面前。

“这是什么？”牛丞相不解地问。

“谈判和约，昨晚本姑娘熬夜做出来的。觉得没问题就签了吧，还能少死些人，你是知道本姑娘的脾气的，让步什么的，在本姑娘的字典里是不存在的。”

傲娇地表明立场后，夏月双手环抱在脑后，优哉游哉地靠在椅背上，慢条斯理地睨着对方。

牛丞相一看那玉珏，手里的筷子哐当一声就掉了，声音凄厉地抗议："这算什么和约，太不平等了！我抗议！"

夏月看了他一眼，点点头，扛着剑就要出去。

"说好了一天只杀一百的，一百个人头已经给你送过去了！"牛丞相冲着夏月的背影大吼。

夏月回眸甜甜一笑："一天一百个人头是我说的，一天一万个人头也是我说的，我想杀多少就杀多少，你管得着吗？"

牛丞相真是怕了夏月了，这姑娘不像别人一样，对魔族有着天然的敬畏，真要说起来的话，这姑娘对魔族有着天然的鄙视……

"可是这个和约，真的……"牛丞相很为难。

"拖一天，和约上的赔偿金额翻倍，你知道的，这场战争其实我们很想打，包括我家主子，只是缺少一个名正言顺的理由罢了。"

牛丞相的心都在颤抖，他无可奈何，只能摸出通讯器，朝那边的议会会长禀报。

"什么？赔偿二十座城池？十倍晶核？还要十万魔族奴隶？她怎么不去抢！"议会会长发出怒吼。

牛丞相心想，怒就对了，可坚决不能答应。可是，会长大人却话锋一转，对牛丞相说："签了。"牛丞相顿觉如遭雷击，这样的条件都答应！魔族真的……

"可是这不是纸质的合同可以违约，这是天地誓言的玉珏啊，签了就不能反悔，不然天地规则的惩罚会降临到魔族身上！"

会长大人咬着牙说了一个字："签！"说完直接将通讯器挂断。

夏月瞥了牛丞相一眼。牛丞相苦着脸道："签就签！"

在人族被魔族逼着签下这样那样的不平等条约后，人族第一次拿到了欺负魔族的不平等条约。

第二天，当夏月将这块签了和约的玉珏丢到朝廷上时，所有人都震惊了。

"这，这，这……这里面的和约不是真的吧？"

"魔族赔二十座城池，十倍的晶核？这怎么可能！"

"魔族境内所有城池朝帝国打开，帝国人可以自由进入、自由经商，待遇等同魔族？"

这一条，几乎能把魔族的经济给摧垮啊！魔族那些不开化的粗人，论起经商，哪里是狡猾的帝国商人的对手？林林总总、粗粗细细，一共上百条款，每一条都是对帝国有利的，这就是在赤裸裸地欺负魔族。

但是这种玉珏有天地规则注入，怎么可能会假？谁又敢作假？之前魔族没有逼人族签下这种和约，是因为这种玉珏，还真不是谁都有的。

不过在最初的难以置信后，他们随即表现出极度的兴奋。

“天啊天啊天啊！”

“这居然是真的！这怎么可能是真的呢？这居然还真就是真的！”

“魔族到底发生了什么事，怎么会签下这么不平等的条约呢？哈哈哈，管他发生了什么事，总之，这个和约已经签了，那就是妥妥的了！”

“可以去魔族经商，而且还是跟魔族同等待遇！哈哈哈……到时候咱们把魔族的财富全部搬过来！”

全朝上下都不住地对夏月表示感谢，这件事也从朝廷传到了民间，整个帝国都沸腾了。

不说帝国处于怎样的激动状态里，单说苏落和南宫流云。

这几天他们已经将整座碧落峰一寸寸地探查过了，但是，没有……苏落皱着眉头：“九阳壹尺到底在哪里？碧落峰内部有被动过的痕迹，至少也是三百年前了，总不可能三百年前就已经被人拿走了吧？”

南宫流云看着苏落，忽然神来一笔：“大魔王是三百年前来的吧？”

苏落当即眼眸一亮：“不要告诉我，九阳壹尺三百年前就被大魔王给挖走了……”南宫流云却淡定地点头。

苏落：“走。”

苏落和南宫流云直接拉出大黑龙，朝魔族而去。大黑龙势不可挡，盘旋在大魔王的殿宇上方。苏落和南宫流云淡然坐在大黑龙背上，随着它冲入魔族最核心的地域。

可是，大魔王根本就不在此地，所以那位议会会长才非要让牛丞相签下不平等条约。

大魔王为什么不在？因为他会占卜术，他预料到自己有个死劫，为了活命，便抛下经营多年的魔族和家族给他的任务直接跑了。他这一走，魔族陷入水深火热之中，但他管不了那么多了，活命要紧。

大魔王已经到了从魔族到魔界的传送点。他不像苏落和南宫流云那样持有特殊令牌，可以自由进出灵界，想回魔界必须发起一场虔诚的仪式，从而开启通往魔界的大门。如果苏落和南宫流云不能在魔界大门开启之前将大魔王抓住，让他跑回魔界的话，那九阳壹尺想拿回来就难了。

苏落和南宫流云发现大魔王潜逃之后，迅速寻找前往魔界的通道。而小黑猫的新技能就是占卜，所以苏落将小黑猫抱出来问路。小黑猫那两只爪子经过一番繁复的动作，最终帮苏落确定了方向。

“东南方向，走！”

苏落和南宫流云正要朝东南方向飞去，忽然，南宫流云眉梢微动，脸上闪过一丝凝重之色。

“发生了什么事？”苏落不解地问。

“有人追杀到碧落大陆来了。”南宫流云的眼中闪过一道寒芒，“来自中央大陆的追杀。”

苏落知道，南宫流云肯定有专门示警的渠道，他既然这么说了，这件事肯定就是真的。

南宫流云拿出通讯珏，对东风说了几句话，然后拉着苏落就往反方向走：“走。”

苏落顿时一惊：“我们这是要去哪里？”

南宫流云神色淡然，但是眼底有着一抹认真的神色：“追杀过来的人实力非同一般，我们的实力还未完全恢复，你觉得会是他们的对手吗？”

根据南宫流云得到的信息，追杀过来的是一支不少于二十人的队伍。至少现在暴露出来的已经有二十人了。能够派遣至少二十人的团队进入碧落大陆，这绝对是大手笔，就连龙凤族这样超然的存在，也不是一时之间就能办到的事情。由此可见，幕后之人的来头很大。如果将战局放在碧落大陆，碧落大陆将遭到毁灭性的打击。为免碧落大陆遭殃，苏落和南宫流云径直朝通往魔界的传送门赶去。

就在这时，有三道剑芒从身后追来，其中两道是针对南宫流云的，另一道是针对苏落的。苏落能够明显感觉到剑芒的威势，她很清楚，这道剑芒她躲不过去。南宫流云见势不妙，将苏落抱在怀里，以一种很复杂的步伐快速行走。南宫流云的步伐精妙无双，走的是阵法，避开那三道剑芒飞快地离开。

没多久，三道身影出现了。他们手中握剑，目光幽冷地望着前方。

很快，一个个黑衣人飞身落到山巅。诚如南宫流云所料，这一行人确实有二十个，而且个个实力非凡。为首之人身形最高，头脸都被黑巾蒙住，全身都裹在黑色衣袍里，只露出一双眼睛，目光如电、杀气腾腾。他身后两位，一胖一瘦，实力不相上下。再后面，是十七位黑巾黑袍的杀手。从他们的举手投足间可以看出，这群人绝对来自军部，而且还是敢死队的成员。

黑衣人首领皱眉看着前方，声音冰冷："不愧是南宫二少，虽然实力下降了，逃生能力却一点都没下降。"

黑衣人二号，就是那位圆圆胖胖的杀手，笑眯眯地说："他们发往灵界的求救信息已被拦截，碧落大陆通往灵界的传送门被暂时封印了，现在没人能救他们。"

黑衣人谈笑风生，对于捉南宫流云和苏落这件事，显然胜券在握。可是他们千算万算，唯独没有算准一点——通往魔界的大门，正以一种诡异的方式缓缓打开……

南宫流云利用阵法暂时将那群人甩在身后。在前进的路上，苏落看到南宫流云不断利用地形，制造各种各样的临时阵法。苏落目不转睛地盯着南宫流云的动作，专心致志，因为稍一分心，她就看不过来了。石头、木头，甚至是杂草，在南宫流云手中，都能变成可以利用的阵法工具。上次在天火城的时候，南宫流云还留了一些阵法用具没有用，这次正好拿出来使用。

黑衣人在后面追，时不时地就会被阵法给困住。如果没有阵法延迟，他们早就追上南宫流云和苏落了。黑衣人队伍里也有一位阵法大师，不得不说，为了杀南宫流云，对方已经研究他许久了。

天色渐渐黑下来，夜幕降临了。

而此刻，他们已经来到茫茫雪原上。雪原上的地形不利于制造阵法，所以苏落他们跟黑衣人的距离越来越近。南宫流云眼眸一动，对苏落说："你先过去，我一会儿就来。"

苏落的眸中闪过一抹焦急，她一把拉住南宫流云的手。南宫流云揉揉苏落的脑袋："乖……"然后南宫流云的身影一闪而过，再定睛看时，已经不见他的身影。

苏落用力咬住下唇，神色有些痛楚。她很清楚，南宫流云独自引开黑衣杀手，是为了给她争取逃命的时间，不然她绝对逃不过去。南宫流云拼了性命给她争取时间，她不能辜负他的心意。苏落咬咬牙，深吸一口气，转身离去。一路飞奔，很快苏落就发现，身后已经没有那种危险的气息了。

虽然不知道南宫流云用了什么办法，但是很明显，他把所有的追杀者都成功引走了。苏落的内心一阵痛楚和失落，还有浓浓的担心。现在的南宫流云，实力才恢复到大圆满二星，再加上被碧落大陆的天地规则压制……苏落想想都有些后怕。但是她也很清楚，她现在最应该做的事就是赶紧去找大魔王，抓住最后的机遇！

碧落大陆已经很不安全，她和南宫流云留在碧落大陆，只能给碧落大陆带来毁灭，灵界入口又进不去，所以他们现在唯一的生路就是进入魔界。可是，人类无法开启进入魔界的通道，只能在大魔王打开魔界通道时乘机冲进去。

有小黑猫指路，苏落一直以最简短的路线前进。

苏落的眼睛忽然一亮，因为她看到就在前方五公里处，一个身穿紫袍的年轻人正双手合十，虔诚地祈祷。这里是雪山之巅，他的前面是一个巨大的雪坑，雪坑离地面大约有五百米的距离。五公里的距离对于苏落而言，并不会花费多少时间，苏落眨眼间就瞬移到紫袍少年身边。

苏落清楚地看到，雪坑里有个黑色的洞口，洞口上方弥漫着黑色雾气，虽然看不清里面的情形，却有一种阴森恐怖的感觉。小黑猫兴奋地从空间里冲出来，指着黑色雾气对苏落说："就是这个！就是这样！"

小黑猫的声音惊动了那位虔诚的大魔王，他看到苏落，当即被吓了一跳。然而还没等他问出声，苏落已经先发制人。论实力，苏落未必是大魔王的对手，所以她第一步就是将小黑猫扔向大魔王。小黑猫跟苏落默契十足，在苏落将它扔出去时，小黑猫朝大魔王喷出一口绚丽的气息。大魔王起初没将小黑猫放在眼里，但是很快他就感觉到危险——这股气息有毒！大魔王挥手将小黑猫拍向右侧，不等他回身，苏落的凤舞剑已经刺向他的后心。大魔王在最后一秒避开了。还没等他喘口气，一根青藤猛然从地底伸出，一下缠住了他的双足，从双足到膝盖，再到腰际、胸口，然后是颈项，碧羽仙藤将大魔王全身缠住，捆成一个大粽子。与此同时，苏落使出了神女剑法。

这一刻，苏落底牌尽出。因为她要在大魔王还没反应过来的时候将他拿下，不然的话，她极有可能会输。苏落的剑从大魔王的颈边划过，大魔王的脖子上出现了一道血痕。大魔王郁闷地看着这个不知道从哪里冒出来的姑娘，冷哼一声："你就是苏落？"

苏落心中闪过一丝不解："你就是大魔王？"

大魔王眉头狠皱："你到底想怎样啊？"

苏落瞥了他一眼："我还想问你想怎样呢。"

大魔王郁闷极了，话中充满了抱怨："你要魔族，我已经把整个魔族让给你了，随你怎么折腾都行，你还追来干吗？我惹不起还躲不起吗？"

苏落不解地看着大魔王："你认识我？躲我？为什么？"

能为什么？还不是占卜占到会死在你手里！大魔王没好气地白了苏落一眼。

苏落莫名其妙地看着大魔王，但是她的动作却不慢，右手依旧拿着凤舞剑，左手里突然多了一柄妍华匕首。妍华匕首自左下方往右上方划过，大魔王下意识地避开了咽喉要害，却避不开他的脸。一道狰狞的伤口从他的左颊开始，划过鼻梁，一直延伸到右额。如果不是大魔王躲得快，他的脸都要被苏落一劈为二了！

大魔王脸上出现一抹狠戾之色："既然一定会死在你手里，不如趁早杀了你！"大魔王原先还不知道卦象中杀他的人是谁，他只是有一个模糊的印象，但是当他看到苏落的时候，他一眼就确定，卦象中那个杀死他的人就是苏落！

大魔王原本将五成力量用于维持通道的开启，另外五成力量用来对付苏落。但是这一刻大魔王突然明白过来，如果他杀了苏落，卦象中的死劫不就过去了？那他还用回魔族吗？完全不需要啊！于是，大魔王只用一成力量维持通道，把其他九成力量全用于对付苏落。大魔王一声怒吼，原本将他捆得动弹不得的碧羽仙藤忽然就被崩开了。可怜的碧羽仙藤，瞬间被崩碎，撒落在半空中。

碧羽仙藤的主体受到剧烈震荡，失去了大部分战斗力。苏落来不及多想，一挥手就将碧羽仙藤收入空间之中，不然的话，一旦碧羽仙藤的主体受损，它就真的恢复不过来了。

大魔王毁掉苏落的碧羽仙藤之后，转瞬间就拎起了小黑猫。

"喵！"小黑猫朝大魔王喷出一口七彩气息。

"吼！"大魔王猛地一张口，源源不断的黑色气体从他口中喷射而出，熏得小黑猫喷嚏不断，那双琉璃般剔透的眼睛充满了血丝，眼球仿佛随时都会爆裂。

苏落抓住这难得的机会，妍华匕首终于如愿刺入大魔王的后背，眼看就要刺破心脏了。忽然，大魔王一声怒吼，双手高举，小黑猫被他喷出的气流射入云层看不见了。苏落意识到情况不妙，一个瞬移就要跑，但还是迟了。大魔王仰天长啸之际，周身澎湃着一股非常强大、非常恐怖的气流。在苏落瞬移的前一刻，这股恐怖的气流冲向苏落，推着她倒飞出去，后背狠狠地撞上了崖壁。

在苏落撞击的地方，瞬间出现一个人形洞口。苏落被撞进悬崖里面，撞得头晕目眩，张口便是一口鲜血。苏落见大魔王对她杀意正浓，在山脉内部一个瞬移便想逃走，但是大魔王岂能放过苏落？他那双原本正常的手，忽然变成一只巨掌，五根手指锋利如剑，猛地插入悬崖中一抓，那巍峨的山脉就被抓出一块巨大的豁口。

苏落在山脉深处飞快地奔走，一个又一个瞬移不知疲倦地使用着，她能够清楚地感觉到来自身后的危险，一旦她慢下来一秒钟，她的身体就会被那庞大而锋利的爪子捏成肉泥。

苏落一路逃跑，大魔王一路捏山峦，原本好好的一座山脉，愣是被大魔王捏出了无数个山谷。忽然，大魔王冷冷一笑，一簇簇黑色火焰从他的掌中爆射而出，落在整座山脉上，发生一连串的大爆炸。

砰！砰！砰！在剧烈的爆炸下，山脉轰然倒塌，这座魔族最高的山脉，此后变成一马平川。原本藏在山脉深处的苏落浑身是血，不仅身上多处受伤，脸上也被尖锐的石片划出一道深深的血痕。此刻她正躺在凹凸不平的石堆上，胸口剧烈起伏……

大魔王缓缓走过去，在苏落身边蹲下，居高临下地打量着她，目光中充满了怀疑。苏落深吸一口气，白了他一眼："看什么看？"

"你太弱了，"大魔王眼底有着强烈的怀疑，"这样的你是杀不死我的。"难道是卦象错了？还是他之前的认知有误？到底是哪里出了错？

"嗯？"苏落不解地看着大魔王。

"所以，不是你。"大魔王肯定地点点头，又重复了一遍，"因为你杀不了我。"

苏落："……"所以，大魔王的意思是，他会放过她？

但是，苏落提起的心还没放下，大魔王就补了一句："虽然不是你，可是打了大半天，总不能白打吧？所以——还是顺手杀了你吧。"大魔王捡起地上的妍华匕首，朝苏落的胸口猛地一送。

"住手！"苏落大吼一声，但是她的身体被一股无形的力量锁住，完全动弹不得。这就是强者的领域，当初的苏落用得很纯熟，但是现在的她实力掉落后明明会用，却因灵力不足难以运用。

大魔王手里握着妍华匕首，停下来了。不是因为苏落的话而停下，而是因为，他的注意力集中到妍华匕首上。妍华匕首上的气息，给他一种说不清道不明的熟悉感。

"这东西是哪来的？"大魔王盯着苏落，目光凶狠。

"我娘亲留给我的！"苏落在赌，赌妍华匕首跟大魔王有渊源。

大魔王眉头深深皱起，他也不知道为什么脑海里对这柄匕首有这么熟悉的感觉。既然想不通，那就等想明白了再说吧。

大魔王瞥了苏落一眼："看在匕首的分上，你的脑袋就暂时挂在脖子上吧。"

"你这是……不杀我了？"苏落狐疑地看了大魔王一眼。

大魔王倒是想杀，可是他还没弄清楚匕首的事，到时候想起线索来人却死了怎么办？所以他决定带苏落回魔界，等他想起来了，再把这姑娘拉出来审问。

"走吧。"大魔王斜了苏落一眼。

苏落没想到大魔王居然这么善解人意，她本来就想借大魔王的通道进入魔界，现在大魔王居然要亲自带她进魔界，虽然是以阶下囚的方式。

"等等！"苏落拦住大魔王。

大魔王狐疑地看着苏落，而苏落则嘿嘿一笑："我要上个大的。"

大魔王脸都黑了："去魔界同样可以上！"

"可是……女孩子总有些不方便嘛，你懂的。"苏落眼睛亮晶晶的。

大魔王的脸都红了，他不耐烦地朝苏落挥手："行了行了，赶紧去吧，抓紧时间！"

"知道啦！"苏落抱着从天上掉下来的小黑猫，将受伤的它往空间里一塞，让它跟碧羽仙藤一起做伴疗伤去了。

就在苏落要跑开的时候，大魔王忽然冷冷一哼："回来！"大魔王威严地瞪着苏落。

形势比人强，苏落默默地认清事实，拎着裙子屁颠屁颠跑回来："大魔王陛下有何吩咐啊？"

"把这个吃了。"大魔王从衣袖中拿出一个瓷瓶，从瓷瓶里倒出一颗黑色药丸递给苏落。

"这是什么？"苏落不解地看着他。

"魔灵转化丹。"大魔王的态度傲慢极了，不肯多说一个字。

"魔灵转化丹？"苏落心中一动，但还是有些不解，"有什么用？"

"吃了这颗魔灵转化丹，进入魔界后，就会掩盖住你身上的灵气，把灵气转化成魔气，就不会被当成灵界人，人人喊打了。"大魔王冷哼一声。

从大魔王的话中，苏落听出了不少信息：

一、人类进入魔界，一旦被魔族发现，会被人人喊打。

二、人类进入魔界，食用了魔灵转化丹后，就可以伪装成魔族人。

三、大魔王在魔族的背景不会差，不然他手里不会有一小瓶的魔灵转化丹。

大魔王凶巴巴地瞪着苏落："看我干吗？吃啊！"

苏落的手指细细地摩挲着这颗魔灵转化丹，刚刚那一瞬间，她已经验出，这颗魔灵转化丹除了能把灵气转化成魔气，同时还有独属于大魔王的个人标记。

也就是说，一旦吃下这颗魔灵转化丹，她就会成为大魔王的奴隶，想反抗他，除非破除那个印记。要想破除印记，唯一的办法就是实力超越大魔王。也就是说，当奴隶的实力超过主人时，这种主仆契约关系自动终结。

如果是旁人，绝对不会吞下这颗魔灵转化丹，因为身为奴隶，怎么可能超越主子？如果超越不了，那就只能当一辈子奴隶了。

可是苏落并不啊，她的实力只是被暂时降低而已，只要让她找到契机，她的实力是可以突突突地往上飙升的，南宫流云也是如此。

所以，苏落朝大魔王伸出手，笑嘻嘻地对大魔王说："来，再给我一颗。"

大魔王十分不解地看了苏落一眼。苏落没好气地说："你也看到了，我还有一只小黑猫呢，我可不想让它出来透风的时候被乱棒打死。"

大魔王用看白痴一样的目光看着苏落。他只见过不想吃魔灵转化丹的，还从来没见过伸手讨要的。既然这蠢丫头自己找死，还让她的魔兽跟着找死，那就如她所愿吧。大魔王嘴角勾起一抹狰狞的冷笑，从瓷瓶里倒出第二颗黑色丹药丢给苏落。

"吞下。"大魔王盯着苏落。

"哦。"苏落很乖地将一颗黑色丹药吞下，咕噜一声咽了下去。然后苏落发现，这颗丹药入口即化，药效直达丹田，几秒钟内已经跟丹田里的灵气合二为一了。

大魔王满意地看着苏落惊讶的神色，然后不耐烦地挥挥手："不是要方便吗，还去不去了？"

为了拖延时间等南宫流云，当然得去！苏落拎着裙子，屁颠屁颠地朝远处跑去，离大魔王越来越远。

大魔王看着苏落一溜烟地跑远，脸顿时沉下来。这臭丫头，跑那么远干吗？难道他还会偷看她不成？小人之心，哼哼！大魔王气呼呼地在一块大岩石上坐下，一边分出三成力量维持着黑洞通道，一边百无聊赖地等着苏落。

可是，这丫头的效率也太低了吧？怎么到现在还没回来？

由于对方是女孩子，大魔王不方便过去，所以只能用吼的："好了没有？"

"快了快了！"

过了一会儿，大魔王更不耐烦了："到底好了没有？"

“马上马上。”

“再不走我走了！”大魔王威胁苏落。

“那你走吧。”苏落伸出雪白的藕臂，朝大魔王挥挥手。

大魔王：“……”

如果不是心疼那两颗刚送出去的魔灵转化丹，他说不定真的会大步离开。

“只有最后三分钟了，如果你不过来，就别怪我不客气了！”大魔王看着那渐渐有些支撑不住的黑洞通道，眸中充满了怒意。

黑暗通道已经开启得太久，再等下去，通道会自动关闭，到时候大魔王就离不开碧落大陆了。

“咦，不对呀！”大魔王眼珠一转，忽然一拍自己的脑袋，“本来卦象上暗示那臭丫头会杀了我，可现在她已经成为本少的奴隶了，那我还怕什么？所以，还去什么魔界啊？根本不需要去了啊！”大魔王恍然大悟地一拍大腿，可是苏落却膝盖一软差点跌倒。

如果大魔王不去，通道立马就会关闭，她跟南宫流云怎么去魔界啊？通道绝对不能关闭！

就在这时，苏落的通讯珏微微一动，苏落拿出来一看，心中大喜——是南宫流云！

“你在哪儿？”南宫流云传来简单的文字。

苏落立即给他分享了她的位置，然后她就看到通讯珏上有个小红点朝这边飞速而来。苏落计算了一下时间，如果顺利的话，南宫流云会在三分钟之内到达。所以她必须把大魔王拖住，不让他关了通道之门。

就在大魔王手一挥，准备卸去维持黑暗通道的力量时，苏落猛地从他身后蹿了出来，大吼一声：“停！”

大魔王被苏落吓了一跳，转身瞪她：“你干吗？”

“我还想问你干吗呢！”苏落怒气冲冲地指责大魔王，“关了魔界通道，你想死在这里吗？”

“你在说什么？”大魔王盯着苏落。

“你不是说那个最终杀死你的人不是我吗？告诉你，你猜对了，那个人真的不是我，而且我还知道他是谁。”苏落无比认真地看着大魔王。

大魔王狐疑地扫了苏落一眼。

“你不相信？我跟你说，他们就快到了，不是一个人，而是一群人！”苏落的眼神无比郑重。

“哼！”大魔王冷笑连连，“鬼话连篇！”

“你不相信？我告诉你，你会后悔的！你很快就会后悔的！”苏落冲大魔王大吼大叫。

大魔王再次狐疑地扫了苏落一眼：“你是不是在拖延时间？”

苏落暗中吐舌：姐当然是在拖延时间，要不然会这样歇斯底里地说蠢话吗？

不过，三分钟时间已经到了，南宫流云的身影远远出现在天边。

大魔王忽然有种不好的预感，猛地站了起来。还没等他反应过来，眼前忽然闪过一道黑影，等他发现时，那道黑影已经拉着苏落的手冲进那隐隐晃动的黑暗通道了。什么情况？大魔王瞠目结舌地看着这一切，下意识地揉了揉眼睛。让他更郁闷的是，后面那群黑衣杀手蜂拥而至。

“杀了他！”他们将大魔王当成苏落和南宫流云的帮手了，瞬间分出十名黑衣人冲向大魔王。

这批黑衣杀手全是某位足以跟龙凤族抗衡的大人物精挑细选出来的，每一位的战斗力都异常惊人，每一位都是军中的精英——军王级的实力。大魔王还没跟他们交手，就意识到他们实力不凡，自己根本打不过他们，下意识地往黑暗通道里冲去。他一边往里冲，一边想着苏落的话——最后杀死你的人不是我，而是他们！

难道真的是他们？大魔王的内心几乎是崩溃的，他只知道，这个死劫比以前更难化解了。

南宫流云、苏落、大魔王三人相继进入黑暗通道。眼看黑暗通道即将关闭，那群黑衣人被挡在外面。原本二十个黑衣人，此刻只剩下十五个，可见南宫流云这一路上战绩不错。

十五名黑衣人，目光冰冷地看着黑暗通道。一号、二号、三号黑衣人都还在，他们呈“品”字立在碎石堆上。那位黑衣人首领冷冷一哼：“想走？没那么容易！”

只见他的手往空间里一掏，掏出一块通体乌黑的小石头。小石头看上去只有鸡蛋大小，上边带有水纹状的波纹，一股强大的空间之力瞬间朝四周弥漫开来。

“给我破！”小黑石头朝黑暗通道冲去，从最后一点空隙里挤进即将闭合的黑暗通道……

而此刻，黑暗通道里，南宫流云和苏落正在疾速前进，他们身后跟着一脸郁闷的大魔王。

看到南宫流云，大魔王就算再粗心，此刻也明白了，原来这丫头装神弄鬼的，是为了等这个叫南宫流云的人。

魔界跟灵界累世为敌，所以大魔王对南宫流云的信息了如指掌。一开始他还不知道碧落大陆的南宫流云跟灵界那位南宫流云是同一个人，直到南宫流云带着苏落冲进黑暗通道时使出龙凤虚影，他才终于确定。

世仇！国仇！总而言之，他跟南宫流云是敌人！大魔王暗暗握拳。

苏落回头一看，见黑衣人没有追来，顿时松了口气，拉着南宫流云的手说："不用着急了，那群人没追进来。"

大魔王冷哼一声。

"咦，大魔王，是你呀。"苏落停下脚步，笑吟吟地走到大魔王面前，细细打量着他，"那群黑衣人没杀你吗？"

大魔王冷笑一声，不再理睬苏落。他终于意识到，他跟苏落说话就是个最大的错误，不管他说什么，都会中了这丫头的计，不论他说什么，都会被这丫头坑，所以不说话是最保险的。

然而，就在这时，一股巨大的能量波动自他们身后涌来，南宫流云和大魔王同时变色，异口同声道："不好！"

苏落的脸色微微一白，突然有一种很不好的直觉。

"空间蝗石！"南宫流云拉着苏落疯狂地往前冲，大魔王也以最快的速度往前狂奔。

空间蝗石是空间通道的克星，相当于苏落那个世界的原子弹，是足以毁灭一切的存在。这种东西只控制在超级大家族手里，几乎一块都没有传出去。

轰隆隆！空间蝗石终于爆炸了，空间通道全被炸裂。在爆炸发生时，南宫流云撕裂一片空间，带着苏落飞速钻进空间乱流里，大魔王也在下一瞬间迅速冲出。南宫流云将苏落一个公主抱护在胸前，身形如闪电般飞掠。

在这一刻，南宫流云的实力猛然从大圆满一星冲到三星巅峰状态，距离大圆满四星也不远了。

就在他们飞射出去的时候，空间蝗石猛烈爆炸，南宫流云往前一扑，将苏落护在身下。直到晕过去，南宫流云还一直保持着护住苏落的姿势。

大魔王被巨大的爆炸力冲得翻了一个又一个跟头，不断地吐血却停不下来，最后啪的一声，他被狠狠甩在地上，彻底昏迷过去。

爆炸过后，那群黑衣人露出得意的微笑，跟在黑衣人首领身后进入黑暗通道……

第三章 对抗杀手

苏落、南宫流云和大魔王都昏迷过去，最先醒来的是南宫流云。南宫流云一睁开眼睛，瞬间清醒过来，立刻捞出身下的苏落。此刻的苏落已经面色涨红、呼吸微弱，显然坚持不了多久了。

南宫流云查看了一下周围的情况。空间乱流里确实不是一般人能待的，这里的压力比中央大陆强百倍，每一口气息都浑浊无比，空气稀薄得几乎不存在。在这样的空间，大圆满以下的人多待一段时间，必死无疑，即便是大圆满级别的实力，也会感觉到呼吸困难。

南宫流云低头，红唇碰上苏落的唇，将他的气息渡过去给她。三口气息后，苏落微微睁开双眼，有气无力地看着眼前这张放大的俊脸："南宫……是你……"

南宫流云一个公主抱将苏落抱起来，摸摸她的脸，眸中闪过一抹心疼，柔声说道："这里不宜久留，乖，闭上眼睛。"

"哦。"苏落虚弱地点点头，纤细的手臂环住南宫流云颈项，小脑袋垂在他的肩窝上，闭上眼睛又沉沉地睡过去了。

南宫流云看了大魔王一眼，走过去在他周围做了一点处理，然后撕开空间乱流的空间壁，打算带着苏落重新回到黑暗通道里。但是，南宫流云发现一件，不，准确地说，是两件很不妙的事情：

第一件，通往魔界的黑暗通道，只剩下他们经过的那一段，往前走的路却消失了。

第二件，后方传来一股熟悉的杀气。

南宫流云知道，那群杀手追过来了。前无去路，后有追兵，他们所处的空间乱流里空气稀薄、压力空前地大……这仿佛已经是死路一条。

而且，空间乱流，顾名思义就是空间垃圾场。

无数的修炼垃圾，销毁不了的，都会通过特殊渠道进入空间乱流，利用空间乱流里的压力将其碾碎。所以，南宫流云不仅要抱着苏落，还要躲避那些飞速撞来的修炼垃圾。那么快的速度，一旦被撞上，后果不堪设想。

就在这时，南宫流云将苏落放下，让她靠着他站稳，然后右手轻点他左手上的通讯珏。

唰唰两道白光闪过，南宫流云的通讯珏上出现一幅虚拟的地图，图上显示了他们现在所处的这片区域的情况。一般人是拿不到这张虚拟现场图的，因为这是军部的高级机密。

即便是在军部，也必须是权限最高的那几个人才能拿到。南宫流云之所以能调出这张地图，不是因为他上将的军职，而是因为他南宫家族继承者的身份。

南宫流云将地图调出来，修长的手指迅速在光幕上滑动，周围的环境在地图上一寸寸闪过。与此同时，黑衣杀手正在不断地逼近。

忽然，南宫流云的手指微微一顿，因为他看到了地图上的一个黑点。

南宫流云将黑点放大，发现这里居然是一座被废弃的城堡。在空间乱流里的城堡？经过这么多年，还依旧存在的城堡？此事定有蹊跷，不过现在的情形让他来不及做更多的选择。

于是，南宫流云迅速关闭地图，抱着苏落立即离去。就在南宫流云抱着苏落离去后不久，后面传来了一阵清晰的脚步声。

黑衣杀手看着被空间蝗石炸成洞坑的黑暗通道，眸中露出满意的神色。

炸成这样，难道南宫流云他们还能活不成？

就在黑衣杀手们脸上露出微笑的这一刻，忽然，黑衣人三号大吼一声：“你们看这道空间壁，明显还遗留了一丝灵界的气息！”

众人全都神色一顿，下意识地透过被撕裂的空间壁朝外面望去。

透过破碎的空间壁，他们看到在苍茫的空间乱流荒原上，有一道熟悉的紫袍身影。是那位来自魔界的人？

黑衣人首领眉头一皱，目光一闪，带头从空间壁里跳出去。他们的实力非同一般，空间乱流对他们来说，确实能造成一些阻碍，但绝对不会像苏落那样会因为空气稀薄而面色涨红，会因为压力过大而被压得晕死过去。

十五位黑衣杀手，将大魔王团团围住。

哗！一盆清水朝大魔王兜头泼去。大魔王从昏迷中惊醒，迅速睁开眼睛，一跃而起。在昏迷前的最后一秒，他记得的是轰隆隆的爆炸声和疯狂爆裂的火焰。但是此刻，映入他眼帘的是爆炸后的废墟，还有一群蒙着黑巾的杀手。大魔王的心下意识地抖了一下，因为他已经知道这群杀手的战斗力了。

“你们……”大魔王的话音未落，就有人指着地上唯一一块完好的地面，跟黑衣人首领禀道：“老大，这里没有爆炸的痕迹。”

那里应该是被什么东西或人挡住了，所以没有落上灰烬。

“对对对！”大魔王大声说，“爆炸时，南宫流云和苏落就在那里，现在他们不见了，肯定是跑掉了，你们怎么还不去追啊！”

黑衣人首领似笑非笑地瞥了大魔王一眼。

“干吗这么看着我？你们快去追啊，再晚就来不及了！”大魔王似乎比黑衣人还着急。

“欲盖弥彰。”黑衣人首领评价了两个字。

“哎，你们怎么说话呢，什么叫欲盖弥彰啊？我是真的希望你们能追到那两个人啊。”大魔王大声辩解。

“你跟他们不是一伙的吗？要不是你打开了黑暗通道，他们能进去吗？”黑衣人二号冷笑道。

大魔王欲哭无泪：“他们速度那么快，我哪知道会被他们抢了先？我真的是冤枉啊！”

这位在碧落大陆呼风唤雨的大魔王，此刻的内心几乎是崩溃的，他大声为自己辩解：“你们看啊，如果我真跟他们是一伙的，为什么他们逃跑了，却将我独留在这里啊？”

黑衣人们对视一眼，眼中闪过一丝狐疑。如果真的是朋友，不可能将他留在这里。

“将他捉出来。”黑衣人首领下令。

“是。”两个黑衣人一左一右朝大魔王冲去，忽然轰隆一声巨响，这两个可怜的黑衣人瞬间被炸成碎片。

黑衣人首领顿时脸色一沉。虽然他们都是普通黑衣人的打扮，但是他们每一个人的来头都不小，损失任何一个，都足够黑衣人首领肉痛的。

大家的视线都盯着大魔王，大魔王欲哭无泪，摊手郁闷地说："我真的什么都不知道……"

黑衣人首领狠戾地冷笑："宁可错杀，不可放过，上！"

大魔王一看眼前这形势，他是必然不会被饶恕了，幸好在刚刚那两个黑衣人被炸死的时候，他已经悄悄开启了一套逃生装备。这是他千方百计从魔界机械族大发明家、大冶炼家乔治王那里买来的逃生设备，是一个看起来像背包，但是一拉垂下来的绳子，就能瞬间飞射出去的背包飞行器。

事实上，在空间乱流里使用背包飞行器是很危险的，因为一个控制不好就会撞上空间垃圾，连飞行器带人都会被撞得粉碎。但是眼看就要死了，有什么危险也只能暂时放一边了。

大魔王在死亡的威胁下，背着空间飞行器，不要命地往其中一个方向冲去。

"老大，怎么办？"黑衣人请示他们家首领。

他们在军队里也算是追踪高手了，但是刚才他们在附近找了一圈，都没有南宫流云留下的蛛丝马迹。谁也不知道南宫流云去往哪个方向了。

四面八方这么多方向，如果追丢了，那就白追了。

黑衣人首领冷笑道："你们别忘了，目标人物身边还带着一个苏落，以她现在的实力，根本不足以抵抗空间乱流里的空气和压力。"

大家都不解地看着黑衣人首领，不知道这件事跟他们追杀的方向有什么关系。

"所以，南宫流云根本没的选，他要去的方向必须是一条生路。"黑衣人首领指着飞在半空中的大魔王，"而他，逃生的方向，就是一条生路。"

好像还挺有道理。黑衣杀手都用赞赏的目光看着他们家老大，黑衣人二号笑道："都说南宫流云智商超高、腹黑狡诈，可是跟咱们老大一比，还差得远呢！"

黑衣人首领冷冷一笑："再高的智商，遇到一个实力上短板的包袱，他又能如何？给我追！"

"是！"黑衣人个个如狼似虎，疯狂地往前冲去。

如果撕下他们脸上的黑巾，露出真实面容，在军部个个都是如明星般闪耀的人物！然而此刻，他们只是黑衣人首领手下的一个小卒。

黑衣人首领究竟是谁？此刻的南宫流云还没有猜出来。

南宫流云看过地图后，那张虚拟地图就牢牢地印在他的脑海里了，所以他不需要再看，就能准确地算出他跟那座城堡的距离。

南宫流云为什么一定要去那座城堡？因为他从虚拟地图中看到了城堡里的一株向日葵。

这说明了什么？这说明城堡里的空气和重压力能够让普通人生存下去，只要进了城堡，苏落就能正常呼吸了。

南宫流云低头，看到苏落那张因为缺氧而紫红的脸，心疼极了。他纤白的手揉揉苏落的小脑袋："丫头，再坚持一下，马上就到了。"

南宫流云一心想着为苏落找到一口可以呼吸的空气，却丝毫没有意识到，他为保护苏落，后背已被空间蝗石炸得焦黑一片、血肉模糊。

南宫流云默默计算了一下，要进入城堡，以他现在的实力，至少需要一个小时，但是他家落丫头已经坚持不了一个小时了。

更雪上加霜的是……

南宫流云突然发现后方飞来一个紫色物体，他定睛一看，竟是正在逃命的大魔王。

南宫二少那双深邃绝美的眼眸微眯起来，他预料到大魔王有可能逃出来，但是他没想到的是，大魔王居然也朝着这个方向过来了。

南宫流云迅速寻找着周围的有利地形。这里是一片荒原，山脉高低起伏，地表除了一层浅绿色的低矮灌木丛，基本没有别的植物生存。

要在这里寻找掩护实属不易。

不过，南宫流云却不得不暂时停下，因为苏落的身体已经坚持不下去了，他必须给她渡气。

南宫流云又一次利用他的特权，拿出最高权限，调出周围的三维地形图。

往前走是一处矮坡，往左走是一处断崖，往右走是一处温泉池。

南宫流云毫不犹豫地选择了温泉池。

空间乱流中，不仅空气稀薄，重压力大，而且温度也非常低。他家落丫头的嘴唇都被冻得乌青了，急需温泉的热度帮她恢复生机。

"在那！快追！"黑衣杀手们疯狂地朝南宫流云追杀过来。

南宫流云现在的实力本来就不如他们，再加上后背受了重伤，手里还抱着昏迷不醒的苏落，在这种情况下，他必然会被黑衣杀手追上。苏落的小脑袋埋在南宫流云的肩窝，她睡得死死的，完全不知道南宫流云因为她正在面临着怎样的凶险。

南宫二少不用回头就知道此刻情况危急，不过他还是回头了。他回头不是看黑衣杀手，而是寻找另一种生机。

南宫流云很快就看到，不远处飞来一个黑色的圆盘状垃圾。黑色圆盘垃圾不知道是什么东西，直径大约十米，是一个很好的遮掩物。南宫流云看准这个黑色圆盘，在它飞得离他最近时，忽然纵身跃起，以迅雷不及掩耳之势飞到黑色圆盘之上。这原本致命的黑色圆盘，刹那间就成了南宫流云的飞行器。黑色圆盘四周略高，底盘稍低，躲在圆盘里，能够抵挡一部分凛冽的罡风。

南宫流云用手抵住苏落的手掌，将他体内的灵气源源不断地输送给苏落。当他的灵气进入苏落体内时，他突然发现了一件怪事：苏落的丹田竟然一分为二，一半是灵气，另一半是魔气！

南宫流云将灵气输入苏落体内，正常情况下，苏落是可以晋升的。可是现在，她却没有晋升的迹象，因为她的灵力有一半已经转化成魔力了，而南宫流云输入她体内的灵力，有一半也被转化成魔力。

现在的苏落，体内的灵力和魔力不仅相生相伴，而且相当平均。

雪上加霜的是，黑色圆盘在飞行中不断解体。

南宫流云长叹一口气，摸摸苏落的脑袋：“丫头，屋漏偏逢连夜雨，看来上苍也眼红我们了。不过你不要担心，有我在。”

那群黑衣人眼看就要追上苏落和南宫流云了，不料南宫流云会在关键时刻抓住亿分之一的机会，成功飞上黑色圆盘远遁。

“这些垃圾在空间乱流中毁损很快，他们跑不了多远，都给我追！”黑衣人首领边说边朝黑色圆盘追去，其他黑衣人全都跟了上去。

而此刻，南宫流云和苏落在黑色圆盘上暂时得到了一丝安宁，虽然这样的安宁并不能维持多久。

南宫流云面前放着一大堆紫晶，他的右掌抵在苏落的左掌上，左掌则握着一把紫晶。紫晶里的灵气源源不断地流进南宫流云体内，南宫流云留下九分自用，剩下的一分则输入苏落体内。如果输送太多能量，苏落承受不住，可能会爆体而亡，所以南宫流云必须加倍小心。

在南宫流云晋升的最关键时刻，黑色圆盘已经瓦解得只剩最后一平方米了！

在空中的时候，大魔王竟然又遇上了南宫流云，此时黑色圆盘离他只有十米之遥。大魔王都替南宫流云捏了一把冷汗：在这么危险的时刻，他还准备晋升？这是不是太离谱了？

为了看得更清楚些，大魔王稍稍降低了飞行速度，飞至黑色圆盘上方。就在这一刻，一道紫光冲天而起，原本就不稳定的空间乱流，瞬间被这股天地灵气搅得更加混乱。大魔王忽然意识到不好，拉动手上的拉杆就要升空，但是为时已晚……

就在刚才，紫光冲天的时候，随之冲天而来的还有南宫流云和苏落。南宫流云怀里抱着苏落，双脚钩住背包飞行器的吊带，一个旋转翻身，已经跃上了背包飞行器。

大魔王感到后背一重，一道黑色阴影罩在他的头顶，不容他反应过来，南宫流云的膝盖已经顶到他的头上，撞得他头晕目眩。他想不明白啊：一个刚刚要晋升的人，不是应该五感闭合，进入忘我境界，对外界的一切都无知无觉吗？为什么南宫流云可以一边进阶，一边有空抢夺他的背包飞行器？

是的，大魔王感觉到了，南宫流云就是在抢夺他的背包飞行器。不过，他双手牢牢抓住背包飞行器的肩带，对身后的南宫流云冷冷一笑："呵呵！你以为这背包飞行器是你想抢就能抢走的吗？别说这双肩带一旦扣上就解不开，就是这背包飞行器的使用方法和技巧你会吗？你什么都不会，还来跟我抢夺背包飞行器？简直是找死！"

大魔王在用这番话吸引南宫流云注意的时候，忽然猛地一按手柄，背包飞行器的速度瞬间提高了数倍。大魔王想用这种方式将南宫流云甩开，可是让他没想到的是，南宫流云即使抱着苏落，动作还是那么灵活，双腿并拢往前一踹，就把大魔王踹了出去。

"不！"大魔王惨叫一声，身体迅速坠落。

他不信！背包飞行器的双肩带一旦扣上，如果他不主动开启的话，根本就打不开啊！南宫流云是怎么打开的？还有，乔治王当初不是说过，用背包飞行器需要技巧，没学过的人根本飞不起来吗，可是……大魔王眼睁睁地看着南宫流云将苏落抱在前方，双肩扣上宽大的金属肩带，嗖的一声，稳稳地飞出去了，用得甚至比他自己还要娴熟！更让大魔王痛苦的是，南宫流云竟然安全地晋升了，一下子就进入大圆满四星巅峰！

大魔王重重地摔落在地，摔得口吐鲜血，直接就昏迷过去。

而此刻，后面的十三名黑衣人已经飞身而至。黑衣人首领冷漠地瞥了他一眼，冷声下令："杀了！"而他自己一点都没有停留，身形如电，迅速朝前方追去。

十三名黑衣人中留下了一个人，其余的十二名依旧紧追着南宫流云不放。留下的那名黑衣人冷冷一笑，举着手中的剑，对准大魔王的脑袋就砍。就在剑锋离大魔王的脑袋还有零点零一米的时候，大魔王忽然身形一动，双腿夹住黑衣人的腿，半空中一个旋转，把黑衣人狠狠甩了出去。

"原来这招真的这么好用啊。"大魔王对南宫流云真是又爱又恨。刚才他被南宫流云用这招抢走了背包飞行器，而现在，他也同样用这招救了自己的性命。

还没等黑衣人爬起来，大魔王已经飞身而上，骑在黑衣人身上，抡起拳头狂砸黑衣人脑袋。直到黑衣人的脑袋被砸扁，灵识被捏碎，再也不可能复活了，大魔王才艰难地从黑衣人身上爬起来。

刚才紧张地疯狂砸拳头，大魔王的力气已经全部用光了，他想站起来，但是却摇摇欲坠，最后一屁股坐在了地上。好累，但是终于还是活着了。

"还真帮你们杀人了，真是不甘心啊。"大魔王很不甘心地握拳。

他都不知道自己怎么会那么倒霉，原本以为收了个小奴隶，结果反而连累他不断被追杀，好不容易才逃出来。

"小爷不奉陪了，你们自个儿玩追杀吧！"大魔王看了看前面的方向，决定自己返回魔界。

可是，要怎么返回魔界呢？

大魔王想起爷爷曾经给他讲过的事，在通往魔界的空间乱流里迷路，想要返回魔界只有一个办法，那就是找到传送阵。

为了让误入空间乱流里的人能够活着走出去，魔界帝国曾经派遣出神阶强者进入空间乱流，搭建了一座座空间传送阵。但是因为空间乱流的地域太大了，所以传送阵跟传送阵之间的距离往往隔着一个月的脚程。

大魔王掏出通讯器，迅速找到了离他最近的一个传送点。

大魔王看到这个传送阵所在的位置时，真是欲哭无泪，因为那个方向正是南宫流云前进的方向，同时也是黑衣杀手们追杀的方向。

"再次提醒，距离传送阵停用还有一天。一天之后，空间乱流的所有传送阵将会进行一次大维修，在维修期间，传送阵暂停使用，维修时间为三十年。"

听到这句话，大魔王顿觉如遭雷劈。他本想等到下个月再去传送阵，不跟那些黑衣杀手相见。若是在这里等上三十年，这么稀薄的空气，没有足够的食物，也没有足够的魔气，他会死的！

走！一路走一路看吧，只希望运气不要太差，大魔王哭丧着脸，朝离他最近的那个传送阵而去。

而此刻，南宫流云和苏落正坐在抢来的背包飞行器上。不得不说，有了背包飞行器后，南宫流云就轻松了许多，而且因为晋升到大圆满四星巅峰，他对空间乱流的抵抗力又增强了一分。

只是可怜的落丫头，唇色都变紫了。

南宫流云将御寒的衣服给苏落紧了紧，可还是无济于事。

“丫头，再坚持一会儿，马上就到温泉池了。”南宫流云熟练地操纵着背包飞行器飞越一片悬崖峭壁，前方出现了一个巨大的天池，池中烟雾袅袅、热气腾腾。

南宫流云操纵着背包飞行器在天池上空掠过，他抱着苏落纵身跃入池中，而背包飞行器则被他设置成自动飞行模式，将沿着他设计好的方向飞行，直至魔力耗尽才会跌落地面。

而背包飞行器上有南宫流云那件黑袍，所以远远看去，就好像南宫流云依旧坐在背包飞行器上一样。

南宫流云抱着苏落纵身跳进温泉池。

当蕴含着硫黄的温泉水碰触到南宫流云后背时，他脸上的冷汗如黄豆般滚落。但是南宫流云的神色却淡定如初，看不出一点异样。

泡在温热的池水中，原本昏迷不醒的苏落缓缓睁开眼睛。

“醒了？”南宫流云沉稳的声音从上方传来。

“南宫，这是哪里？”苏落的眼睛半睁半闭，看上去虚弱极了，仿佛随时都会晕厥。

“这里是空间乱流，极度缺氧的地方，是不是有些头晕？”南宫流云纤白的手指在她额头上探了探，见她没有发烧，这才稍稍放心。

“你的脸色好白，还有这么多汗……”苏落心疼地看着他。

“我们现在正在泡温泉，不出汗才不正常呢。”南宫流云揉揉苏落的脑袋，“还冷不冷？能不能坚持住？”

苏落点点头：“能。”但是说完这句话，苏落又因为脱力而差点晕过去，她觉得眼前好晃好晃，南宫流云的脸变成了好几个。这空间乱流对于她来说，环境太过恶劣，不是她现在的实力能够承受的。

就在这时，忽然，南宫流云俯身攫住苏落柔软的唇。苏落沉浸在南宫流云的温柔中，完全没有注意到，有一群黑衣人正在悬崖边上，怒视着那个只剩下一个小黑点的飞行器。

“老大，飞行器飞得太快了，我们根本追不上啊！”黑衣人属下皱眉说道。

“而且，他们在空中可以无视所有的悬崖峭壁，无视所有的河流，一心往前飞就行了，可是我们却要跋山涉水，这怎么可能追上？”另外一个黑衣人也跟着抱怨。

“老大，我们真的要追上去吗？”所有黑衣人都齐齐地看着他们家老大。

可是，所有人都不知道，苏落和南宫流云就藏身在距离他们不到五十米的温泉池水底下。

黑衣人首领冷冷一笑：“一群废物！背包飞行器需要魔力维持飞行，你们觉得南宫流云会随身携带魔力原石吗？而且，空中的障碍物那么多，我就不信他全都能躲过去，给我继续追！”

“可是悬崖跟悬崖间隔得太远了，下面的人恐怕过不去。”黑衣人二号皱眉。

“我们三个飞越悬崖，其他人跳进下面的温泉池，给我游过去！”黑衣人首领说罢，纵身飞到悬崖对面去了。

黑衣人二号、三号也跟着飞过悬崖，朝着远方的背包飞行器追去。剩下的黑衣人面面相觑。

天寒地冻的，碰到温泉池，谁不想下去泡一泡？可惜啊，还要追杀龙凤族的那位权少和苏落。

“咦，这温泉池里还有活着的生物呢，你们看那一圈圈的波纹和气泡。”其中一个黑衣人像发现了新大陆似的，激动地说道。

另一个黑衣人没好气地说：“这有什么好奇怪的？大惊小怪。”

黑衣人四号冷着脸道：“好了好了，废什么话，抓紧时间游到对面去！”

黑衣人们长叹一口气，纵身跃入温泉池，飞快地游向对岸。一个接一个，很快，黑衣人们都到达对岸，朝着前方追去。他们如果知道，他们要追杀的人，就在距离他们不足五十米的地方，不知会不会哭死。

南宫流云抱着苏落藏在水底。好在苏落融合了海皇三叉戟，对水有一种天然的亲近感，所以她不会溺水，在水底也能自由呼吸。因了这温泉池，苏落几近枯竭的生命力迅速得到补充。甚至，她还有一种想要晋升的感觉。但是苏落死死压抑住这种感觉，因为黑衣人还没走远，一旦她晋升，引发出来的动静一定会吸引黑衣人再度杀回来。

等到黑衣人走得足够远时，苏落才缓缓呼出一口气，开始晋升。而就在苏落晋升之际，不远处，一个紫色身影正屁颠屁颠地跑来。

“哇，温泉池，终于可以好好休息一下了！”大魔王来不及多想，一个猛子扎入水底。

就在这时，苏落的晋升已经完成，一股天地灵力从水底直往上冲。哗啦啦，一股水柱冲天而起。可怜的大魔王，他偏偏一头往下扎。咦，怎么不是往下扎，而是往上冲啊？大魔王不解地睁开眼睛，他看到了灰蒙蒙的天空，看到了远处的青山，他的视野非常广阔，因为他正在半空中。

然而，水柱突然力竭，大魔王的身体猛地往下坠落，重重地摔在水面上，溅起很大的浪花，整个温泉池都被惊动了。这么一砸，大魔王顿时头晕目眩，耳朵嗡嗡作响。

就在这时，一柄匕首抵住了大魔王的咽喉。大魔王定睛一看，发现是被南宫流云抱着的苏落。苏落脸色依旧苍白，但已经没有之前那么昏昏沉沉了。

“我道是谁呢，原来是大魔王陛下啊，幸会幸会。”苏落挑眉，瞥了大魔王一眼。

大魔王刚从黑衣人手里逃出来，还没来得及欢呼，就落入了苏落手里，顿时整个人都不好了。

“是你，你们……”大魔王指指远处的背包飞行器，随即神色大震，“你们居然放弃了背包飞行器？难道你们不知道，那是乔治王大人精心制作出来的吗？咦，不对，你们都下来了，是谁在控制着背包飞行器继续往前飞？”

“想知道？”苏落的匕首在他脖子上拍了拍。

“想！”

“不告诉你。”南宫流云冷淡地瞥了大魔王一眼，抱起苏落从温泉池中一跃而起，细心地将她身上的衣裳烘干。

大魔王也飞快地从温泉池里跳了出来，大声说：“为什么不告诉我？你们倒是说啊！”南宫流云没空搭理他。

大魔王孜孜不倦地跟在他们身边：“好！如果你们告诉我方法，我就告诉你们离这里最近的传送阵在哪里！”

南宫流云瞥了大魔王一眼："城堡。"

这下换大魔王傻眼了，他惊恐地指着南宫流云："你你你，你怎么会知道？谁告诉你的？"

"你说的。"南宫流云声音淡淡的。

"我我我……我什么时候告诉你了？"堂堂大魔王都结巴了。

南宫二少居高临下地瞥了他一眼，淡定地说："我恰好有正常人的推理能力。"

"说了等于没说。"大魔王哼哼两声，"不过，就算你们能找到城堡在哪里，可你们能开启传送阵吗？那可是只有魔族人用魔力才能开启的哦。"

南宫二少不动声色，苏落接过话头："我会魔力啊。"

大魔王想起自己给苏落吃过魔灵转化丹，顿时有一种搬起石头砸自己脚的感觉，不过他很快就反应过来："你自己病恹恹的，而且你才神化八阶，这么弱，能用魔力开启传送阵吗？你觉得你能行吗？"

苏落觉得，她应该是不能的，所以，这路上还真得带上大魔王，而不能在这里就把他给杀了。

苏落收了匕首，淡淡一笑："那好吧，我们暂时先合作了。"

事不宜迟，众人当即启程，朝着城堡所在的方向而去。

而黑衣人们已经偏离了方向。

但是，他们的运气很好。因为在自由飞行模式下，撞上空间垃圾飞行物的概率很高，这不，背包飞行器第一次迎头撞上一大块金属垃圾，撞得它一阵趔趄。

第二次撞上一根金属杆子，南宫流云那件黑色外袍被撕裂成碎片。

第三次……

第四次……

等到第八次的时候，背包飞行器已经被撞得不成形了，它身上更是挂了无数的东西，速度大大减缓。

黑衣人首领皱眉看着被垃圾缠绕住的背包飞行器，眼中闪过一抹不好的预感，这种感觉越来越强烈！他心中已经隐隐有了一丝猜测，可是他还抱着最后一点希望。直到他距离背包飞行器很近很近的时候，才终于看清了里面根本没有人……

南宫流云和苏落，居然早就不在背包飞行器上了！可恶！暴怒之下，黑衣人首领一拳砸向背包飞行器，这一拳，蕴含了无尽的灵力。

轰隆隆！背包飞行器不知为何忽然爆炸了。它一路飞行，身上挂了太多太多的垃圾，谁也不知道它上面有那么大一袋钢珠。爆炸时钢珠四射，这群可怜的黑衣人被钢珠炸得无处躲藏，每个人都或多或少带了伤，有严重的眼睛直接被射穿，有两个最严重的，钢珠直穿眉心，当场毙命。

黑衣人首领看着炸成碎片的背包飞行器，再看看躺倒一地的手下，身侧的拳头死死握紧，手背上的青筋突突直跳。他带领的这支队伍，每一个黑衣人拿出来，实力都比还没恢复过来的南宫流云要强。他真的没有轻视南宫流云，而是相当重视，可是他的队伍里，二十人已经死得只剩下十个……剩下的这十个人，还多多少少都被钢珠射伤，而南宫流云和苏落却逃得无影无踪。

十个黑衣人都盘腿坐在地上疗伤，把钢珠从体内逼出，他们身上的伤口也暂无大碍。

“我知道了！”忽然有个黑衣人大吼一声，“他们躲在温泉池里，一定躲在温泉池里！你们还记不记得，当时我们渡过温泉池的时候，有一道道水纹从底下传上来？”

“那不是鱼吗？”

“那样的温泉池，会有那么大条的鱼？能在温泉池里存活的鱼，都是小型鱼。”那位最先发现端倪的黑衣人大吼一声。

“走！”黑衣人首领怒气冲冲，带领着队伍往温泉池赶去。

等他们赶到温泉池的时候，哪里还有南宫流云和苏落的身影？而且南宫流云和苏落都擅长隐藏踪迹，所以他们一路往城堡而去的痕迹，也被抹除得一干二净。

“老大，怎么办？”黑衣人属下都面面相觑。

黑衣人首领握着通讯器，走到一个无人的角落。他背对着众人，没人知道他说了什么，不到五分钟时间，他就回到人群中。

“跟我走！”黑衣人首领前进的目的地，竟然也是城堡中的传送阵。

而此刻的南宫流云，正抱着苏落快速前行。

不过在半路的时候，经过一处火山口，他的眼眸微微一动，瞥了大魔王一眼。

大魔王被他这一眼看得心都一颤，警惕地问：“你想干吗？”

南宫流云沉思了数秒，然后支使大魔王干活。大魔王本不想做，但是南宫流云就是有那种魅力，他只说了几个字，大魔王就屁颠屁颠地跑去干活了。

苏落搂着南宫流云白皙的颈项，笑着说：“那群人未必会追到这边来。”

但是，南宫流云的眸中却浮现一抹寒意：“如果他们追来，只能说明一个问题。”

“说明什么？”苏落好奇地问。

“说明他们跟魔界军方有交易。”南宫流云跟苏落简单解释道，“魔界和灵界正在开战。”

苏落的眼睛瞪成圆形：“跟魔界军方有交易？那追杀我们的人……”

“来自军中。”南宫流云朝苏落认真地点点头。

苏落：“……”

龙凤族在军中占据了半壁江山，对方还敢派遣军中的强者来追杀南宫流云，对方的身份已经昭然若揭了。这一切揣测的前提是，那群黑衣杀手真的朝这个方向追来。

“如果这一切都是真的，那太可怕了。”苏落想到那有可能的幕后黑手，后背一阵发凉。

南宫流云笑了笑，揉揉苏落的脑袋：“你怕了吗？”

苏落没好气地说：“天道都不怕，我会怕那个人？开什么玩笑！”

大魔王震惊地看着苏落。居然有人敢用这么不屑的语气提到天道？难道她不知道，她所有的修为都是来自天地规则吗？而天地规则就是天道啊。这个女人是疯了吧？！

南宫流云抵住苏落的唇瓣做了一个噤声的手势，苏落哼哼两声：“知道啦，不说就是了。”

因为要做事，南宫流云将苏落背在身后。苏落在南宫流云背上找了个最舒服的姿势，下一秒就入睡了。大魔王羡慕地看着苏落。一直都听说南宫二少不近人情，对女人更是冷漠，但怎么都没想到，他竟然这么疼自己心爱的女人。这一路上不是背着就是抱着，苏落的脚都没沾过地。这也太宠了吧？这到底是在疼妻子还是在宠女儿啊？

大魔王正在腹诽的时候，南宫二少一个眼神扫过去：“把这个东西塞进火山核里，动作要快。”

大魔王悲愤地看着南宫流云：“这事很危险的，随时都会引起火山爆发。”

“嗯。”

“如果我拒绝呢？”

南宫二少一挑眉，似笑非笑地看了大魔王一眼，目光带着一丝杀意。

“……知道了！”大魔王默默地爬下悬崖，很快就爬到火山核区域，将南宫流云交给他的东西按照他指点的方向一个个埋了进去。

大魔王不明白，明明是就地取材的树枝、石头、土堆、铁片这些东西，为什么南宫流云就那么自信呢？不过不明白归不明白，大魔王对南宫流云的逃生能力佩服得五体投地，他只知道，想活命的话，对南宫流云的吩咐还是一丝不苟地完成才好。

只是大魔王不知道，南宫流云吩咐他做的都是体力活，而真正精细的活都是他亲自做的。

“接下来我们要做什么？”大魔王做完了南宫流云吩咐他做的事，屁颠屁颠地跑到南宫流云面前询问。连他自己都没有意识到，他现在的表现很像南宫二少的小跟班。南宫流云就是有这种人格魅力。只要在他身边，不论是谁，都会很快被他折服，为他鞠躬尽瘁。

“找个地方藏起来。”南宫流云没有看大魔王，而是背着沉睡的苏落，几个起落到了火山底部一个凹洞里面。

就在南宫流云准备将洞口用阵法封住的时候，大魔王一个箭步冲进来，笑嘻嘻地对南宫流云说：“借过借过。”

大魔王现在已经想明白了，这一路上，他只要跟着南宫流云就对了。

因为南宫流云的脑子太好使了，后面那群黑衣人说不定会一路折损，最后全军覆没呢。

大魔王原本可以先跑到城堡传送阵的，可是为了看看火山喷发的威力，他还是乐呵呵地留下了。至于别的事，等到了城堡传送阵后，那里就是他的主场，到时候坑死南宫流云。

大魔王很清楚，南宫流云才不会让他家落丫头涉险呢，既然他封印了这个洞口，可见这个洞口一定是安全的，所以他才会在南宫流云封印最后一块原木板子的时候蹿了进来。

南宫流云瞥了他一眼：“出去。”

“我不！”大魔王傲娇地斜睨南宫流云，“我知道这里是安全的，我就不出去，我就要看那些黑衣人怎么被你炸死，你能拿我怎么样！”

南宫流云深深地看了他一眼：“确定不出去？”

“就是不出去，就算你赶我走，我也不出去！”大魔王可傲娇了。

南宫流云点点头，淡然走出这个即将被封印的凹洞，对大魔王说："既然你这么喜欢，那这里就送给你了。"

话音刚落，南宫流云手里的那块原木板子掉落，哐当一声将洞口封得严丝合缝。

大魔王一开始还双手环胸、眼角斜睨，当他听到哐当一响时，顿觉大事不妙。

他看着封闭的洞口，用尽力气，怎么推都推不开，顿时急了。

"南宫流云，你放我出去！"

"你个骗子，居然骗我！"

"这个洞口，一开始就是你故意设计来给我钻的，你自己根本就没打算躲在这里，是不是？"

可是，任凭大魔王怎么叫，洞外都悄无声息。

大魔王急得五内俱焚："南宫流云，你倒是放我出去啊！离传送阵关闭只有不到一天的时间了，错过这一次就得等三十年了，你快放我出去！"

传送阵外，南宫二少背着苏落，好整以暇地听着大魔王爆出的消息。

人只有在不冷静的时候，才会不理智。其实从大魔王同他一起找寻城堡传送阵开始，南宫流云就知道，大魔王心里肯定有一些他所不知的信息，所以他设计了这个局，让大魔王在惊慌失措下道出真相。

"这是真的！再过一天，传送阵就会关闭，为期三十年的维修就要开始了，快放我出去！"

南宫流云了然地点点头，原来还有这么回事，如果大魔王不说，到时候在城堡里可能就会吃亏。

就在这时，轰隆隆的爆炸声响起，火山口忽然地动山摇。

大魔王脸色越发苍白，南宫流云的嘴角则勾起一抹冷笑。他并没有立即离开，而是盘膝而坐，将火山喷发出来的能量吸入体内，将这股炙热的能量迅速转化成晋升所需要的灵力。

南宫流云铤而走险，引起火山喷发，就是想利用火山喷发的能量实现晋升。他那个精于计算的最强大脑，能够算出火山爆发所释放的能量、他所能吸收的能量，以及他自己能够晋升的高度。

果然，大圆满四星巅峰、大圆满五星初阶、大圆满五星中阶、大圆满五星高阶、大圆满五星巅峰、大圆满六星初阶，等火山口喷发出最后一道火焰时，南宫流云的实力已经晋升到大圆满六星初阶了！

苏落虽然昏迷不醒，但是南宫流云却一直将转化后的能量输入到她体内，所以此刻的苏落也晋升到大圆满一星实力。

如果不是南宫流云将能量转化给苏落，南宫流云应该能晋升到大圆满七星的。

其实，如果南宫流云晋升到大圆满七星，他就更有把握对付那群追杀者了，可是，他并没有这么做。

因为他家落丫头在空间乱流这极端的恶劣环境下过得很辛苦，而他，不舍得看到她有一点的病痛。

当然，南宫流云这样做，还另有目的，那就是折损黑衣人杀手。

火山在什么时候会喷发？

南宫流云设计的时候，是做了触发装置的，只有灵界人的气息，才会引起火山喷发。利用气息来触发爆炸装置，这是军部最近才研究出来的高端技术，以南宫流云现在的级别，本来是接触不到的，但谁让这东西是龙凤族出品的呢？

所以，在那群黑衣人被大魔王的吼声引过来的时候，他们于奔跑之际牵动的灵气触发了装置，所以，轰的一声，火山喷发了。

在这场火山喷发中，南宫流云不知道黑衣杀手会伤亡多少，但总归会死几个的。

“南宫流云，放我出去！放我出去！”连火山爆发都震不开南宫流云设下的封印，大魔王愤怒地捶着洞口。

就在大魔王急得快疯掉的时候，被封印的洞口忽然开了，大魔王来不及多想就冲了出去。冲出去之后，他才有心情看周围的状况。

周围是无数的火山灰，积了厚厚一层，几乎将他这个人埋进去了。

可是在这样的环境里，南宫流云那颀长的身影却依旧干干净净、不染尘埃。

苏落依旧在他后背睡得安安稳稳，仿佛天崩地裂都无关紧要。

“你……你为什么又要放我出来？”大魔王瞪着南宫流云。

“走吧。”南宫流云冷静地看了他一眼，带头离开。

“喂，你为什么要把我关起来，又把我放出来？你到底在做什么啊？”大魔王总觉得，在南宫流云面前，他好像成了一个智障。

南宫二少用略带同情的视线看了他一眼，说：“都做完了，你还不明白？”

大魔王迷惑而无辜地摇头：“……”

“那说了你也不明白。”南宫二少客观地点点头，带头离去。

“喂，南宫流云，你等等我，你别走！”大魔王在后面追得飞快，突然就发现南宫流云的实力突飞猛进了。原先的他不是大圆满四星吗？怎么忽然之间就大圆满六星初阶了？刚刚他被关进去的那短短一刻钟里，除了火山喷发外，还发生了什么？

如果说之前大魔王看南宫流云的目光是带着敬佩和敌意的，那么，在意识到南宫流云实力暴涨到大圆满六星初阶后，他看向南宫流云的目光就带着浓浓的敬畏和恐惧。

魔界不是没有杰出的少年英才，比如帝国那位神秘的少年国师，那位给魔族带来足够惊喜的年轻人，那位足以让魔族帝国崛起的少年强者。可是，跟南宫流云一比，那耀眼的光芒，似乎突然就黯淡了不少。

在接下来的时间，双方相安无事，快速赶路，终于在黄昏之前赶到了城堡传送阵。

到达城堡传送阵后，大魔王将魔力输入门环之中，紧闭的青铜大门应声而开。

大魔王得意扬扬地瞥了南宫流云一眼，心头暗爽，因为只要进了传送阵，传送到魔界后就是他的主场了，南宫流云却是死路一条。

这是一座古朴而陈旧的城堡。

仿佛被一层透明光环笼罩着，跟外面的恶劣环境有着天壤之别。

城堡内外的环境差别，用苏落的感受来说，就好比冬天北方室外和室内的区别——室外寒风凛冽，室内温暖如春。温暖的阳光照射在城堡里，就连空气中都有一股温暖香甜的味道。

如南宫流云之前看到的那样，庭院里种了不少植物，有魔族的，有碧落大陆的，还有灵界的，错落有致，令人心旷神怡。

进入城堡之后，苏落一下子从睡梦中苏醒过来。

“这里的环境跟碧落大陆竟然是一样的。”苏落惊喜极了。

要知道，这一路上，她被恶劣的环境折磨得快死掉了，现在能够呼吸充足的空气、沐浴温暖的阳光，怎能不喜？

就在这时，苏落忽然发现一件事：“咦，大魔王不见了？”

南宫流云淡然点头。大魔王确实不见了，就在刚才苏落苏醒，从南宫流云背上下来时，他嗖的一下就跑了。

苏落顿时笑了："这个大魔王，背信弃义还是挺快的嘛，他这是要丢下我们独自开启传送阵逃跑吗？"

"谁说不是呢。"南宫流云似乎一点也不担心。

事实上，他也确实不担心。大魔王之所以跑，是因为这座城堡里通往传送阵的路是一座迷宫，如果不知道路线，不仅会在里面迷路，还有可能进入凶险的死亡之门。这座迷宫，就是魔族人专门用来对付灵界人的。大魔王以为他跑了，南宫流云和苏落就会被困在迷宫里，最后走入死亡之门，但是他却没想到，苏落手里有小黑猫，而南宫流云既然能调出这座城堡的地图，又岂能不知迷宫的正确路线？退一万步说，即便苏落没有小黑猫，南宫流云也没有权限调取地图，光凭南宫流云的阵法手段，这小小迷宫就不够他破解的。

这一次，苏落没有抱出小黑猫，南宫流云也没有调出地图，因为南宫流云另有打算。苏落看到南宫流云一路牵着她走，一路将这座中级难度的迷宫改造成高级难度，不禁为后面的黑衣杀手掬了一把同情泪。

"你确定他们一定会追来？"苏落好奇地问。

南宫流云淡然一笑："嗯。"

"如果他们不追来呢？"苏落笑嘻嘻地问。

"总会有人用到的。"南宫二少笃定地说。

而到时候，用这阵法的，就不是灵界人，而是魔界人了。

苏落无语地看着南宫流云，像他这么腹黑的人，这个世界上如果再多上一个，恐怕会引起世界大乱吧？

如南宫流云所料，那群黑衣杀手很快就追来了。当他们触碰到那道青铜大门的时候，早就在上面动过手脚的南宫流云，嘴角勾起一抹冷笑："果然来了。"

有权限知道城堡传送阵位置的人，其身份已经昭然若揭了。

"真的是那个人。"苏落也知道黑衣杀手进来了，她认真地看着南宫流云，"如果硬碰硬的话，只怕……"

南宫流云摸摸苏落的脑袋："这样，你还敢嫁我吗？"

苏落抬着下巴，傲娇地说："有什么不敢的？"

"那回去后就成亲？"南宫流云笑眯眯地看着苏落，眸中有一丝狡黠。

"成亲？谁答应你的求婚了？"苏落睁大眼睛。

"刚才你不是已经答应了吗？再想狡辩可来不及了，你苏落注定是我南宫流云之妻！"南宫二少兴之所至，将苏落压在墙壁上，俯身吻住她的唇。

“唔——”苏落万万没想到，在后有追兵的情况下，南宫流云还有心情壁咚她。

“我可没答应你的求婚。”苏落左顾右盼，没有发现黑衣杀手，这才松了口气。

“你答应了。”冷静理智客观的南宫二少不知怎的，竟化身为孩子气的少年，拉着苏落纤细的手臂说道，“你就是答应了。”

苏落回头，纤白的手指摩挲着这张绝世好看的面孔，长叹口气：“南宫流云，为什么你还是没有恢复记忆？”

南宫流云面色一凝，随即恢复正常，温热的大掌覆在苏落的手背上，柔声说：“所有该认识的人都认识了一遍，所有该知道的记忆都重温了一遍，有没有恢复记忆真的那么重要？”

苏落认真而凝重地看着他，无比严肃地点头，一字一顿地说：“真、的、非、常、重、要。”

“为什么？”南宫二少那样强大的大脑也想不出来其中的原因。

“因为……”苏落低垂着脑袋，那件事让她如何启齿？很羞涩的好吗。

苏落握拳，瞪着南宫流云：“总之，谁让你失去记忆的，就是你不好！”

看着他家落丫头娇嗔的模样，南宫流云顿时笑了，宠溺地将她搂进怀里，下巴搁在她的头顶：“好好好，都是我不好，乖，不要生气。”

那么理智冷静的矜贵权少，瞬间变得柔情万种。

“咦，黑衣人走到第三座殿宇了。”苏落眸中浮现一抹惊奇，“即便是将中级迷宫加强到高级迷宫，他们还是在这么短的时间内进了第三座殿宇？”

南宫流云那双好看的眸中寒芒闪过。只有他才知道刚才自己在加强迷宫时用了什么手法。而能够破解这种手法的人，整个军部加起来不会超过三个。

那么，是三个人中的哪一个呢？南宫流云嘴角微微勾起：看来，背后的人越扯越多了呢。

黑衣人并不知道南宫流云设下了试探的陷阱，他们一心追杀南宫流云，哪会考虑那么多？事实上，就算他们考虑得再精细、再全面，也会被南宫流云的智商虐成渣。

“怎么了？”苏落见南宫流云神色有异，拉了一下他的手。

南宫流云捏捏苏落的脸颊，笑容满面：“落丫头，看来我们要多留一会儿了。”

“嗯？”苏落表示不解。

“帮我一起布置。”南宫流云拿出更多的阵法工具。

高级阵法还困不住吗？那就超级吧。南宫流云冷冷一笑。

三选一，究竟是那三大阵法师里的哪一个在指点黑衣人首领？南宫流云表示很期待。

接下来，在南宫流云的指点下，苏落不断地忙前忙后，将东西放置在南宫流云要求的地方。

如果从头开始搭建一个超级阵法，对于南宫流云来说应该不是难事，但在原来中级阵法的基础上去改造，这难度就大了不止十倍。

半个小时后，黑衣人们前进的脚步一顿，因为他们发现，原本已经破解的阵法忽然变了。“我们怎么又走回来了？”黑衣人三号不解地摸着墙壁，“我记得咱们已经路过这片向日葵了呀，当时我就数过，一共九十九株。”

黑衣人二号也皱着眉头：“对啊，我也觉得又走回来了，这是怎么回事？我们不是请教过那位大人了吗？我们不是按照那位大人的指示在走吗？”

黑衣人首领捏着通讯珏的手指根根泛白。队伍里也有精通阵法的人，却破不了南宫流云布的阵，所以他只能传消息给那位大人物，由那位大人物找阵法大师来指点他们破阵。

黑衣人首领脸上浮现一抹羞愧，但他还是硬着头皮求助。通讯珏中再度传来那位神秘阵法师高冷的声音：“中级阵法变超级，这个南宫流云，当真是绝世奇才，无与伦比的奇才。”

不过，正因为是奇才，才必须将他扼杀，不然日后岂有他们这些老人的立足之地？所以，那位神秘的阵法师在看过阵法后，经过一段时间的计算，将破解方法教会黑衣人首领。

他倒要看看，南宫流云接下来会不会将阵法转化为超级之上的宗师级阵法。

不过他注定要失望了，因为南宫流云的主要目的不是跟他斗法，而是确定他是谁。通过刚才破阵的习惯性手法，南宫流云早已经锁定了军部的那位神秘阵法师。只是这位阵法师到现在还不知道，他以及他效忠的那个人，已经进入南宫流云的死亡名单了。

眼看快追不上南宫流云了，黑衣人首领发狠了：“给我炸！”

黑衣人首领拿出一样东西，居然又是空间蝗石！谁都没有想到，黑衣人首领手里还有空间蝗石，为杀南宫流云，对方真是下了血本。

此刻，南宫流云和苏落已经找到了空间传送阵，眼见这个传送阵快要启动了，就在这时，后方传来轰隆隆的恐怖声响。听到这熟悉的声响，大魔王第一个变了脸色。

“怎么还有空间蝗石？还让不让人活了！”大魔王嗖的一声朝城堡最深处冲去。

南宫流云和苏落也别无选择，因为他们对空间蝗石的爆炸也无可奈何啊。

轰隆隆……整座城堡发出一阵巨响，城堡外部的保护罩上出现了一道道裂痕。很快，裂痕越来越多，最后哗啦一响，保护罩应声而碎，城堡也被炸毁。原本温暖如春的城堡内部，瞬间被外面恶劣的气候同化了，院子里的那些植物被炸成齑粉，化在空气中。

现在只剩八个黑衣人了，因为距离太近，好几个都被爆炸的冲击波震得口吐鲜血，没受伤的大概只有黑衣人一、二、三号了。黑衣人首领满意地看着眼前的废墟，得意地挑眉道：“南宫流云，你能逃过一次，难道还能逃过第二次？就算你能逃过第二次，空间传送阵已毁，三十年后才能开启，这三十年里，你能逃得出我们的手掌心？”

“给我搜！”黑衣人首领大声下令。

他身后的七个人，不管有没有受伤，身体都如离弦之箭，如狼似虎地朝废墟深处冲去。他们第一个到达的地方就是传送阵那里。空间蝗石就是在此处爆炸的，好好一座空间传送阵被炸成了焦土。

黑衣人首领满意地看着被炸毁的传送阵，慢慢踱步朝废墟深处而去。因为如果是他，在危险来临之际，第一选择就是冲进去。

果然——

“老大，东边废墟已经全部清理完毕，没有发现目标。”

“老大，南边废墟搜索完毕，没有发现目标。”

“老大，西边……”

“老大，北边……”

七个黑衣人将他们搜索出来的结果禀报给黑衣人首领。黑衣人首领摸着下巴，目光诡异地盯着前方深黑的洞口。

“追！”黑衣人首领迅速追上。

此刻，南宫流云抱着苏落，在冲进深黑的洞口后，以最快的速度朝前方飞掠而去。后面的爆炸疯狂追逐着他。幸好南宫流云现在的实力已经达到大圆满六星初阶，不论是速度还是实力比以前都有明显的提高，所以，他居然跑过了身后疯狂追逐的爆炸。

爆炸随着时间的过去，威力越来越弱，最后终于消失。被南宫流云远远甩在后面的大魔王，全身都被爆炸殃及，满头满脸的烟灰，裸露出来的肌肤红肿不堪，全都是水泡，看起来好不可怜。反观南宫流云，还是那样的纤尘不染。

“这里是……”大魔王终于追上了南宫流云，不过，当他看到眼前这一幕时，不由得睁大了眼睛。因为他看到前方忽然出现一个静谧的湖泊，而且这个湖泊紫雾氤氲，给人一种优雅大气的感觉。

“这是怎么回事啊？”大魔王呆呆地看着眼前这一切。

南宫流云的眸中也浮现出一抹奇怪的神色。在他脑海里的那幅地图上，并没有标注这个冒着紫气的诡异湖泊。

“怎么办？”大魔王紧张地看着南宫流云。但是他没有料到，苏落手中的匕首再次抵在了他的脖子上。

“你，你要干吗？”大魔王不解地看着苏落。都这个时候了还起内讧？难道不该一起对付黑衣人吗？

“我一直忘了说，你也就一直忘了做啊，我说阁下，你这样让我很不认可你的诚意啊。”苏落用匕首拍拍大魔王的脸。

“你要说什么？”大魔王紧张地看着来时的通道，“那群黑衣杀手很快就要过来了，你倒是赶紧说啊，说完了大家好合作嘛！”

苏落淡淡一笑，“既然大魔王阁下如此合作，那么，我也就直说了。大魔王阁下从碧落峰里挖走的东西呢？”

“碧落峰？你是说九阳壹尺？”大魔王惊奇地看着苏落。

苏落眼眸微动，看来之前的猜测成真，九阳壹尺应该就在大魔王手里了。

苏落淡淡一笑，伸出手掌：“行了，拿出来吧。”

但是这一刻，大魔王的脸色却变得很古怪。看到大魔王怪异的脸色，苏落的心咯噔一下，忽然预感到有些不好。苏落冷冷一哼，妍华匕首在大魔王脖子上压了压：“怎么？死到临头了还不舍得交出来？”

大魔王不答反问：“你为什么要找九阳壹尺？”

“现在是我问你。”

“谁告诉你九阳壹尺在碧落峰的？”

“现在是我问你。”

"你怎么知道九阳壹尺被我拿走了？"

"现在是我问你。"苏落冷冷一笑，"看来你是不想回答了。"

大魔王冷哼："反正等下黑衣杀手来的时候是死，现在也是死，早死晚死不过相差几分钟而已，我为什么要把九阳壹尺交给你？"

砰！大魔王话音刚落，他的后颈就被劈了一记手刀，手刀快、狠、准，这是南宫流云一贯的风格。

苏落抬头，果然看到南宫流云慢悠悠地收回手，然后气定神闲地说："搜。"

苏落上前一步就想搜身，南宫流云却拉住了她的手。面对苏落疑惑的目光，南宫流云没好气地说："我来。"南宫二少素有洁癖，一般这种搜身的事都不可能是他做的，东风、南风他们自会代劳。可是现在他们不在，南宫二少又不想让苏落跟大魔王近距离接触，所以只能他亲自动手了。

不过，南宫流云的搜身如他的手刀一样快、狠、准。他倒拎着大魔王，将他的身子抖了抖，大魔王的东西哗啦啦地往外掉，丹药、扇子、魔晶，还有各种各样的小物件，全都堆在了地上。

苏落扫了一眼，没发现九阳壹尺，她又将那堆东西扒拉了一遍，还是没找到。苏落可怜兮兮地看着南宫流云："没有。"

南宫二少点点头，手掌一动，大魔王挂在腰间的空间储存瓶就到了他的手里。

"能打开吗？"苏落好奇地问。不是说空间储存袋、空间储存戒指、空间储存瓶之类的空间储存器，一旦被认了主，除非主人死亡，否则就打不开吗？

南宫流云那双墨色深邃的眼眸定定地看着苏落，淡粉色的红唇微勾："知道魔界的空间存储器技术是从哪里学来的吗？"

"灵界？"苏落试探地问道。

南宫二少略带得意地挑眉："那你知不知道，灵界的空间存储器是哪家出的？"

"龙凤族？"苏落眼眸闪亮。

南宫二少微微一笑："孺子可教也。"

"真的是龙凤族？"苏落简直难以置信，"如果没有记错的话，通讯珏也是龙凤族的技术，空间储存器也是龙凤族的技术？而且还在军部占据半壁江山？灵界帝国有一半是属于你们家的吧？"南宫流云笑而不语。

第四章 魔族之谜

南宫二少跟苏落闲聊的时候，手里的动作却没有停，一直在用一种繁复的手法开锁。

过了大约两分钟。空间存储瓶竟然真的应声而开。

它没有碎裂，大魔王也没有死。

南宫流云举起瓶子，将里面的东西全部倾倒而出。

在修罗界，贵重的东西，修炼者们肯定会随身携带，因为他们坚信，人在空间储存器在，人活着空间储存器里的东西谁也取不走。但是谁又会知道，在很久很久以前，龙凤族出让技术的时候就在技术上留了一个后门，而这个后门，只有历代龙凤族掌权者才有资格知道。

在龙凤族，南宫老爷子早就内定了南宫流云继承者的位置，所以这些东西也早早教给了他。按老爷子的话来说，既然已经选定了你为龙凤族的继承者，那么，何不早点让你行使继承者的权力呢?

“咦，没有！”苏落将空间存储瓶里的东西找了又找，还是没找到。

南宫流云也查过一番后，眼眸微微眯起，确实没有。

“怎么回事？难道九阳壹尺不在大魔王手里？不会啊，之前的对话他已经表现得很明显了，必然在他手里，不行，我叫醒他问问。”苏落兜了一盆紫色湖泊里的水朝大魔王脸上泼去。

被劈晕的大魔王顿时一激灵，缓缓睁开了眼睛。

“啊！你们这两人……”大魔王正想对苏落和南宫流云破口大骂，一起身看到地上一堆的东西，定睛一看，顿时大惊，“这些不是我的宝贝吗？你们……你们是怎么打开的？”

“九阳壹尺在哪里？”苏落开门见山地问。

“什么九阳壹尺？我可没见过。”大魔王装傻。

南宫流云斜睨了大魔王一眼：“早在三百年前，你在碧落峰无意中找到了九阳壹尺。”

大魔王想反驳，但是对上南宫流云那仿佛能洞悉一切的目光，愣是一个字都说不出来，只能悻悻地别过脸去。

“当时你拿到了九阳壹尺，带回了魔族，藏在了魔族……”南宫流云的视线一直盯着大魔王，不放过他脸上的任何一丝表情，所以在看到他眉宇间的一抹得色时改了口，“哦，不是藏在了魔族，而是送了出去。”

南宫二少又淡淡一笑：“送到哪里去了呢？是埋在空间乱流了，还是送到魔界大陆了？哦，看来是送到魔界大陆去了。”

大魔王死死地盯着南宫流云，身侧的拳头攥紧。

“送到了魔界的哪里呢？”苏落笑嘻嘻地凑近大魔王，仔细观察着他的神色，“送给了别人？哦，不对，送到你家里去了？哦，原来早就送回你家了啊，难怪我们找不到。”

“你的真实名字叫什么？哪个家族的？”苏落冷冰冰地盯着大魔王。

刚才有那么一瞬间，苏落很想一剑将大魔王劈死。

大魔王傲慢地板着脸，不说话。如果说出了他的家族，不就暴露了九阳壹尺的所在？所以大魔王坚决不说话，嘴巴紧闭，就像上了封条一样。

南宫流云慢悠悠地说了一句：“公西家族。”

“你……”大魔王死盯着南宫流云，眼中全是震惊，“你到底是怎么知道的？你是妖孽吗？你会读心术吗？为什么你什么都知道？”

南宫二少指指地上那堆凌乱的东西，慢条斯理地说：“那里有标记。”

“你简直……”大魔王都不想跟南宫流云说话了。

“如果没记错的话，公西家族嫡系子弟有七人，从年纪和实力上看，嗯，你排行第五。”南宫二少笃定地说出他的猜测。

大魔王冷笑："你不是龙凤族的权少吗，公西家族嫡系子弟的资料你没看过？还需要去猜？"

公西家族在魔族帝国的新兴家族里占据一席之地，他们的后台有皇族身影，所以非常硬。

可是，南宫二少双手交负在后，气定神闲地对苏落说："小家族的资料，都是东风他们几个分着看的。"

言下之意，大魔王所在的家族，都不够资格让南宫流云去留意。

大魔王虽然不知道东风是谁，但是南宫流云话中的意思，他猜了个九成，正因为猜中了，所以他的脸色显得非常难看。事到如今，他倒不好再藏着掖着了，大大方方地说："在下公西家第五子，公西宁。"

"就不要恭喜我们了，要恭喜的是黑衣人，因为他们过来了。"苏落看着在大魔王身后现身的那群黑衣人说道。

这一次，是真的要兵戎相见了。

大魔王本想跟黑衣人谈条件跳槽到那边去呢，结果他还没开口，黑衣人首领就冷冷一笑："你们果然是一伙的。南宫流云，没想到你竟然跟魔族勾结！这事要是传到帝都，看你如何自圆其说。"南宫流云但笑不语。

黑衣人首领忽然冷笑："也对，你不需要担心这个，因为你已经永远回不到灵界去了。"

南宫二少似笑非笑地看着黑衣人首领。黑衣人首领一挥手："都给我上！"

经过这一路上南宫流云设下的重重陷阱，活到现在的黑衣人就剩下六个了。黑衣人首领并没有动手，黑衣人二号和三号朝南宫流云冲去，剩下的三个人，有两个冲向大魔王，另一个冲向苏落。

这些黑衣人都不是简单的杀手，而是强者中的佼佼者。苏落刚一跟黑衣人交上手，就知道这回她真是凶多吉少了。黑衣人的实力非常强大，相当于大圆满七星，而此刻的苏落，才刚刚大圆满一星，双方实力的差距简直是天壤之别。

黑衣人五号手中的长剑刺向苏落的咽喉，苏落虽然用凤舞剑挡住了这一击，却被震得虎口发麻。黑衣人五号的眼底浮上一抹嘲笑，似乎在笑苏落太弱了。以他的实力，要杀苏落绰绰有余，可是他却像猫捉老鼠一样只逗不杀，每一剑都偏离一分，让苏落逃得一命。

苏落抽空朝南宫流云望去，只见南宫流云在黑衣人二号和三号的夹击下险象环生。而黑衣人首领则气定神闲地站在原地，欣赏着南宫流云的节节败退。

忽然，一道炫目的紫光在半空炸开，原本处于下风的南宫流云突然实力暴涨，很快就晋升到了大圆满七星中阶。

见此情形，黑衣人首领再也不能袖手旁观，一柄森冷的弯刀赫然出现在他的右掌之中，带着一股令人窒息的气势。

“南宫流云，今日就拿你的血来祭我这把圆月弯刀！”黑衣人首领举刀朝南宫流云冲去。在他高高跃起之际，黑衣人二号和三号默契地左右夹击南宫流云，令他无处躲闪。

南宫流云临危不乱，右手一动，拎起黑衣人三号就往黑衣人首领的刀口上递。

黑衣人首领只得硬生生将圆月弯刀偏向一边，哪知南宫流云早已计算好偏离的角度，朝黑衣人二号横扫一腿。黑衣人二号闪身一躲，身体主动往黑衣人首领的偏过来的刀锋上撞去。

黑衣人首领刚避开黑衣人三号，哪料到二号会撞上来？此刻他已收势不住，眼瞅着刀锋从黑衣人二号的颈上擦过。

只听得咔嚓一声，人头落地。黑衣人二号死不瞑目，他可能想过一万种死法，但肯定不会料到，有朝一日他居然会死在自家老大的手里。黑衣人首领本想拿南宫流云血祭神器，没想到最后祭的却是他自己手下的血。

黑衣人首领心中一痛，就在他微微愣神之际，南宫流云已经迅速来到苏落身边。

“南宫流云，纳命来！”黑衣人首领怒吼一声，圆月弯刀气势汹汹地朝南宫流云劈去，招式中蕴含着小神级别的强大力量。

没错，这黑衣人首领居然是小神级强者！对方派出这样的强者来杀南宫流云，真是下了血本。

而此刻，南宫流云已经抱起苏落，猛地蹿入深不见底的湖中。

黑衣人首领眼中爆射出两道精光，死死盯着在水中游动的南宫流云，手臂嗖的一声变长，探入湖底抓住了南宫流云的后背，但他抓上来的只有南宫流云的外袍，而南宫流云则带着苏落逃脱了。

“追！”黑衣人首领咬牙切齿地说，“这次绝对不能再让他们跑了！”

临行前，他们都签过军令状，如果没杀死南宫流云，那么他们几个全得自杀。

“那个魔族人呢？”黑衣人首领的注意力刚才全在南宫流云身上，现在才发现大魔王不见了。

四号和六号黑衣人一脸惭愧：“在南宫流云逃离时，我们都下湖去追南宫流云了……”

此刻，南宫流云抱着苏落在湖里潜行，小黑猫则在前面带路。

很快，前方出现了左中右三条河道。小黑猫挥着小爪子做了一个繁复的手诀，很快便指着中间那条路说道：“走这条准没错。”

苏落看着南宫流云，南宫流云点点头道：“那就走中间这条。”

“等等我！”就在这时，一道声音从他们身后传来。

“公西宁？”苏落惊讶地看着尾随而来的大魔王，“你怎么跑出来了？”

苏落记得大魔王被四号和六号围攻，身中数剑，本以为他已一命呜呼，没想到他这么命大，居然到现在都没死。

大魔王嘿嘿一笑：“惭愧惭愧，命大命大。”

“你要走哪条？”苏落瞥了大魔王一眼，让他先选。

大魔王反问道：“你们想走哪条？”

“你要跟着我们？”苏落似笑非笑地问。

“什么跟着你们，大家结伴同行嘛，反正如今我们已是拴在一根绳上的蚂蚱了。”大魔王一边说一边内心发苦。

苏落则心中暗乐，面上却一本正经地说：“好吧，既然你要跟，那就老实跟着，若是被我们发现你做小动作，呵呵……”

苏落留着大魔王，不仅因为九阳壹尺在他家，而且还可以拿他当人肉盾牌，何乐而不为？

在接下来的路上，大家一路同行，没走多久前方又出现了六条岔道。

这要怎么选啊？大魔王无语地看着六条岔道。

苏落也不知道怎么选，但是小黑猫知道啊。

当小黑猫蹿向第三条路时，大魔王忍不住问道：“你们确实要跟着小黑猫走吗？这会不会太过儿戏了？”

苏落淡淡地瞥了他一眼：“你信不过小黑猫？”

大魔王无语了，是个正常人都信不过吧？

苏落笑道：“那你别走好了。”

说完，苏落抱起小黑猫，南宫流云抱起苏落，双双潇洒离去。

“哎……你们两个……”大魔王看看同样幽深的六条岔道，叹了口气道，“算了，好歹走这条路死了也有人垫底。”

于是大魔王跟在了苏落他们身后。游着游着，他忽然发现一处有些异样。

“咦，暗流里怎么会有特殊元素？”大魔王有些不解地东闻闻、西嗅嗅，最后抓了一把泥放在嘴里舔了舔。

“这是空间元素的味道！这里怎么会有空间元素？奇了怪了，这底下会不会出现一座空间传送阵？”大魔王异想天开地嘀咕。

苏落看了大魔王一眼，却没有说话。很快，前方就出现了九条岔道。

这一次，大魔王想都没想，直接跟着南宫流云和苏落进了第五条岔道。

再后面是十五条暗流岔道、十八条暗流岔道……

直到出现九九八十一条岔道时，小黑猫才停住脚步，朝苏落得意地喵了一声。前方就是暗流的尽头，大家都从水里游了上来。

“这里是……”大魔王满心期待能找到第二座空间传送阵，但是当他看到眼前的场景时却呆住了。

眼前是一座城堡，更准确地说，是一座废弃的城堡。城堡里断壁残垣、草木枯黄，到处都是破败的景象。

城堡门口的匾额上，字迹已经脱落大半，但是大魔王却一个箭步冲了过去，激动地抱住匾额，眼中泪光闪烁。

大魔王的表现让苏落和南宫流云有些惊奇，这到底是谁的城堡，竟让大魔王激动成这样？

苏落问大魔王：“你干吗这么激动？”

大魔王沉浸在激动中，好半晌才回头瞪了苏落一眼：“不要吵，会吓到主人的！”

主人？苏落越发不解，上前几步，仔细辨认着匾额上的字迹，勉强认出了“公西”二字。

这是公西家的城堡？大魔王不是公西家的第五子吗，为何会有“主人”之说？苏落的脑中冒出一个硕大的问号，可是她想破了脑袋也想不明白其中的隐情。

而此刻，大魔王已经激动得热泪盈眶了，不等苏落说话就往里冲。小黑猫见此情形，喵的一声蹿了过去，速度比大魔王还快，生怕城堡里的好东西都被大魔王搜刮没了。

苏落和南宫流云却不着急，担心什么？反正大魔王的东西就是他们的东西。所以，大魔王和小黑猫争先恐后地往里冲，苏落和南宫流云却优哉游哉地牵着手逛城堡。

城堡是标准的魔族建筑，石门宽大厚重，结构简洁整齐。庭院里的花草已经枯萎，墙上的壁画也脱落了大半，着实没什么好瞧的。但是，南宫流云却看得比任何时候都仔细，把整座城堡的一草一木都记得清清楚楚，厉害到苏落问他关于这座城堡的任何问题，他都能答得清清楚楚。

就在这时，城堡深处突然传来一阵诡异的声音。苏落和南宫流云对视一眼，加快脚步走过去。

城堡一共有三层，房间多得数不胜数，在这阳光照不到的地底下，处处透着阴森之气。他们沿着楼梯，一直走到发出声音的地方。

苏落他们赶到的时候，大魔王正拿着斧头猛砍一扇木门。那扇木门看上去很普通，可是任凭大魔王怎么用力砍，它都纹丝不动，门上连点痕迹都没留下。大魔王砍得气喘吁吁，最后却不得不罢手。他转头看着苏落："不如，我们合作吧？"

其实大魔王真正想合作的人是南宫流云，他想借用南宫流云的智慧。但是他知道南宫流云不会理他，所以才问苏落，一旦苏落答应了，南宫流云就不可能袖手旁观了。

"合作？合作什么？"苏落慢条斯理地问。

"你们别看这扇木门不起眼，刚刚你们也看到了，无论我怎么砍都无法伤它分毫，可见这扇木门里面的东西绝不简单！"大魔王紧紧盯着苏落认真地说。

苏落不置可否地点头。大魔王的眼中浮现一抹笑意："只要你们打开这扇门，里面的东西我只拿一样，其余的全归你们，如何？"

苏落狐疑地看着大魔王，似乎在想着什么。大魔王见苏落犹豫，立刻大声保证："真的，我可以发誓，我只要其中一样东西，其余的宝贝全部是你们的，而且我要的东西绝对不值钱！"

"不值钱的东西，你拿它干吗？"苏落一句话戳中要点。

大魔王咬了咬唇，最终说道："那是一块木牌，对你们来说一点用都没有，只对我的家族有用，至于有什么用，我现在还不能说。"

苏落看了南宫流云一眼。

大魔王说："你们不是正在被黑衣人追杀吗？里面有防御武器，也有攻击武器，说不定还有炸弹呢，正好用得上，你们还犹豫什么？"

苏落似笑非笑地看着大魔王："公西宁阁下似乎对里面有什么东西了如指掌哦，这是为什么呢？"

大魔王看看南宫流云，又看看苏落，最后实在无奈了，才拿出一幅地图递给他们。苏落和南宫流云在地图上看了几眼，彼此眼中都露出惊奇之色。因为大魔王手里的这幅地图，描绘的就是这座破旧的城堡，以及城堡内部的所有一切，木门这里更是做了重点标记。

“这是什么地方？”苏落皱眉问道。

“这是我家祖先的陵墓，当年陪葬了什么东西，家族里自然有记录，不过在很多年前的一次大地震中，埋在湖底的陵墓被冲走了。”大魔王认真地看着苏落解释道，“从那以后，我们公西家族就多了一个任务，那就是寻找先祖的陵墓。”

大魔王继续说：“本来这件事已经无望了，但是这次运气真好，竟然无意间遇到了，可能是先祖冥冥中的庇佑吧。这座陵墓我一个人带不走，必须回去请家族长老们过来才行，但是为了让家族相信这件事，我必须取走代表先祖的那块原木牌。”

大魔王指着木门：“原木牌就在里面。”

虽然大魔王讲得合情合理，但苏落总觉得有些不对劲，可是一时之间又想不明白，于是苏落看向南宫流云。反正有最强大脑在呢，她跟着南宫流云就是。南宫流云这时倒是有些后悔当初没看公西家族的资料了。不过即便没看资料，他也抓出了大魔王话中的三处漏洞。

南宫流云可以确定的是，这座城堡确实是公西家族先祖的陵墓，里面确实有可以帮助到他们的东西，这就够了。

“走开。”南宫流云瞥了大魔王一眼。

大魔王心头大喜，这说明南宫流云答应跟他合作了。大魔王欢天喜地地站到一旁，全神贯注地盯着那扇诡异的木门。

南宫流云并没有拿斧头砍，也没有强力爆破的意思。他就静静地站在门前，右手在门上一点，然后轻喝一声：“起！”木门往上一弹，唰的一声不见了。

大魔王拔腿就往里闯，却砰的一声倒飞出去，狠狠地摔到了对面的屋檐上。大魔王捂着撞破的额头，艰难地一步一步走了回来，哀怨地看着南宫流云。谁能想到，木门后面还有一扇透明的门呢。

“再借点血。”南宫流云看都没看大魔王一眼，淡淡地说。

刚才大魔王迎头那么一撞，透明门沾上血迹的地方，立刻现出一道笔画。大魔王咬牙划破胳膊，在透明门上涂满鲜血，上面立刻出现了一行字：“十秒钟换一题，是否开始？”

大魔王一头雾水地选了开始，上面又显出一行字来：一旦失败，重新涂血，从第一道题开始回答。这是故意刁难人吧？大魔王快被折腾疯了，不过想到一旦拿到那块原木牌，家族的诅咒就能解开，大魔王眼巴巴地看向南宫流云，希望他快点答题。事实上，大魔王真的找对人了。如果换作别人，别说十道题全对，能够答对三分之一就是绝顶天才了。

这些题目看上去都是故意为难人的。比如，第一层楼第十五房间第十八步所在的地砖上有几个墨点？这算什么问题啊！而且每隔十秒题目就会刷新，根本来不及跑出去找答案。如果说只有一道题目如此也就算了，可偏偏十道题全都这么刁钻。大魔王越看这些题目就越是心惊肉跳，因为他一道题都答不出来。

在大魔王的胆战心惊中，南宫流云一口气答完了十道题。大魔王："……你还是人吗？！"

苏落得意扬扬地拍拍大魔王的肩："现在知道厉害了吧？嘿嘿，找我合作，可是你这辈子做过的最正确的选择。"

此刻的苏落还不知道，这个选择对她来说，却未必是好事，不久后发生的事会让她深刻领悟这一点。

大魔王朝苏落竖起大拇指："我公西宁这辈子没服过谁，连少年国师我也只服半个，但是……"大魔王看了看南宫流云……刚才那十道题，真让他对南宫流云佩服得五体投地。

继木门、透明门之后，出现的第三扇门是青铜之门。大魔王试图用魔力推开这扇门，但是青铜之门却纹丝不动。大魔王求助地望着南宫流云。

苏落趁机提要求："要帮你也可以，但是九阳壹尺你得还给我。"

大魔王为难地看着苏落："可是九阳壹尺在京城的公西府邸里，我现在可拿不出来。"

"没事，你先写个欠条，到时候我们去你府上拿就是了。"苏落立刻拿出纸和笔递给大魔王。

大魔王握着笔，神色间有些为难。他犹记得，当时他将九阳壹尺送回家族的时候，爷爷是多么的高兴啊，他这个一直不得重视的第三代第五子，头一次在家族会议上被点名表扬。

不过，想到城堡里的那个东西，大魔王一咬牙就想通了：有了那个东西，就算失去了九阳壹尺又如何？如果让爷爷做选择的话，爷爷也绝对会选眼前这个关乎家族前途的东西。

"好，我写！"大魔王唰唰唰挥笔写完，然后将墨迹吹干，递给苏落。

"按手印。"苏落看了看大魔王手臂上的血，轻描淡写地说，"反正你的血还没凝固呢，就按血手印好了，免得你反悔。"

“你……”大魔王瞪着苏落，“我公西宁一言九鼎，言出必行！”

苏落似笑非笑地瞅着他。

大魔王咬牙道：“好！血手印就血手印！”

当带着血手印的字据递到苏落手里时，苏落仔仔细细地看过，这才收进空间里妥善放好。

第三道青铜之门，在南宫流云手中应声而开。大魔王疯了一样冲进去。苏落还没进去，南宫流云就一把拉住她的手，退避到门外。此刻，唰唰唰……无数利箭冲着门口方向射来。大魔王冲的速度很快，所以他已经退不出来了。他在箭雨中左躲右闪，好不狼狈。好在利箭不是无穷无尽的，没过多久就停止了。

满地满墙壁满天花板都插满了密密麻麻的箭。

“好狠的心！”大魔王看着刺猬一样的房间，咬牙切齿地说。

直到一切都安静下来，南宫流云和苏落才携手而进。苏落看到大魔王满头满脸满身的血，眼底闪过一丝讶异：“这真是你们家先祖的陵墓？对你这个后代怎么也跟对付盗墓贼似的？”

大魔王哼哼两声，抬手将胸口的两支箭拔出，涂上魔族特有的疗伤药膏。然后是手臂、腹部、大腿、小腿……大魔王中了十几支箭，但这些箭伤对他而言只是皮肉伤，却伤不了他的根本。不过因为失血过多，大魔王的脸色看上去非常苍白。

在闯过三道门，还有箭林后，整座陵墓突然安静下来，静得有些诡异。

大魔王身上的伤还没处理完，他第一时间朝角落冲去。

这时候，苏落才有闲心好好打量周围。这是一个很大的房间，房间的墙边堆了一个又一个箱子，都被封条封着，不知道里面有什么东西。不过此刻封条都被大魔王扯开了，全都露出里面的东西——魔晶，一箱又一箱的魔晶；还有各种珠宝古玩。

苏落注意到，大魔王每打开一个箱子，脸色就失望一分，可见这些箱子里都没有他要的东西。当东边、南边、西边三个方向的箱子都打开之后，大魔王的神色越来越失望，甚至连他的手都有些抖了。苏落好奇极了：他到底要找什么东西？因为整个房间里，只有沿着墙壁堆放的箱子，中间是空空如也的。

很快，大魔王就注意到北边的那排箱子了。这些箱子跟其他三个方向的箱子相比，体积更大一些，除此之外，并没有什么区别。大魔王单手在箱盖上一拍，箱盖应声而裂，露出了里面的东西——全是黑乎乎的粉末，一箱又一箱……大魔王的手在黑色粉末里感应了很久，没发现他要找的东西，当即放弃，转向第二口箱子。

而此刻，苏落已经来到装有黑色粉末的箱子旁。她用手指沾了一点粉末，闻了闻气味，待她辨别出这些粉末的成分，脸色终于有些变了。这么多，居然全部都是……苏落二话不说，当即就将这些装有黑色粉末的箱子收进了空间。

公西宁回头看了苏落一眼，见她收了箱子也没有多说，因为他全部的注意力都在那块原木牌子上。到底在哪呢？明明就该在这里啊……忽然，公西宁的手一顿，摸到了一个东西。他激动地拿出来一看，是一块木牌。

在苏落看来，这是一块很简单的木牌，上面只刻着两个字——公西。

大魔王怔怔地看着手中的木牌，看了许久才回过神来："找到了！找到了！父亲、爷爷、老祖宗，我找到木牌了！"

大魔王兴高采烈地抓着牌子满场乱窜，而苏落则利落地将所有箱子都收入了空间。魔界的东西运到灵界，价值还是很高的。两界之间正在交战，贸易中断，所以这些东西更显得昂贵。

大魔王跑回来，看到空空如也的房间，脸上浮现出惋惜懊恼之色。虽然他已经说过，除了原木牌子，其他东西他都不要，但是他没想到，苏落竟然真的一点都不留给他。大魔王哼了一声："既然你们要的东西已经得到了，那我们的合作就到此结束了。"说完，大魔王朝苏落和南宫流云挥挥手，径自走了。

苏落也朝他挥手道："好走不送。"

大魔王走出青铜大门，一边往外走一边腹诽，东西都拿走了，那两个人怎么还不走呢？他们不走的话，他怎么启动里面的空间传送阵啊！

大魔王就躲在不远处，盯着那扇青铜大门。可是，南宫流云和苏落自始至终都没有出来，到最后，大魔王没办法，只能悄悄地摸过去。很快他就看到，南宫流云和苏落正在布置现场。那些黑色粉末经过他们的手，变成一个个炸弹球、炸弹片、炸弹块。

"怎么又回来了？"苏落看到大魔王，还挥手朝他打了声招呼。

大魔王盯着苏落："你们怎么还不出来？"

苏落笑嘻嘻地看着他："空间传送门都在这里，我们要往哪里去？"

大魔王顿时整个人都不好了，难以置信地盯着苏落："你们怎么知道空间传送阵在这里？"

苏落一脸无辜地看着大魔王："你说的啊。"

"我什么时候说的？啊，不是，我哪儿说过这里有传送阵啊！"大魔王急得差点咬到自己的舌头。

“你脸上写着呢，你看——”苏落指着大魔王的额头，“传、送、阵、在、这、里！”

大魔王下意识地捂住了额头。

“太好玩了，哈哈哈……”苏落捂着肚子，笑得前仰后合。

大魔王这才意识到自己被骗了，当即大怒：“你诈我！”

苏落笑嘻嘻地瞥着他：“你笨怪我啊？”

大魔王顿时气结，苏落见他气得说不出话来，好心宽慰：“好了好了，你应该已经被我们的智商打击惯了，还有什么不甘心的？别急，慢慢想怎么说。”

“噗——”大魔王被苏落气得吐了血。

苏落戳了戳虚弱的大魔王：“喂——”

大魔王郁闷地抬头：“干吗？”

“传送阵在哪儿？可以走了。”苏落没好气地说。

大魔王抱着脑袋不理她。

苏落在他面前蹲下，戳戳他的手臂：“好啦，堂堂大魔王，弄得跟个别扭小媳妇儿似的，这又是何必呢？快说快说，等下那群黑衣杀手过来，你还要跟他们对战吗？”

大魔王郁闷地盯着苏落，神色憋屈极了。他是气不过，但是又有什么办法呢？反正不管他做什么，都会被苏落欺负。

“跟我来。”大魔王瞪了苏落一眼，转身离去。

苏落和南宫流云最后看了一眼布置，悠然离去。就在他们走后不久，那群黑衣人就追上来了……

大魔王带着南宫流云和苏落沿着弯弯长长的阶梯行走着，路线很复杂，很快连他自己都迷路了。

“咦，这里好像已经走过了吧？”大魔王抓抓脑袋，看着苏落和南宫流云。

苏落：“……你确定你知道路？”

大魔王郑重点头：“这里一定有，据族谱记载，传送阵就在十道弯道过后的四角阵里，可是……”

“你确定是在十道弯道过后的四角阵里吗？”苏落用神奇的目光看着大魔王。

大魔王点点头：“对啊。”

苏落：“……”

“怎么了？”大魔王一脸迷茫。

苏落指着右边的弯道：“从左边走才能进入十道弯道啊，你一直在右边绕来绕去，走一辈子都走不到四角阵里，你是在跟我们开玩笑吗？”

大魔王震惊地望着苏落。

“走吧，我们带你。”苏落一挥手，拉着南宫流云走在前面。

大魔王小媳妇一样默默跟在后面，低垂着脑袋，沮丧极了。他觉得他在南宫流云和苏落面前就是个弱智，做什么错什么的弱智。

就是因为大魔王的耽搁，等苏落他们站在高高的四角阵里往下面看时，看到了黑衣人的身影。苏落皱眉：“还真是阴魂不散，这样都能被找到。”

南宫流云淡淡一笑：“传送阵就在眼前，只要进了传送阵，这群人就无计可施了。”

总不至于，他们手里还有空间蝗石吧？苏落觉得他们还不至于倒霉到这个地步。

传送阵是一道金光闪闪的门，只是这道门此刻看起来一点都不闪耀，像是蒙着一层淡淡的灰。

“快走吧，那群人很快就要杀上来了。”大魔王催促道。

苏落无语地看着大魔王跳进传送阵，而她跟南宫流云都留在原地一动不动。

“三、二、一——倒！”随着苏落这句话说完，果然，大魔王的身体被弹了出来，狠狠地磕到门框上，撞得他头晕目眩、眼冒金星。

大魔王艰难地爬起来，踉踉跄跄地走到苏落身边，捂着出血的后脑勺不解地问：“这是怎么回事？为什么我会被弹出来？你们早就知道会被弹出来吗？这传送门是假的吗？”

苏落笑嘻嘻地看着浑身是伤的大魔王：“对啊，我们早就知道传送阵坏啦，本想叫你来着，谁让你跑那么快呢，拉都拉不住，真是很让人为难啊。”

“那现在怎么办？”大魔王揉揉生疼的后脑勺，指着下面问道，“那群人就快上来了，你说怎么办？”

“修啊。”苏落理所当然地说，“这个空间传送阵坏了，自然是要修的，至于下面那群杀手，嗯，只能拜托你了。”

“我？”大魔王差点跳起来。

他压低声音，但是面容却因激动而狰狞：“那群黑衣杀手是什么实力，我又是什么实力，我怎么对付他们？你这是让我去送死！”

苏落用看白痴的目光看着大魔王：“谁让你去送死了？你只要送他们去死就

好了。"

大魔王不解，苏落没好气地指点他："还记得拿到原木牌子的房间吗？那里埋好了炸弹球、炸弹片、炸弹块，地面还撒了很多黑粉助燃，这样好的条件你都不会用？"

"可是……为什么你们不去啊！"大魔王不服气。

"那你来修传送阵？"苏落瞥了大魔王一眼，"只要你能在今天之内修好传送阵把大家传送走，我这就去引黑衣人入瓮。"大魔王顿时无话可说了。

"那他呢？"大魔王不服气地指着南宫流云。

苏落不耐烦地瞪了大魔王一眼："他能做的事，你能做吗？还是你打算什么都不做，就等着传送阵修好然后蹭？实话告诉你，如果你什么都不做，到时候传送阵可没你的份。"

"知道了。"大魔王郁闷地瞅了苏落一眼，转身默默离去。

大魔王离开之后，苏落进入传送阵内，拿着空间修复电钻仔细查找传送阵的问题所在。南宫流云则盘腿坐在地上，一边修炼晋升，一边守护苏落。

时间一分一秒过去，传送阵还剩百分之十尚未修复，外面忽然响起猛烈的爆炸声，整座城堡都在剧烈晃动。

显然黑衣人已经进了那个房间，只是不知经过这场大爆炸，他们还能剩下几人。

就在这时，大魔王急匆匆地跑来，对着苏落大喊："快启动传送阵，那群人没被炸死，在后面追来了！黑衣人首领很厉害，我们会死的！"

但是传送阵才修复了百分之九十，不是说传送就能传送的，一旦传送方向偏移，后果不堪设想。

南宫流云对苏落说："继续。"

苏落郑重点头："好。"

苏落紧锣密鼓地修复着传送阵，手速快得旁人根本看不清楚，只能看到一道道手指的残影闪过。

可是，当苏落修复到百分之九十二时忽然卡住了，后面的技能需求非常复杂，以她现在的空间能力还修不了。而更让苏落惊心的是，那群黑衣杀手已经追上来了。

南宫流云从原地站起来。经过刚才的修炼，他的修为又恢复了不少。黑衣人见南宫流云的实力又提高了，阴恻恻地说："二少不愧是二少，这么短的时间内，就恢复到大圆满九星了，真是让人不佩服都不行了。”

苏落正要从空间传送阵里出来，南宫流云的声音却在她耳边响起：“走！”

声音直接送入苏落耳中，旁人一概没有听见。可是，苏落怎么可能留南宫流云独自与这群黑衣人作战？就在苏落抬步要从传送阵中出来时，南宫流云的声音再次在她耳边响起：“有你这个包袱在，我必然打不过黑衣人；但如果你不在，我就算打不过也躲得过。”

南宫流云的声音淡若轻风，听在苏落耳中却像雷鸣。苏落的脚停在半空，怎么都迈不出去了。她知道南宫流云是故意这么说的，好让她知难而退，但他说的又是事实。

苏落难过的不是他说的话，而是这个让她无力的事实。如果实力没有削弱，她跟黑衣人们还可以一战，也帮得上南宫流云，但是现在她却成了他的负担。

苏落深吸一口气，最终做了决定：“好。”

“魔界帝都见。”苏落耳边再次传来南宫流云的声音。

与此同时，一阵阵战斗声传来，南宫流云和黑衣人展开了殊死较量。

有办法的，一定还有办法！苏落回到传送装置前，继续唰唰唰地调试，忽然发现传送阵有两种传送模式：一个是团体传送，一个是个体传送。顾名思义，团体传送，就是所有人都在一起传送；个体传送，就是每个人都被单独传送。

个体传送模式让苏落眼前一亮。一旦选择了个体传送，每个人都会被单独传送到魔界，那黑衣人还怎么追杀他们？就算想杀也找不着人啊。

有一点不好就是，她会跟南宫流云暂时分开。但是他们已经约好了在魔界帝都见，所以想会合还是不难的，现在最重要的是活着。

想到这里，苏落毫不犹豫地启动了单独传送模式，同时对外面大喊一声：“传送阵开启，快进来！”

南宫流云眉头一皱。以他对苏落的了解，若非别有用心，她不会这么大喊大叫。

不得不说，南宫流云和苏落对彼此的了解已经达到了惊人的默契。大魔王第一个冲了进来。他跑进传送区域后，只来得及惨叫一声就没了踪影。四个黑衣人追了进来，却没有注意到地上刚被苏落倒了油。地面非常滑，他们四个收势不住直往前冲，其中三人连苏落的衣角都没抓住就被传送出去了。

只有黑衣人三号手快，在闯进传送区域的同时，一把扯住了苏落的手腕。他的力气很大，苏落根本反抗不了，被拽入传送区域。在最后一刻，苏落对南宫流云大喊："快进来，这是个体传送，我在那里等你！"话音未落，苏落已经进了传送区域，彻底被消音了。

南宫流云听到这是个体传送，顿时心中一松。他知道落丫头暂时不会有事，只是不知道她会被传送到哪里去。

而此刻，黑衣人三号还没明白是怎么回事，他和苏落就各自被一股庞大的空间之力吸住了。黑衣人三号本想把苏落拉入自己的空间通道之中，可是人力终究抵不过空间之力，他只能眼睁睁看着苏落朝着和他相反的方向而去……

很快，所有人都被传送出去，离空间传送阵关闭还有最后一分钟。黑衣人首领对南宫流云冷冷一笑："南宫流云，这空间传送阵你就别奢望了，不可能的！"

"这世上，没有什么事是不可能的，东方少将。"南宫流云盯着黑衣人首领的眼睛，嘴角勾起一抹嗜血的冷笑。

东方荀闻言，眸中浮现一抹杀意："你是怎么猜出来的？"这一路上，他蒙头盖脸、掩藏家族修为、遮掩一切气息、改变所有习惯性动作，都伪装成这样了，南宫流云还是猜出了他是谁。

南宫流云似笑非笑："想知道？"

"说！"东方荀上前一步，忽觉脚步一滞。他低头一看，发现地上不知何时多了一个鬼影，正死死地抱着他的双腿。

"滚！"东风荀怒喝一声，一脚踩下去，那个鬼影发出一声凄厉的惨叫，东方荀的脚边出现一道鲜红的血迹。等东方荀再抬起头时，眼前哪里还有南宫流云的身影？

"你的脑袋，就在脖子上再长几天。"南宫流云冷冽的声音远远传来。

东方荀怒极，疾冲上去，赶在最后一秒冲进了空间传送阵。他被随机传送的方向，虽然跟南宫流云的去向天差地别，跟苏落却是同一个方向。

东方荀拿出最后一块空间蝗石，口中默念着咒语。临行前他是立过军令状的，务必将南宫流云和苏落斩杀，可是现在他非但没有杀掉这两个人，还被南宫流云揭穿了身份，所以他肯定活不下去了。

只要他还活着，余生将一直活在龙凤族的追杀中，直至死亡。而且对他背后的那位大人物而言，他已经成了莫大的隐患，那个人肯定不会让他活下去。所以，东方荀选择了同归于尽。

"空间蝗石，给我炸！"东方荀将生命力全部注入空间蝗石里面，化身为空间蝗石朝着前方呼啸而去，所过之处，引发一场场爆炸。

轰隆隆……听到后面传来熟悉的轰炸声，苏落回头一看，认出是空间蝗石所致，顿时面无血色。她用尽全力拼命地瞬移，企图逃出爆炸范围。

苏落不知道自己跑了多久，也不知道跑了多远，她只知道，在不断瞬移的过程中，她的修为正在不断恢复，已经从大圆满一星初阶升至大圆满三星巅峰！

就在这时，空间通道未完全修复的弊端终于显露出来，整个空间通道都在接连不断的爆炸中剧烈摇晃，随即发出咔嚓咔嚓的声音。

后有空间蝗石紧追不舍，前方空间通道开始解体，苏落显然已经走投无路。

随着最后一道恐怖的爆炸声响起，空间通道里火光冲天、硝烟弥漫。

“哈哈哈……苏落死了！南宫流云，我杀不了你，就毁你一生所爱！”化身为空间蝗石的东方荀，耗尽了最后的一丝生命力，得意扬扬地死了。

不过，至死他也没有发现，在空间蝗石即将碰到苏落的那一刻，忽然间魔光冲天，一道黑色光芒将苏落包住，疯狂地朝空中冲去，直至力竭。

随后，苏落呈直线往下坠落，重重地砸在地上，彻底晕了过去。

苏落是被冻醒的。在她半昏迷半清醒的状态下，耳边忽然传来对话声。他们说的是大陆通用语，所以对苏落来说，没有语言上的障碍。

“少爷，我们现在自身难保，您就不要再善心泛滥了行不行？”一道孔武有力的声音传来。

“可是，如果我们不救，她会死啊……”少年人的声音虽弱，却有着不容忽视的坚决。

“她死就死吧，再这样下去，我们也会死的！少爷，想想您的父亲母亲，想想您尚在襁褓里的妹妹，想想您肩负的重任，您不能再任性了！”浑厚的声音再度传来。

“你不用再提醒我了，我都记得。”少年的声音低沉，透着一股说不出来的苍凉。那个人顿时不出声了，只是长长地叹了口气。

苏落虚弱地睁开双眼，发现自己躺在一座简易帐篷里，帐篷口燃着一堆火，火上烧着热水。围着火堆，有两人相对而坐，一个是孔武有力的彪形大汉，另一个是脸色苍白的清秀少年。少年大约十一二岁，大眼睛黑白分明，目光清澈得不含一丝杂念，给人一种纯真圣洁的感觉。

少年回头看到苏落，苍白的脸上浮现一抹纯真的笑容，嘴角一个浅浅的酒窝，让人看了就觉得心情大好。

“姐姐，你醒啦？有没有觉得哪里不舒服？”少年三两步走到苏落面前，那双乌黑漂亮的眼睛关切地望着苏落。

苏落嘴角艰难地勾起一抹弧度：“谢谢你。”

直到此刻，苏落才发现她的伤势有多严重。她的肋骨全部骨折；五脏六腑移位、破裂，几乎没一处是好的；双臂粉碎性骨折，连抬起一根手指的力气都没有；双腿同样骨折，完全动不了；更让苏落崩溃的是，她的脊椎也移位了。现在的她，只有脖子以上能动，完完全全是个废人。

少年对苏落说：“姐姐，你不要太担心，你的伤看上去很严重，但也不是没有治愈的可能，只要养得好，不说完全恢复，恢复到能走路应该没问题。这是颗骨骼生肌丹，姐姐快吃了吧。”

苏落看了那丹药一眼，眼眸微微一动，这是一颗半步皇级丹药，于她确实有很大的帮助。然而，苏落刚张开口，那位孔武有力的彪形大汉就冲了过来，对善良的少年大吼：“少爷，你在做什么？快拿回来！”

少年抬起那双乌黑的大眼睛，认真地看着彪形大汉：“彪叔，姐姐现在急需丹药救命，这颗骨骼生肌丹就让给姐姐吃了吧，好不好？”

大汉苦口婆心地说：“少爷，你到底知不知道丹药在魔界有多珍贵？知不知道这颗半步皇级丹药有多珍贵？这已经是咱们的最后一颗半步皇级丹药了，你就这样给了一个陌生人？那等你自己受伤了怎么办？等死吗？”

“少爷，把丹药交给彪叔保管，好不好？乖……”剽悍大叔柔声诱哄。

少年虽然觉得彪叔说得对，可他还是倔强地咬着唇，小手握紧丹药，怎么说都不放手。

苏落试图打开自己的随身空间，因为空间里有不少皇级丹药，可是她却连动动手指的力气都没有，根本拿不出丹药。而且，谁知道她拿出丹药之后，这位彪叔会不会见财起意？为了保险起见，也为了试探人心，苏落对少年说：“这颗半步皇级丹药算我借你的行不行？等我的伤好了，我就还给你。”

少年正要说好，还没等他开口，彪叔就把他往身后一拽，然后怒斥苏落：“你这人怎么这么不会看眼色，怎么这么得寸进尺！还？你拿什么还？你还得起吗？”

彪叔怒斥了苏落之后，转身对他家少爷说：“少爷，现在知道你救的是什么人了吧？我早就跟你说了，这样的人，根本不值得我们花力气去救！”

苏落：“……”

少年皱眉：“彪叔，言重了。”

彪叔冷哼：“少爷，你就是太善良、太天真了，总觉得谁都是好人。你难道忘了，那个女人为了杀你，伪装成孕妇倒在路边。其实她哪是孕妇，她腹部揣的可是炸弹，如果不是少爷运气好，现在咱们早就死了。”

彪叔喋喋不休：“谁知道这姑娘是不是故意将自己撞成这样的，演一出苦肉计来博取你的同情。咦，真是越说越像啊，这姑娘不会真是他们派来的奸细吧？少爷，快走！”彪叔说罢，直接将少年拎走了。

苏落无语，心说这位大叔患了被害妄想症吧？苏落叹了口气，对彪叔问道：“这里是什么地方？你们又是谁？”

彪叔没吭声，少年很有礼貌地答道：“这里是土帕山，从这里下去，往东走十天，就到土帕城了。至于我们，姐姐还是不要知道的好，知道了也不是什么好事。”苏落点点头。

彪叔一个劲地催促少年：“少爷，快走快走，这里不能再待了！”

“彪叔……”

“少爷，你还听不听话了？你不是说过，以后一定听彪叔的话吗？”彪叔从怀里摸出一柄匕首，架在自己的脖子上，威胁少年。虽然没说话，但他的意思已经表示得很明白了。如果少年不答应，他就会自残。

少年眼底浮现一抹沉痛之色，他身子纤细瘦弱，但眼神却无比坚定：“要走可以，但是这颗丹药必须留给姐姐！我坚持！”

彪叔实在不想答应，但他知道，他家少爷别看外面柔弱，倔起来还是很强势的。

“行行行！”彪叔只好妥协，气愤地瞪了苏落一眼。彪叔知道，他家少爷虽然心地善良，却不是烂好人。少爷对人有一种天生的敏感，好人坏人他凭着气息就能分辨出来。

少年得到允许后，开心地笑了。

“姐姐，吃下这颗丹药，你身上的伤很快就会好了。”少年端来一杯白开水，将丹药送入苏落口中。

喂苏落吃过药之后，少年又从空间储存袋里往外掏东西：“姐姐，这是足够你吃十天的食物；还有这个水囊，里面的水是纯净的天然水，对恢复伤口有好处；还有这块天火石，用天然棉绒包裹起来了，外面冰天雪地的，姐姐身子弱，抵抗力差，这个放在被窝里或者抱在怀里可以御寒……”少年似乎跟苏落特别投缘，他说了一堆又一堆，说到最后，都想留下来亲自照顾苏落了。

苏落笑看着少年。人跟人之间是有缘分的，有的人第一次相见，气场就特别相合，有的人天天相见也是互相看不顺眼。苏落对少年的印象一开始就不错，看到他这样，对他印象就更好了。

彪叔看出少年有留下来的苗头，赶紧拉着他走人。少年一步三回头，他特别担心苏落一个人留在这里被魔兽叼走了。苏落笑着朝他说道：“我没事，你去吧。”

在少年和他的保镖大叔离开后，苏落一个人待在封闭的帐篷里疗伤。外面寒风凛冽，纷纷扬扬的鹅毛大雪很快就将帐篷给掩埋了。苏落首先检查了她的空间。那场大爆炸不仅将她炸成重伤，就连她的空间都遭到重创。

种在空间里的那些草药，绝大多数都倒伏在地上，露出了底下的根须；碧羽仙藤受到波及，好不容易才长出来的小小青藤再次斩断；在空间里养伤的大黑龙，伤势比以前更严重了。

以小黑猫的实力，它本来可以躲开，但是它却为护住变异相思树的幼苗而受了伤，因为它知道，变异相思树的幼苗对苏落来说有多么重要。

苏落有专门的炼丹房，她炼制的所有丹药都保存在炼丹房的架子上。可是在这场浩劫中，炼丹房被毁了，丹药滚落一地。有的瓷瓶碎裂，药水流得到处都是；有的丹药与丹药黏合到一起，完全失去了药效；有的丹药化为齑粉，撒落在地上。

不得不说，苏落这次真是损失惨重，不过她还是很庆幸，自己能在那么凶险的情况下保住性命。

接下来的几天，苏落就静静地躺在帐篷里，利用自身的灵力和丹药的药性，努力修复着残破的身体。让苏落惊喜的是，当她用意念修复空间时，修为竟然以每天一颗星的速度上涨。每一天，苏落除了修复身体和提高修为，其他时间都在整理她那残破的空间。

这一天，苏落依旧如昨日那般修炼，忽然外面传来一阵嘈杂的声音。好在苏落的帐篷已被积雪深埋，没有被外面的人发现。

来的是一队人，听声音可知，人数至少在十人以上，而且个个实力不俗。

苏落不想被人发现她的存在，倒不是担心打不过他们，而是不想中断这种持续晋升的势头，所以她一声不吭地躺在帐篷里，尽量降低自己的存在感。

“这里有他们待过的痕迹。”有人在刨雪，不断往下挖，一边挖一边说，

“根据线索，他们应该是三天前离开的。”挖掘的时候，那双手刚好停在苏落的帐篷前面，只要多挖十厘米，就会挖到苏落的帐篷。

那个人挖出的是帐篷前面的火堆。

另一个人冷笑道：“三天前？算他们逃得快，不然……哼哼！”

“十年前，自从五少带回那块家族苦苦寻找的原木令牌，破解了家族诅咒之后，就可以预料到公西嫡系子弟会被屠杀殆尽，那群人逃了十年，咱们也追杀了十年……”

五少？原木令牌？公西嫡系？这些熟悉的字眼，让苏落想起了一个人，那就是大魔王公西宁。可是，十年前？这时间对不上啊，她总不至于昏迷了十年吧？苏落的脑海中充满了疑问。

此刻，外面的对话还在继续。

“现在杀得只剩最后一位公子了，等杀了他，咱们就可以荣归家族，成为家族的荣誉成员。”

“那得抓紧时间了，下个月就是我爷爷的寿辰，我还想赶回去贺寿呢。”

“这位小公子虽然实力不怎么样，但是运气极好，每次都逢凶化吉，真是可气！”

“可千万不能让他们回到帝都。”

“对，在他们去帝都之前，他们必须得死！”

这群人一边说一边起身离开。如果他们再往前挖十厘米的话，就会发现苏落，从而打断苏落的修炼进度，让苏落停留在大圆满五星的境界，如此一来，在不久的将来他们就不会活得那么艰难了。

可是，在经历了一次又一次倒霉事件之后，老天爷好像开始眷顾苏落，帮她转运了。

苏落的修炼没被打扰，修为仍然以每天一颗星的速度上涨，几天之后，苏落的实力就涨到了大圆满七星。苏落在内心哀号，如果几天之前，在传送通道里，她的实力就恢复到大圆满七星，她怎么可能被炸成这样？

随着苏落的修为恢复到原来状态，她的身体也完全康复，原本的粉碎性骨折，原本的脊椎移位，原本的五脏六腑破碎，全部修复完毕。而且经过修复之后，身体强度比以前强了不止一倍，这也算是不错的收获了。更让苏落开心的是，她的实力超过了大魔王，所以她跟大魔王的主仆契约已经解除！

更让苏落惊喜的是，她的丹田一分为二，分成灵气和魔气两个区域，灵气是大圆满七星，魔气也是大圆满七星！

灵界的人进入魔界，很容易被发现踪迹，因为他们用的是灵气，一出手就会被发现。可是苏落不一样，她的灵气和魔气可以自由切换，当她切换到魔气状态时，即便是土生土长的魔界人，都很难发现苏落是灵界的人。

哗啦！苏落一挥手，覆盖在帐篷上的积雪全部被推开了。苏落一个轻盈的起落，身体已经飞掠到雪地上。

苏落分辨着方向，想起少年跟她说过的话——从这里往东走十天，就可以到达土帕城。苏落想到少年的相救之恩，想到公西宁的那块原木牌子，想到跟南宫流云的魔界帝都之约，便毫不犹豫地往东边走去。

她的第一站就是土帕城。因为她心中有很多疑问，关于公西宁的，关于十年的，关于纤细少年的……如果真是因为原木牌而使得少年被追杀，这不是恩将仇报吗？苏落不会眼睁睁看着这件事发生。恢复到大圆满七星的苏落，这一身实力在魔界而言也是相当不错了。

魔界地广人稀，特别是在这极西之地，往往走几天都碰不到一个人。但是苏落的运气不错，她才刚走了两天，就碰到了人，而且还不止一个。

恢复实力的苏落听觉灵敏极了，隔着很远的距离，就听到了森林深处的交战声。苏落来不及多想，直接朝那个方向飞去。

离得近了，苏落飞身上树，居高临下看着眼前的战况。很凑巧，战斗的一方就是那位纤细少年和他的彪叔。此刻他们正被一群人围攻，彪叔将少年护得毫发无损，自己却浑身是伤，其中一道伤口自右腹一直延伸到左胸，看上去恐怖极了。可是，彪大叔将那对战斧使得虎虎生风，不带一丝疲态，反而越战越勇。

苏落又望向另外一边。这支队伍有十个人，每一位的实力都在大圆满五星之上，特别是领头的那位，竟然是大圆满七星，跟苏落的等级是一样的。但是苏落凭着血脉觉醒后的身体素质，还有坚韧的丹田，是可以越级战斗的。所以，这十个人合在一起，都不够苏落杀的。

这时候，对方冷冷一笑："公西彪，事到如今，你还不束手就擒！"

公西彪，也就是少年口中的"彪叔"，只见他冷冷一笑："束手就擒？就凭你们几个？做你的春秋大梦去吧！"

抬手间战斧劈过，就有一人被劈成两半，但是彪叔自己也没得到好处，腹部被另一人的金刚刺贯穿，彪叔疼得满头冷汗。

就在这时，公西家族的那群人抓到机会，手中的武器纷纷指向彪大叔。冰魄刀、雪花剑、八方杵……七八件武器全部刺入彪叔的体内，彪叔顿时脸色惨白，身体瞬间一僵。

“彪叔！”少年的声音里带着一抹痛楚。

彪叔回头看着他家小少爷，这可是公西家族嫡系的最后一点血脉啊，如果他死了，小少爷绝对活不了。

“去死吧！”公西家族的杀手都狰狞地笑着。十年追杀，几千口人，杀到现在，只剩下最后这两个了，眼看就要完成任务，他们怎能不狂喜？

“你们这群浑蛋！浑蛋！该死的是你们！”在生命的最后时刻，彪叔朝公西家族的那群人怒吼，“当年你们的老祖公西羽就是个禽兽！明明是个奴才，却——”

噗！一根玄铁杵狠狠刺入彪叔心脏，彪叔一口鲜血狂喷而出，全都喷在朝他扑来的少年身上。

“彪叔！”少年的声音痛苦而无助。

“少爷，对不起……是彪叔无能……彪叔不能陪你走最后一程了……老爷……阿彪无能啊……”彪叔看着少年，眼眶湿润，“少爷，彪叔先走一步了……”

少年早已泪流满面，而公西家族的那些成员则露出狰狞的笑容。

就在这时，一道冰冷的剑气挥过，公西家族的三颗人头滚落在地。所有人都被这一幕惊呆了，然后，他们看到了一位淡黄色裙衫的少女，美得超凡脱俗、惊心动魄。魔界的人本来就长得很粗糙，五官齐整的人就算不错的了，哪见过如此美丽的少女？

所以苏落一出场，公西家族的杀手就像被点了穴一样，一个个都呆住了，直到他们看到苏落右手握着的那柄染血的凤舞剑。

“你……”所有人都瞪着苏落，包括彪叔。

“你到底是谁？”公西家族的杀手首领盯着苏落，眉头紧皱。

“杀你们的人。”苏落淡淡一笑。

公西家族的杀手全都面色冷凝。因为见识过苏落的实力，看到她一剑就斩落三颗脑袋，他们对苏落又恨又怕。

首领掩住心底的恨意，对她一抱拳：“这是公西家族的私事，姑娘最好不要插手，刚才的事可以当成误会，还请姑娘让开。”

苏落漂亮的眼眸中浮现一抹浅笑：“如果我一定要插手呢？”

“姑娘这是要与整个公西家族为敌吗？”首领凶狠地盯着苏落。

“我可以把这句话理解为，你在威胁我吗？”苏落似笑非笑地看着他。

“你可以这样理解。”首领怒视着苏落。

苏落淡淡一笑：“那怎么办？我最讨厌别人的威胁了。”

公西家族的杀手们闻言，脸色骤然一变。

就在这时，少年认出了苏落。

“姐姐，你的身体没事了吧？”少年看到苏落已经痊愈，那双漂亮的眼睛里满是欣喜。

苏落回头揉揉小男孩的脑袋：“姐姐没事了，多亏了你的丹药，不然姐姐现在可没机会站在这里。”

公西家族的人听到苏落和小男孩的对话，眉头紧蹙。

少年焦急地看着苏落：“姐姐，真的很不好意思，但是……你手里还有丹药吗？彪叔的伤只怕……”

彪叔苦笑地看着他家小少爷。如果没将那颗骨骼生肌丹赠给苏落，那他还有一线生机，但是现在……怎么可能还有骨骼生肌丹？小少爷真是太天真了。

苏落对少年淡淡一笑，右手在少年面前摊开，掌心里躺着红黄白三颗丹药。少年也是识货之人，当他看到苏落掌心的三颗丹药时，小脸上布满了震惊之色。他猛然间抬头，黑白分明的眼睛瞪得大大的：“这……这是皇级……”

苏落点点头，温柔地看着小男孩，笑着说：“半步皇级骨骼生肌丹是没办法还你了，只能还你皇级凝血丹、皇级灵力丹、皇级体力丹了，你介意吗？”

怎么可能介意，高兴还来不及呢！不止少年震惊，原本应该痛晕过去的彪叔，也惊得目瞪口呆，根本不相信会有这等好事。

而此刻，公西家族的那群杀手则面面相觑：这不是真的吧？怎么可能会有人随手就拿出三颗皇级丹药？难道她不知道，皇级丹药在魔界的价值吗？

自魔界从天地间诞生开始，皇级炼药师的数量就屈指可数，现在存活的皇级炼药师只有一个。

由此可见，皇级炼药师在魔界有多稀少，皇级丹药在魔界有多珍贵。也难怪少年拿半步皇级丹药给苏落时，彪叔会那么阻止。也难怪现在苏落拿出三颗皇级丹药，会引起这么大的轰动。

第五章 施药救人

“这……真的是给我的吗？”彪叔好久才找回属于他的声音，“我这是在做梦吗？”

苏落没好气地对少年说：“红色内服，白色外敷，黄色解毒。”交代完后，苏落这才站起来，看向那群公西家族的杀手。

“姑娘，为了一个公西家族的叛徒而跟我们整个公西家族为敌，你会后悔的！”公西家族的杀手首领警告苏落。

苏落朝他扬起一个灿烂的笑容，在他还没反应过来之时，凤舞剑已经划过他的咽喉。杀手首领难以置信地瞪着苏落，身子一软，扑通一声倒下。

“老大！”其他杀手顿时慌了，可他们的老大已经气绝身亡。

其实，苏落自己都没想到，在经历过一次实力削弱又恢复后，她大圆满七星的修为，居然能发挥出大圆满九星巅峰的水平。

苏落本以为剩下的杀手会替他们的老大报仇，但是，苏落显然想多了。嗖嗖嗖……六个杀手分别朝六个不同的方向逃去。苏落毕竟只有一个人，只来得及干掉其中四名杀手，其余两个人跳落悬崖，生死不明。

苏落回来时，彪叔已经用过丹药，正靠在树墩上休息。他虽然看起来虚弱，但已经脱离生命危险了。看到苏落回来，彪叔的脸色有一瞬间的僵硬，随即转为复杂。他没想到，最后救了他和少爷的，居然是曾被他怀疑为奸细的那位姑娘。

森林深处，古木参天，枝叶遮天蔽日，可见度极低。苏落一挥手，边上的一株古树就被点燃，一簇火苗升起，将四周照亮。这簇火苗是苏落的陨落红莲异火，拿天地间最珍奇的异火来照明，大概也只有苏落会这么奢侈吧。

果然，当少年和彪叔看到陨落红莲异火时，彪叔吃惊地说："这火焰非同一般啊，竟然跟帝庙里的那簇异火相差无几。"

"帝庙？异火？"苏落的眼眸微微一亮，陨落红莲在很长一段时间里都没有晋升了，原因就是苏落找不到新的异火给它吞噬。

彪叔点点头："当年在外游历的时候，曾经见过帝都的那座帝庙，里面供奉的异火，人称帝火，它散发出来的灵力跟这股火焰给人的感觉很相似。"

彪叔看苏落，又看看少年，忽然扑通跪在苏落面前："姑娘，求您救救我家少爷吧！"彪叔说完，不等苏落回答，便连磕三个响头。

苏落皱眉看着彪叔，没有说话。彪叔用最快的速度，将他们面临的困境告诉了苏落。

这位救过苏落的少年，名叫公西小洋。公西小洋的祖上曾经非常厉害，位列魔族帝国八大家族之一，烜赫一时，但是后来在一次跟灵界的战争中，公西家主和夫人战死，战场上托孤，将他们唯一的儿子托付给他们最忠诚的仆人。这位仆人的名叫公西羽，是公西家族的家生子。

在当时，公西羽就已经展露出远超他身份和年纪的才华。家主将公西家族托付给公西羽，同时将唯一的嫡子公西泉托孤给他。

后来，公西羽果然如预料中那样崛起。他将公西泉安安全全地抚养长大，却将他养成了一个一无是处的废物。他自己却成了帝国英雄、封疆大吏！

最后，公西羽以一个名正言顺、冠冕堂皇的理由，将公西泉的后人全部赶走。

然后，他，一个家生奴才，继承了公西家族所有的一切——数以万计的奴仆，一眼望不到头的封地，数之不尽的财富，还有公西家族的权势。

他为什么不杀死公西泉的后人以绝后患呢？因为当年的家主很机智。他知道公西羽将来会很了不起，所以当时他逼公西羽立誓，要保护好公西泉，不得伤害公西泉的后裔，否则，公西羽的后人将会世世代代遭遇最恶毒的诅咒。除非有朝一日，公西羽的后人能够找到那块代表着公西家族的原木令牌。

当公西羽的后人拿到原木令牌之后，整个公西家族将完完全全属于公西羽这一脉。旁人家是旁支取代嫡系，可是公西家族，那是奴才取代主人。

“等等，”苏落听到原木令牌的时候，心里咯噔了一下，“你的意思是说，公西家族的人找到了原木令牌，所以诅咒破解，公西家族才可以对你们这支嫡系肆意虐杀？”

彪叔沉痛地闭上眼睛：“这么多年繁衍下来，嫡系足有上千人，但是这上千人，从十年前开始被那边大清洗，现在整个公西家族的嫡系，只剩下小少爷这根独苗苗了。”

“十年前？”苏落有些不解地看着彪叔，“公西家族那边是十年前找到的原木令牌？”

彪叔点头，确定地说：“十年前他们围攻的时候说过，五少爷公西宁从空间乱流中带回了原木令牌，也给我们嫡系带来了末日。”

“那块原木令牌是不是这样的？”苏落拿出纸笔描绘起来，很快公西宁找到的那块令牌就跃然纸上。

“对，就是这块令牌，当初那群人就是拿着这块令牌进行屠杀的！”彪叔激动地大吼。

苏落终于明白，为何公西宁在找到这块原木令牌时会那样狂喜了；她终于明白，为什么公西宁宁可不要其他宝贝，只要一块原木令牌了。

因为这块原木令牌对于公西宁那一系来说，可以解除诅咒，杀光心头大患。

只是……苏落眼中浮现一抹疑惑，为什么公西宁回来得比她早十年？难道是最后那块空间蝗石所致？

苏落想来想去都想不通，她很担心，南宫流云是不是已经等了她十年？

彪叔愤愤地说：“也不知道公西宁那臭小子走了什么狗屎运，竟然找到了原木令牌。家主在《家族札记》上说过，以魔界人的智商，不可能有人拿到原木令牌……看来家主的话也不可全信啊！”

原来公西小洋的家人之死和她有关，而她却被公西小洋所救，苏落心中有愧，觉得自己得为小洋做点什么。

“你们接下来打算怎么办？”苏落看着熊一样跪在地上的彪叔问道。

彪叔抬头，无比认真地恳求苏落：“我们想去帝都，去了帝都会有转机。”

彪叔没说是什么转机，苏落知道这肯定是个秘密，就没有多问，点头应道：“好。”

苏落去帝都还有两件事要做，一是跟南宫流云会合，二是找公西宁要九阳壹尺。

“谢谢姑娘……”彪叔朝苏落磕了三个响头，然后一头栽倒在地。

小洋见了，顿时脸色苍白，苏落安慰他道：“放心，让他睡上三天三夜，醒来保证又是一条好汉。”

小洋这才松了口气，对苏落绽开一抹虚弱的笑容。

“好好休息，我来守夜。”苏落揉揉小洋的脑袋。

十来岁的年纪，一路上遭遇追杀、担惊受怕，还能保持纯真和善良，苏落觉得这才是真的难得，所以她对小洋的印象很不错。

“嗯！”小洋朝苏落笑笑，钻进帐篷里，下一秒就传来了平稳的呼吸声。

彪叔和小洋睡着后，苏落一直坐在火堆旁，一边巩固境界，一边守护着二人。

夜寂静无声，时间一点一点地过去。

不知过了多久，帐篷里有了动静，一个乌黑的小脑袋探了出来。

“姐姐。”看到苏落，小洋赶紧跑到她身边坐下。

“他们为什么要追杀你们？”苏落有些不解，“公西羽不至于这么蠢啊。”

小洋歪着脑袋想了想，说：“其实他们要杀的不是别人，而是我。根据公西羽的预言，以后能让公西羽这一系灭亡的，就是嫡系的一位身披龙腾的人。”

小洋清澈见底的大眼睛认真地看着苏落，然后将后背露了出来。

借着皎洁的月光，苏落看到小洋的背上有龙的图案，更确切地说，是小半条龙。

“这是文身还是胎记？”苏落略带好奇地问。

“不是文身，也不是胎记。”小洋顿了顿，在脑中搜索适合的词汇，可最后还是没有找到，“这条龙在慢慢成长，听彪叔说，我刚出生的时候，这条龙只有一个小小的龙头。”

随着小洋的成长，这条小龙在他后背上也显示出越来越多的部分。

“家族的人也深信不疑，所以每次我快被杀死的时候，总会有人奋不顾身地挡在我面前，我的父亲、母亲、哥哥、姐姐、嬷嬷、丫鬟……”小男孩苍白瘦削的脸上，那双眼睛显得特别大、特别纯净，说到后来，他的声音渐渐弱下去了。

苏落拍拍他的小脑袋：“给我看看地图。”

因为怕被追踪，所以小洋和彪叔的通讯器早就扔了，小洋拿出来的是一张纸质地图。

“从土帕城出发，一直出了西域境，沿西江线一路往东，再直线往北。”苏落将地图记在脑中。

这条路线，在地图上看着只有短短的一截，但实际上，想要走到帝都，绝不是短期内能做到的事。

“本来可以坐城际传送阵的。”小洋无奈地说，“可是我和彪叔去不了，那边肯定有杀手等着我们呢。”

“乔装打扮呢？”如果有城际传送阵，那就会快很多。

“每个人的魔气都有独一无二的印记，所以很容易就会被抓住。”小男孩告诉苏落。

每个人都有特殊的印记？苏落心里咯噔一下，那幸好没有选择城际传送阵，不然她这个灵界人很容易露出马脚。

三天时间一过，彪叔的伤好了大半。这让他对高深莫测的苏落又多了几分敬仰。

接下来他们即将启程离开。他们所在的地方属于西域，整个西域有两千五百座城池，每一座城池都广阔无边，得走到什么时候才到帝都啊？说不定这时南宫流云已经在帝都等她很久很久了呢。

苏落看看前路，再看看小洋，想了想说：“你们在这里等我一下。”然后便在彪叔和小洋不解的目光中离去。

没多久，一声虎啸自森林深处传来，彪叔脸色一变，抓起小洋就藏在了巨石后面。很快，苏落骑着白元虎出现在二人的视线中，彪叔赶紧拉着小洋从巨石后面出来。彪叔看到足有大圆满七星的实力的白元虎，眼中闪过一抹惊色：这么庞大的白元虎，就这样被苏姑娘当坐骑了，她得有多高的实力啊？

“你们快上来，这就是我们今后的代步工具了。”苏落朝彪叔和小洋挥挥手。

“这只白元虎勉强还能用，反正现在也找不到更好的了，就先用着吧，遇到更好的再换也不迟，来来，都快坐上来，启程了。”苏落笑着招呼道。

“哦。”彪叔带着公西小洋上了白元虎。

有了白元虎代步，苏落一行人的速度就快了很多。

在路上，苏落提高了警惕。可是，一直走到第四十五天，都没有杀手光临，彪叔和小洋原本紧绷的心渐渐放松了。

这一天，是他们启程后的第四十六天。天空依旧阴沉沉的，给人一种随时会下倾盆大雨的感觉。但事实上，这种天气在魔界才是常态，所谓的天气晴朗，那是奇迹。

他们如往常一样坐在白元虎上，苏落对照地图计算着行程。

“照现在的速度，我们至少需要三个月，才能走出这片荒原。”苏落有些无精打采地说。

彪叔的神色却异常激动：“三个月就能走出去？按照正常人的速度，三年才能走出去呢，我们已经快了很多了。”

苏落没好气地说：“三年？我倒是希望三天就能走出去。”

看了这么多天的雾霾荒原，苏落已经视觉疲劳了。可是怎样才能提高速度呢？

苏落还没想到办法，白元虎忽然冲着一块岩石咆哮起来。

“吼！”那块岩石被白元虎这么一吼，当即炸开，一道人影从岩石后面蹿出，疾速朝远处逃去。

碧羽仙藤唰的一声追了过去，缠住那人拽回苏落面前。苏落从白元虎上跳下，慢悠悠地走到那人面前。苏落给彪叔使了个眼色。彪叔一把扯下那人脸上的黑巾，露出一张平淡无奇的脸。苏落看了彪叔一眼，彪叔摇摇头，表示不认识这个人。苏落收回碧羽仙藤，那人没了束缚，第一反应就是逃跑，但是还没等他跑走，就被彪叔一把拎起，重重一拳砸去，砸得他头晕目眩、口鼻喷血。

“实力不怎么样。”彪叔对苏落说。

“你来问。”

然而，还没等彪叔开口，青衣人就想自尽。咔嚓！不用苏落吩咐，很有经验的彪叔一抬手就将青衣人的下巴颏砸碎了。

“谁派你来的？”看到对方视死如归的神情，彪叔显得有些烦躁。

青衣人没有说话，而是用那种阴戾的目光死盯着苏落。

“你不说？很好——”彪叔正要使用他的逼供手段，苏落却拦住了他：“不需要问了，也问不出来了。”

彪叔不解地看着苏落，苏落苦笑着摇头：“他的身体里布满了毒素，他来的时候，就没想过能活着回去，这种人连死都不怕，你要怎么逼供？”

青衣人看着苏落，嘴角勾起一抹诡异嗜血的冷笑，一字一顿地说：“你、们、永、远、都、走、不、出、西、域、荒、原！”说完，他的身子晃了晃，倒在地上死了。

“这……”彪叔看着眼前这一幕，心里忽然有种很不好的预感，只是他非常不愿意往那个方面去想。

苏落瞥了彪叔一眼，淡淡地问：“你看出了什么？”

彪叔的眼中浮现出一抹惊惧之色，他深吸一口气，咬着牙，缓缓地说：“我需要看一看证据。”

苏落退开两步，将位置让给彪叔。彪叔走到那具尸体前，半蹲下去，撕开衣衫露出胸膛，只见胸膛上有个血手印。

苏落看到彪叔脸上的凝重之色，心中已经猜到了七八分。

“怎么回事？”苏落还是开口问道。

彪叔缓缓站起来，捂住额头醒了醒神，才对苏落说：“这回真的惹上大麻烦了。”

“愿闻其详。”苏落的神色依旧那么从容。

“在西域有一个杀手组织，叫血荼罗，苏姑娘不会不知道吧？”彪叔严肃地看着苏落，可是苏落却茫然地摇摇头：“不知道啊。”

“血荼罗是魔界排名第二的杀手组织，专门做杀人的买卖，在西域那是出了名的凶残，苏姑娘真的不知道？”

苏落点头：“我从小到大一直住在深山老林里，过着与世隔绝的生活，所以对魔界的这些常识一概不知。”苏落一句话就把自己不熟悉魔界的事给交代过去了。

彪叔对苏落的话深信不疑，他点点头，对苏落说：“这个杀手组织非常嚣张，每次杀人之前都会留下一个血手印，如果我没猜错的话，今日这个杀手就是报死鸟。”彪叔指着地上的青衣人。果然，原本还躺在地上的青衣人尸体，此刻已经化为一道清风，消失在茫茫荒原中。

“报死鸟，就是说，我们接下来就会死。”彪叔严肃地看着苏落，“这不是在开玩笑。”

苏落哦了一声，展颜一笑：“看来有的玩了。”

看到苏落跃跃欲试的兴奋样，彪叔在心中苦笑，不愧是在深山老林里长大的姑娘，虽然修为很高，对外面的世界却一无所知。血荼罗是何等恐怖的组织，她居然说“有的玩了”……

彪叔对之后的路带着深深的惊惧，他甚至问苏落：“我们要不要返回去，走一条迂回的小道？那条小道虽然时间上会长很多，但是血荼罗的人说不定不知道呢。”

苏落没好气地看着彪叔：“不是说这西域都是血荼罗的天下吗，你知道的小道，他们会不知道？”

彪叔一想也是，最后只能颓然叹了口气。对于未来，他真的很不看好。

“走吧。”苏落看了看天色，对小洋笑着说，“接下来就要迎接挑战了，怕不怕？”

小洋摇头：“已经习惯了。”

如苏落所料，接下来他们的经历，简直可以用“离奇”来形容。

第一天还算安全，到了第二天，无数只乌鸦出现在空中，形成铺天盖地的乌鸦云。不到一个小时，天空中到处都是乌鸦，遮天蔽日，之前还是白昼，这一刻却已经伸手不见五指。

彪叔的脸色已经苍白了。这么多的乌鸦，每一只的实力都在大圆满七星！

跟彪叔比起来，小洋要冷静得多，他仰着小脑袋望着天空，说：“有十五万三千五百只。”

苏落看了小洋一眼：“这都能数出来？”

小洋羞涩一笑：“嗯，能数出来。”

彪叔得意地对苏落点点头：“小少爷记性很好，过目不忘，连《魔经》都能倒背如流、一字不差！”

“《魔经》？”苏落再一次表现出她对魔族的无知。

彪叔已经习惯了，直接给苏落解惑：“《魔经》是咱们魔族的圣经，记录了魔族自诞生以来的所有大事，一共六百五十万字。《魔经》是每个魔族人都必须读的，以正常人的阅读速度，从头读到尾需要十天。小少爷三岁的时候就能顺着背，五岁的时候就能倒着背，很厉害的。”

苏落不由得多看了小洋一眼，说：“姐姐没看过《魔经》，不如你背给姐姐听听？”

小洋很乐意做这件事，于是，在接下来的路上，小洋一直在给苏落背《魔经》。

这几个人，居然完全无视头顶的乌鸦。

一开始白元虎的腿还发抖，但被苏落喂了点水，又附在耳边说了几句话后，白元虎就变得雄赳赳气昂昂了。

一开始，彪叔和小洋也敬畏于头顶遮天蔽日的乌鸦，但是在苏落说了一句话之后，他们就恢复正常了。

苏落说：“怎么可能会有那么多大圆满七星的乌鸦？如果真有十五万只大圆满七星的乌鸦，它们直接冲下来，谁逃得掉？现在它们冲下来了吗？”

彪叔一想，也是，要是能杀死他们，这群乌鸦早就冲下来了，岂会等到现在？而且，这支十五万的队伍如果每只都有大圆满七星的实力，血茶罗早就拉起队伍造反了，所以，这支恐怖的乌鸦大军肯定不是真的！

乌鸦们发出一阵阵刺耳的尖叫，刺得人耳膜生疼，小洋感觉脑袋嗡嗡作响，头晕目眩，恶心得想吐。

就在这时，苏落温暖的手掌覆在他的头顶，温柔的声音传进他的耳中：“什么都不要想，继续背《魔经》。”

因为受到乌鸦的干扰，小洋的《魔经》背得断断续续，但是当苏落的手掌覆上去时，仿佛隔绝了外界的干扰。

“嗯！”小洋冲苏落甜甜一笑。

他的声音清脆悦耳，仿佛有一种魔力，能够将头顶乌鸦尖锐的叫声抵抗住。

很快，彪叔脸上就露出一抹不可思议的表情，他看到小洋的实力在上涨。魔界的魔力划分阶段跟灵界是一样的，也都是一到十级，然后统领、圣主、君主……

这几年小洋一直处于逃亡中，年纪又那么小，怎么会有时间修炼呢？所以他一直都没有开窍。

而此刻，苏落那源源不断的温热掌力，仿佛将所有的聒噪都隔绝在世界之外，小洋有一种醍醐灌顶的感觉，突然间他就开了窍。

苏落发觉小男孩的脑袋越来越热，魔气越来越浓郁，便用心感受着他的境界。

这一次，连苏落都大吃一惊，她还从来没见过有人能一次晋升这么快的！

统领阶，初阶，中阶，高阶，巅峰！

圣主阶，初阶，中阶，高阶，巅峰！

君主阶，初阶，中阶，高阶，巅峰！

就在乌鸦聚集恐吓的这些天，小男孩就跟开了挂似的，境界如潮水般狂涨。

“感觉怎么样？”苏落看到小男孩抬头，笑着问他。

“感觉非常好，每时每刻都很充盈，浑身充满了力量。姐姐，我感觉还能往上涨。”小男孩认真地看着苏落，笑容依旧那么纯真圣洁。

“好，那你继续吧。”苏落继续帮小男孩阻隔外界的聒噪。

苏落惊讶于小男孩的进阶速度，但实际上，她更惊讶的是小男孩的元素法则。

一个出身于魔族的孩子，一个从襁褓里就被追杀的孩子，一个被黑压压的乌鸦笼罩着的孩子，其实他修炼的元素法则是——光明系！

“嗯！”到了光明系的君主阶后，小男孩看上去越发地纯真，肤白如雪，仿佛全身都透着圣洁的光芒。

时间一天天过去。那些乌鸦的情绪越来越暴躁，因为它们发现，下面的几个人类竟然真的无视它们，把它们当成了空气。原本想用黑暗干扰他们前进的道路，可是操纵乌鸦的人发现，苏落所走的路线再正确不过了。

头顶的乌鸦，一只只消失不见，原本暗如黑夜的天空恢复如常。在黑暗中待久了，就会特别期待光明，所以即使还是那种灰蒙蒙的雾霾天，苏落的心情也为之一好。

心情好的不只苏落，还有小洋。小洋是修炼光明系的，一直待在黑暗中如何能修炼？所以，当天空恢复到光明的那一刻，苏落明显感觉到，手掌心的小脑袋瞬间发光发热，一道圣洁的光束从天而降，强光打在小洋身上，小洋的身子晃了晃，然后就再次晋升了。

玄化阶，初阶，中阶，高阶，巅峰，幻化阶！

“幻、幻化阶了？”彪叔揉揉眼睛，不敢置信地看着他家小少爷。

热泪盈眶的彪叔扑通一声跪下了，既跪他的小少爷，又跪帮小少爷开窍的苏落。此刻他是真的无比感激苏落。

要知道，魔界最缺乏的就是炼药师，炼药师干吗用的？治病救人啊。而同样的，光明系修炼者也能治病救人，而且比皇级炼药师治病救人还要更快更简单更有效率。

因为光明系治疗只需要一道治愈术光，而炼药师不仅需要把脉还需要炼药，相比之下，后者要繁复很多。但是在魔界，从来不敢奢望光明术师，魔界的环境这么黑暗，怎么可能培育出光明术师，这不是天方夜谭吗？

小洋沉浸在修炼中，双眸紧闭，五感闭合，所以他并不知道彪叔又跪下了。

“小少爷，是彪叔对不起你……你曾跟彪叔说过脑子里有一块发光体，可是彪叔怎么都没想到，你会是光明系的啊。小少爷，彪叔差点耽误了你，差点害了整个公西嫡系，彪叔罪该万死啊！”

彪叔从来都不知道，小少爷好心救下苏落，会给他带来这么大的帮助。要知道，在魔界缺医少药的情况下，对光明术师的需要比任何一个界面都大，魔界不缺战士，而是求光明术师而不得。

公西羽那边全都是战士，彪叔一直都不知道，为什么预言里说小少爷能够终结那边，重振嫡系一脉。

原来是因为，他是光明术师！彪叔激动地看着他家小少爷，双眼都是放着光的，他恨不得大喊大叫，让全世界都知道这件事。

苏落却淡然对彪叔说道："如果公西羽那边知道小洋是光明术师，他们会怎么做？"

听到这句话，彪叔浑身一颤，脊背发寒。

"他们会……斩草除根！"彪叔咬牙说道，"他们不会管光明术师对魔族的重要性，他们只知道，一旦让小少爷崛起，公西羽一系就是末日。"

所以，到时候公西家族会疯狂，他们派出来的杀手，肯定是现在的十倍。

苏落点点头。

彪叔郑重承诺："姑娘放心，在见到帝国皇帝之前，小少爷这件事绝不会有第四个人知道。"

彪叔又转念一想："可如果，被他们看出来……"

苏落淡淡一笑，指了指她覆盖在小洋脑袋上的右掌："不会被看出来。"

彪叔此刻真不知道要怎么感谢苏落才好了。

"苏姑娘，上次救你的事，我确实……态度不好，自私自利，姑娘能不计前嫌帮小少爷……"彪叔那满脸横肉的脸上充满了愧疚。

苏落摆摆手："救我的是你家小少爷，我帮的也是你家小少爷，跟你无关，没你的事。"

"哦……"

"提高警惕，对方又行动了。"苏落的声音冷静淡然，优雅从容。

彪叔立即全身戒备，处于高度备战状态。

前方迎面走来一群人。走得近了，苏落发现这群人根本不能称之为人，他们动作僵硬、目光呆滞、神情漠然地走着，就好像一只只没有灵魂的丧尸。

河里流淌着血水，地上是漫山遍野的丧尸，空中有恶鹰盘旋，这一切构成了一幅世界末日的景象。

彪叔看看苏落，又看看眼前的末日景象，咽了咽口水。在之前的十年追杀中，他们经历的都是明着追杀，还没遇到过这种专门针对精神的攻击。现在他有一种全世界都变成了丧尸，活着的只有他们三人的感觉。

这种来自内心最深处的恐惧，狠狠攫住了他的呼吸。

连彪叔这样的大汉都深受影响，可苏落看上去依旧那么淡定从容。她说："不就是丧尸吗？丧尸哪有人可怕？"

"可这些不是假的！"彪叔指着从他们身边走过的一个丧尸，压低声音说，"他们是真的丧尸！"

"那又如何？"

"难道你没有一种'全世界只剩下咱们几个活人了'那种恐惧的孤独感吗？"彪叔看了苏落一眼。

苏落淡定地摇头。

就在这时，这群丧尸就像被人控制着一样，唰的一下同时看向苏落他们，然后机械地朝苏落他们走来。

"怎么办？"彪叔下意识地就问苏落。现在的他已经把苏落当成主心骨了。

苏落目光微冷，淡然一笑："看起来很恐怖，是不是？"彪叔点点头。

"其实打起来也很恐怖，你要不要去试试？"苏落笑着问。

彪叔真的去试了。他朝一个落单的丧尸冲去，一番战斗后，彪叔神色僵硬地回来了。他对苏落说："杀一只丧尸，我用了一分钟时间。"也就是说，当这群丧尸聚拢过来的时候，他们别说打了，就算踩也要被踩死了。

"而且——"彪叔有些不自信地看着苏落，"我们好像在重复走路，你发现了吗？"

"发现了啊。"苏落的声音淡淡的。

"那……"你为什么不提醒我们？彪叔不解地看着苏落。

"以后这种事不会少，可我不会永远陪在你们家小少爷身边保护他。"苏落淡然看了彪叔一眼，"未来伟大的光明术师的性命就掌握在你手里，能不能保护好他，看你。"

"我们根本打不过这些丧尸啊！"彪叔抓抓脑袋。

苏落却笑了："也不是没有办法的。"

"什么办法？"

"如果我说，你们的祖先已经帮你们想好了应对之策，你们信不信？"

彪叔摇头，从修炼中醒来的小洋也摇头。

苏落挑眉："很快你们就会知道了，来，帮个忙。"

苏落从空间里拿出一个麻袋，对彪叔说："来，这袋子你扛着。"麻袋足有一人高、一人宽，分量也很重，不过彪叔背起来，却好像大人扛着小孩。

"这里面是什么，怎么有股硫黄味？"彪叔打开麻袋一看，里面全是炸药粉。

"这是军部才有的炸药粉，是做炸弹球用的，咦，居然还是特级的黑色炸药粉！"彪叔惊奇地望着苏落。这一麻袋炸药粉价值不菲，而且还是军部特供的，根本不可能流到外面。

苏落唇角微勾："接下来我要说的事很重要。"

"嗯！"彪叔和小洋竖起耳朵听着。

"我走在最前面，我会闭上眼睛给你们带路，当然你们可以全程睁开眼睛，在这个过程中，无论我是蹚进血河里，还是从悬崖上摔下去，你们都不要惊讶也不要出声，照做就是，听明白了吗？"

彪叔和小洋心里有很多疑问，但是这一刻，他们全都郑重点头。

"彪叔前面抱着小洋，小洋你要给我数数，每逢十九的倍数就给我提醒一下，能做到吗？"

"我们接下来要走的不是一分钟、一个小时、一天，我们要以这种方式走出这片荒原，至少需要三个月时间，你确定你可以吗？"

"可以。"小洋经过慎重考虑，冷静而肯定地答道。

"好，那这份工作就交给你了。"苏落点点头，转而对彪叔说，"你背上的黑色炸药，这一路上都会连绵不绝地爆炸，用来驱赶丧尸，事不宜迟，现在就开始行动。"

原本他们是有代步工具白元虎的。可惜白元虎毕竟只是白元虎，在被乌鸦恐吓过后，再被丧尸围攻，此刻的它已经瘫痪在地，被丧尸蹂躏得凄惨无比，自然是不可能再上路了。

时间一点点过去。

苏落闭着眼睛往前走，果然如她所料，整个荒原已经自成一个阵法，以十九为一个节点，阵法衍生，变化莫测。

一开始，当苏落往悬崖下走的时候，彪叔还真吓了一跳，但是当他硬着头皮跟着苏落往下走的时候，他竟然发现自己毫发无损。

每到十九的倍数，小洋都会提醒苏落，而这时候，苏落都会直接往右转一步。

一天天，一个又一个月……他们从一开始的轻松闲适，到后来的疲惫坚持……三个月一刻不停歇地走下来，苏落神色间还算正常，彪叔也在咬牙坚持，最难能可贵的是，小洋这孩子竟也坚持了下来。

三个月的最后一天，当苏落一只脚踏出荒原的时候，她缓缓松了口气，然后一把扯掉蒙住双眼的黑巾。

“走出来了。”苏落回头一看，看到身后惨兮兮的一大一小两个身影。彪叔原本熊一般健壮的身躯，在这三个月中足足瘦了两百斤，竟然成了一个俊朗的男人，这可是苏落一开始没想到的。至于小洋，脸色比以前更加苍白，唇色发白，只有那双眼睛，依旧黝黑清澈，闪耀着圣洁的光辉。

在橘色黄昏中，三人终于走出了荒原。但是，走出荒原的他们并没有完全放松，因为此刻才是真正的开始，之前那些只是开胃菜而已。

“天色越来越不好了，很快就会下雨，我们需要找个地方来避雨。”彪叔闻了闻空气的味道，对苏落说，“空气里血腥味很重，这次极有可能下的是血雨。”

“血雨？”苏落皱眉。

彪叔说：“血雨并不是真正的血，而是颜色味道跟血液很相近的一种雨水，含有轻微的毒素，不过咱们魔界的人对这种毒素能够自然化解，灵界的人一旦被淋到，会被灼伤。”

苏落暗暗担心，那岂不是一下血雨，她就会被逼出原型？这可不行！苏落抬眸远眺四周，一边看一边说：“我最讨厌那种黏稠的血腥味了，才不要淋雨呢。而且我们已经三个月没有休息了，最好找一家客栈好好休息一番，养足精神对敌。”

彪叔不疑有他，点头表示同意：“小少爷也淋不得血雨那么污秽的东西，是得找个地方躲躲雨。”

“看，那里有一家客栈！”苏落很快就看到，在荒原的山脚下有一排整齐的白色建筑。

“走。”三个人迅速朝那里冲去。

从山上往下看的时候，觉得距离很近，但是走起来才知道距离有多远。天空中红云密布、电闪雷鸣，暴雨仿佛随时都会倾泻而下。苏落想到彪叔的话，速度就更快了。其实以苏落的实力，她担心的不是被灼伤，而是被人发现她的身份。

她还要去帝都见南宫流云，可不想节外生枝。

他们前脚刚踏入客栈，后脚雨点就落下来了。彪叔猜得没错，这次下的真是血雨，在暴雨的冲刷下，整个世界都成了血红色的，触目惊心。

苏落抬头打量着这座客栈。乳白色的客栈，看起来有八成新，里面是二层楼木质结构，苏落多看了木材一眼，并没有说话。

“客官可是从荒原而来的？旅途疲惫，不如在鄙店歇息一宿？”店小二热情地迎上前来。

苏落淡淡看了店小二一眼，嘴角勾起一抹笑意：“好啊。”

苏落大摇大摆地走进客栈。彪叔想提醒苏落一下，但是还没等他开口，苏落已经进了客栈。客栈里面是一座大厅，大厅中有十几张桌子，其中十桌坐满了人。

苏落淡淡一笑，走到离她最近的一个角落坐下。彪叔紧随其后，带着小洋坐在苏落对面。

彪叔一个劲给苏落使眼色，使得他眼皮子都快抽筋了，苏落这才好笑地问道：“怎么了？”

彪叔压低声音道：“你不觉得这里很奇怪吗？”

“哪里奇怪了？”苏落笑着问他。

“这里是荒郊野外啊，我们在荒原里走了那么久都没碰到别人，但是现在这里的人少说也有五十个，这很可疑。”彪叔认真地分析着，“反正我总觉得这里怪怪的，我们要提高警惕！”

苏落点头：“确实要提高警惕，这件事就由你来做吧。”

就在这时，小二快步走来，热情地询问：“三位客官可要点些热食热茶？今晚可要投宿？”

彪叔死死盯着苏落，结果苏落却笑着说：“确实要投宿，准备两间上房。至于吃的……”

苏落朝周围那几桌扫去，然后淡定地说：“来几个你们这里的招牌菜，再来一壶茶、一壶酒。”

“好嘞，马上就上，客官您稍等。”小二笑容满面地走了。

周围的桌上有男有女、有老有少、有高有矮、有胖有瘦，他们沉浸在自己的事情中，似乎没有搭理苏落的意思，可是当苏落猛地站起来时，所有人的视线都集中到苏落身上，有几个人甚至还抓起了放在桌上的兵器。

谁知苏落只是冲着厨房的方向大喊了一声："小二，人都坐半天了，茶呢？"

喊完之后，苏落若无其事地坐下跟彪叔抱怨。彪叔都快被吓出心脏病来了，刚才苏落站起来一试探，在场十桌人，没有一个不是等着杀他们的杀手。

苏落进来之后所选的位置本来离门口最近。但是刚才又进来十几个人，刚好把苏落他们的退路给堵上了。苏落看了一眼这些杀手，他们的实力大部分都在大圆满六星，有三人在大圆满七星，领头的那人是大圆满八星的实力。

这个领头的人坐在哪里呢？苏落也很佩服他，因为他选了一个旁人都不会想到的位置。

"客官，茶水、点心都上来了，请慢用。"很快，小二就端着托盘过来了。

"辛苦了，赏。"苏落大方地丢了一块魔晶给他。

小二怔了一下，随即对苏落连连道谢。

一瓶酒、一壶茶、两斤牛肉、一盆馒头，还有两荤两素四个热菜，外加一大锅热气腾腾的酸汤肥牛。菜虽不多，但是对于在荒原里连续走了三个月的人来说，看到这些饭菜就足以食指大动了。苏落拿起勺子盛了一碗酸汤，然而还没等她喝进去，就被彪叔一巴掌扫到了地上。苏落顿时皱紧眉头："你干吗？"

彪叔死盯着苏落："这汤不能喝！"

"为什么不能喝？"苏落没好气地问。

"就是啊，大兄弟，为什么这汤不能喝啊？你不是怕汤里有毒吧？"离他们最近的一位大姐乐呵呵地问。

"哈哈哈……就这胆子，也敢走荒原？"一位桀骜不驯的年轻人哈哈大笑。

"哎哟，这店老板呢，怎么还不出来？卖吃食的最怕的就是食物质量问题，现在你们店被怀疑下毒哦，这还能忍？"一位中年大叔看热闹不嫌事大，大声嚷嚷起来。

一时间，大厅里热闹非凡，所有人的注意力都在苏落这桌。

苏落说："就是，这汤能有什么问题？好喝着呢。"说完，苏落又盛了一碗，一仰头就喝光了。

周围的人都大声喝彩："好！小姑娘痛快，值得俺老五浮一大白！"

这人给自己倒了满满一大碗酒，对着苏落就干杯，一副"我干杯，你随意"的样子。

不用旁人怂恿，苏落拎起酒壶，就着还没用过的干净大瓷碗倒了满满一碗，双手端起："老先生好酒量，既然老先生给面子，在下又岂敢不奉陪？喝！"苏落说罢，咕咚咕咚就将一大碗酒喝光了。

一旁的彪叔简直难以置信，这些都是有毒的，居然都喝进去了？不要命了吧？可他根本阻止不了苏落，只能眼睁睁地看着苏落潇洒地跟人家拼酒。

一壶酒喝完，苏落直接就趴在桌子上了。周围的人面面相觑。不是说要重点提防这个鹅黄裙衫的姑娘吗？不是说她很难对付吗？不是说她聪明实力又强吗？可是，她这么快就倒下去了，似乎太弱了吧？就这样的目标，也值得他们这么多人来围杀？组织也太看不起他们了吧？

胜利来得太突然，他们都来不及反应了。

"姑娘，醒醒，我们再喝啊。"那位爽快的大姐伸手按住苏落的肩头。

"喝什么喝！"苏落忽然一脚将这位大姐给踹飞了。谁都没想到，刚才还憨态可掬的姑娘，瞬间变得这么凶狠。

周围的杀手们全都抽出兵器，一起朝苏落招呼过去。刚一交手，他们就惊讶地发现："你居然没有中毒？"

因为这座客栈已经被他们包下来了，店小二是他们的人，所以他们理所当然地以为苏落已经中毒了。

要知道，刚才的苏落吃也吃了、喝也喝了、坐也坐了，怎么都应该中毒了。而且，他们还知道店小二会放什么毒，可为什么她没有中毒？

反而是这群拎着兵器朝苏落攻去的杀手，全都捂着肚子痛得大呼小叫。他们都是受过专业训练的杀手，如果只是一般疼痛的话，他们都是能忍住的，但此刻实在是太疼太疼了，而且这种疼痛每一秒都在加剧。

苏落坐在原地，优雅地给自己倒了杯茶，一边品着粗劣的茶水，一边笑吟吟地说："你们不是要杀我吗？来呀来呀，别停！"

"我杀了你这个妖女！哎哟……"一个老婆婆举着手里的秤砣就想砸苏落，结果痛得拿不住秤砣，反而砸在她自己的脚上。

"你根本没有中毒！"一位口吐白沫的大叔指着苏落，"你喝了酒吃了肉，为什么你没有中毒？！你是从什么时候开始发现了的？！"跟苏落的悠然惬意比起来，他们能够想象得到，此刻的他们有多狼狈。

苏落淡淡一笑："是啊，酒里下毒了，碗沿上也抹了毒，甚至连座位上都有毒，你们可真是煞费苦心啊，可是你们难道不知道，下的毒越多越容易露出破绽吗？"

“至于说，是从什么时候开始看出来？其实从这座客栈出现之后，就已经是最大的破绽了。”

“你是怎么做到的？！你是什么时候给我们下的毒？！”

他们最恐惧的是，苏落根本没有跟他们所有人都接触过，她是用什么方式让所有人都中毒的。

“很好奇？”苏落笑嘻嘻地问。

“快说！”能不好奇吗？死也要做个明白鬼啊。

“为什么要告诉你们？我有什么好处？我偏偏要让你们死都死得不安心，做个糊涂鬼。”苏落还不说了呢，她悠然自得地喝着茶。

就在苏落低头饮茶的时候，一道匕首的寒光反射到她眼睛里。苏落淡淡一笑，椅子一转，那柄匕首擦着她的头皮而过，刺向她对面坐着的彪叔。

那人心中一喜！其实这场暗杀，最终的目的就是刺杀少年。苏落或者彪叔，对于他们来说，都是杀少年的阻碍而已。

彪叔还没反应过来的时候，苏落就已经拎住那人的腰带，狠狠往后一砸。木质结构的客栈倒塌了一半。那个从废墟中爬起来的人，嘴角挂着血迹，脸上是狠戾的神色。

这个人就是这支杀手队伍的首领，也是一开始就出来招呼苏落他们的店小二。堂堂首领大人亲自扮演店小二，亲自下毒，亲自端茶送水，他都已经伪装到这种地步了，他不明白自己为什么还会失败，明明对方才大圆满七星啊。

“你不是大圆满七星？”直到被苏落甩出去之后，店小二才意识到，大圆满七星只是骗人的。

苏落无奈摊手。她真的是大圆满七星，只不过，在几次降级之后，她的丹田一次比一次坚固，所以她显示在人前的实力跟她的实际战斗力有着不小的区别。

她只能无奈地摇头：“我是啊。”

“你不是！”店小二怒吼，“你至少是大圆满九星巅峰的实力！信息有误，信息害人啊！”如果让人知道自己的真正实力，传回血荼罗总部下，那下次派来的杀手就不简单了。所以，在店小二咆哮出这句话的时候，就注定了他的死期。

地上哀号的那群人，眼睁睁地看着他们的首领瞬间被苏落杀死。他们想跑，可是身中剧毒的他们如何跑得了？

“快去杀了，吵死了。”苏落给彪叔使了个眼色，处于震惊中的彪叔这才如梦初醒，拿着他的巨斧，杀人如砍菜。

此刻，彪叔内心的感慨就别提了，他只知道，跟着苏姑娘行走，即便是被追杀，那也是追杀他们的人倒霉。没多久，大厅里就人头归人头、尸身归尸身，码得整整齐齐了。

彪叔有些不好意思地看着苏落，抓抓脑袋："刚才我还以为……苏姑娘您大人有大量，还请不要怪罪。"

苏落淡淡一笑："多亏了你倒的那碗汤，不然这么多人，我可没办法让他们一一中毒。"

"啊？"彪叔一脸不解。

苏落也没有解释。

就在这时，忽然传来一阵轻微的呼救声。苏落他们朝同一个方向望去，苏落皱皱眉头："走，去看看。"苏落打算今晚就住在这里，所以不和谐因素都要扫除。

很快，他们就来到柴房，因为声音是从这里发出来的。彪叔推开柴房的门，就看到四个人被绑在里面：一个是中年男人，一个是中年女人，分别是店老板和老板娘的打扮；另外两个年轻人一身青衣，是店小二的打扮。

看到苏落他们，店老板拼命扭动身子，口中发出呜呜呜的声音。彪叔得到苏落的示意，上前两步，一把扯开店老板嘴上的封条："这是怎么回事？你们为什么会被关在这里？"

店老板唉声叹气地说，昨天突然冲进来五十多个很厉害的人，不仅强占了客栈，还将他们关起来塞进了柴房。若非他们跟郡守家是远亲，那群人肯定直接将他们给杀了。

说到这里，店老板一脸焦急之色："他们不像是为财而来的，倒像是要杀人，也不知道那位倒霉人是不是遭殃了。唉，这店是开不下去了，我们收拾收拾，还是回城去吧。"

见店老板说得恳切，彪叔不疑有他，给他松了绑，冷笑道："遭殃的是他们，可不是我们。现在事情已经结束了，你们收拾收拾，赶紧回城去吧。"

"原来他们是要对付你们吗？"店老板一看到苏落，顿时长叹口气，"姑娘，你长得这么漂亮，难怪招人惦记，以后在外行走还是把脸遮起来吧，不然这张漂亮脸蛋啊，最会招惹麻烦了。"

老板娘没好气地捶了店老板一拳："瞧你说的，这么漂亮的脸蛋，遮起来做什么，那不是暴殄天物吗？照我说啊，这位小朋友长大了，容颜也不会差，来，让大婶好好瞧瞧。”

老板娘朝小洋伸出手去，小洋下意识地朝苏落身后躲去。苏落抬手抓住老板娘的右手，啪嗒一声，一把匕首掉在地上。谁能想到，被绑在柴房里的老板娘也是血荼罗的杀手呢！

店老板见老板娘被制住，抽出腰间的软剑朝苏落的手腕刺去，想逼她放开老板娘。

苏落修长的手臂一转，将老板娘的身体对向剑尖。扑哧一声，店老板的剑直接刺入老板娘的心脏。

那两名店小二已经飞身而起，一个朝着左边的窗户、一边朝着右边的木门逃窜。

就在这时，从门口飞来三支利箭，分别射中店老板和两名店小二，全是穿胸而过。

众人朝门口看去，只见门口站着一群青衣人，为首之人浓眉大眼、目光犀利、一身正气，看起来非常严肃。

彪叔压低声音告诉苏落：“看穿着，像是帝都的青衣卫。”

“青衣卫？什么东西？”苏落表示不解。

苏落的话引来门口那群人的怒视，为首之人盯着苏落，目光越发严肃。彪叔干笑一声，赶紧给苏落解惑：“青衣卫隶属于皇帝陛下，替陛下行走天下，有巡察缉捕之权，从事侦查、逮捕等活动。”

“哦，青衣卫啊。”经过彪叔这么一解释，苏落立刻懂了，“可以确定他们是真的青衣卫吗？”

“我就是队长，有何疑问可以当面问我。”为首的青衣人冷冰冰地扫了苏落一眼，“我姓晋，姑娘怎么称呼？”

“苏。”苏落神色淡淡。

“苏姑娘，请跟我来。”青衣卫队长朝苏落点点头，转头就走，态度傲慢极了。

彪叔压低声音告诉苏落，八大家族里有一家就是姓晋，难道这位高冷孤傲、正气凛然的年轻人是晋家的人？

苏落牵着小洋的手，跟在晋队长身后，来到客栈的大厅里。

晋队长看着遍地的尸体，眸中浮现一抹讶异之色，以上位者惯用的姿态问苏落：“是你动的手？”

苏落淡然答道："没动手。"

"没动手，他们就死了，苏姑娘可真是深藏不露。"晋队长的话中带着一丝嘲讽。

"过奖。"苏落依旧神色淡然。

两人之间一阵沉默，晋队长拉了把椅子，在苏落面前坐下，冷傲地盯着她问道："苏姑娘打算什么都不说吗？"

"彪叔说你这身衣服是青衣卫的。"苏落看着晋队长。

晋队长点点头。

苏落嘴角勾起一抹冷笑："如果我杀了你，换上你的衣服，走出去是不是也可以说自己是青衣卫？还是一位队长呢。"

晋队长浓浓的剑眉微微皱起，他盯着苏落，认真而严肃地说："你是第一个敢于挑衅我的权威的姑娘，如果这是你引起我关注的手段，那么你成功了。"

苏落："……做人不要太自恋，这习惯很不好，会被人嘲笑的。"

晋队长冷冷地注视着苏落："你想怎样？"

苏落直言："证明给我看你是真的青衣卫。"

晋队长从怀里拿出一块令牌丢给苏落："这是青衣卫首领大人亲自签发的令牌，作不得假，用魔气探入，一看便知。"

晋队长说话的时候，冰冷的目光一直盯着苏落，眼底有着一丝让苏落看不明白的意味。

用魔气探入？苏落心里咯噔一下，他在怀疑什么？难道在怀疑她不是魔族人？

苏落拿着令牌上上下下地打量，摩挲了一遍又一遍。在这个过程中，晋队长那双充满寒意的眼眸一直紧盯着苏落，目光犀利，嘴角带着一丝冷笑。

"不敢探入魔气？还是你身上根本就没有魔气？"晋队长忽然开口。

果然！

"什么叫没有魔气？你什么意思？当我是废物呢？"苏落反唇相讥。

晋队长似笑非笑地看着苏落。

幸好苏落的体内发生过异变，具有两个丹田，一个是灵气丹田，一个是魔气丹田。苏落从容不迫地用魔气探入令牌之中，脑海中顿时浮现出一位满脸坚毅、浩然正气的中年人的影像。

中年人大笔一挥，签上了他的大名——侯阳。

“侯阳？”苏落疑惑地念出这两个字。

晋队长狐疑地看了苏落一眼：“你没听过这个名字？”

“没听过又怎么啦，难道你们青衣卫首领的名字比皇帝还响亮吗？我连皇帝叫什么都不知道，还能知道青衣卫首领的名字？”苏落没好气地挥挥手，“行了，就当你们是真的吧，这么啰唆！”

一个叫秦振的青衣卫不服气地嘀咕：“什么叫‘就当’啊，明明是货真价实嘛！”

苏落随口接道：“那货真价实的晋队长，敢问你叫我过来到底有什么事？时间也不早了，早点问完早点歇息。”

晋队长冷冰冰地说：“你杀的，都是最不入流的杀手。”

苏落微微皱眉，晋队长也不说话，就那么看着她。

苏落没好气地拉着小洋在晋队长面前坐下，朝他点点头：“请继续。”

“今晚血荼罗的杀手会过来，希望到时候你还可以保持这份冷静。”晋队长漠然说道。

“你怎么会知道？”

晋队长不再搭理苏落，而是转身离去。他的人都冷冰冰地瞪了苏落一眼，跟着他们家队长快步离开了。

苏落冷哼：“什么人啊，有什么了不起的，这么嚣张！”

“八大豪门之一的晋家三公子，师从大国师，年纪轻轻进入青衣卫，短短几年时间从青衣卫基层爬到仅次于青衣卫副统领的位置，据说是下一任青衣卫副统领，很了不起啊。”彪叔及时给苏落提供信息。

彪叔刚说完这番话，就被青衣卫的人给带走了。

苏落的眉头微微皱起……

第六章 再次出手

时间一点点过去，在楼上的房间里，晋三直视着站在他下首的公西彪，通身散发出上位者的威压：“青衣卫可以保你和你们家少爷平安，前提是你得说出那位姑娘的身份。”晋三到底还是怀疑上了苏落。

彪叔一脸认真地回答：“苏姑娘的事我不清楚。”

“把你知道的都说出来。”晋三冷然逼问。

彪叔虽然不知道晋队长怀疑苏落什么，可他心里隐隐有一种预感——这种怀疑对苏姑娘是不利的。所以，彪叔言简意赅地将能说的都说了，不能说的，比如苏落随手拿出三颗皇级丹药，比如苏落有一簇跟帝庙异火相媲美的异火，比如苏落大圆满七星能爆发出大圆满九星的实力，比如苏落教会小少爷光明术，这些事他一概没说。

彪叔虽然觉得青衣卫可信，可是跟苏落比起来，他还是觉得苏姑娘更值得信赖。

听彪叔说了路上的见闻，晋三皱皱眉头，然后摆手让他走了。

“队长？”秦振上前一步。

“调查一下她的身份、出生地、年纪、师从，所有的一切！”晋三咬着下唇，“公西彪在替她隐瞒。这么出类拔萃的姑娘，不是深山老林里能练出来的，她必然出身不凡、经历不凡。这么出色的姑娘，又是绝顶容颜，还会使毒，在魔界岂会默默无闻？这其中必有蹊跷！给我查！”

“是！”秦振领命而去。

秦振出去后，晋三单手托着下巴，陷入沉思之中……

苏落并不知道，她没有露出什么破绽，但正是因为她的出色，这才引起了晋三的注意。如果他继续较真下去，难保不会查出苏落的真正身份，毕竟苏落在灵界帝都，好歹也是一位新晋的名人，还是跟南宫流云这么超级耀眼的名人扯上绯闻的。

夜已深，大堂里的狼藉已被青衣卫清理完毕，此刻看上去干干净净，没有一丝战斗过的痕迹。青衣卫里，除了晋三，其他人都在大堂里坐着。苏落和小洋也在楼上的房间休息，彪叔在大堂里陪着青衣卫那群人。

突然，一道清晰的敲门声在寂静的夜色中响起。大堂内的气氛越发凝重，每个青衣卫都处于紧张的备战状态。青衣卫里没有一个人站起来，彪叔想了想，最终还是没动，他要留着这有用之躯保护他家小少爷。

门吱呀一声开了，门口出现一个身影，那是一个男人，只见他一身蓝袍，身形颀长，浑身上下散发着一股清高孤冷的气息。

青衣卫的人在他进来之后，将他团团围住。

此刻，楼梯上，一道冰冷的身影一步步走下来。

“晋大人。”蓝袍人朝晋三抱拳，神色间带着淡笑。

“阁下是谁？”晋三走到他面前站定，目光一贯的冰冷。

“晋大人的名字如雷贯耳，魔界的人有谁不知？至于我嘛，在下荀一诚，活动范围就在这西域境内，晋大人可能不曾听过。”

“西域神剑荀一诚？”晋三的眼眸微微一抬。

“过奖过奖，正是在下。”荀一诚口中说着过奖，但对“西域神剑”这个称号接受得心安理得。

晋三微微蹙眉：“阁下今夜来此，所为何事？”

荀一诚找了个位子坐下，慢悠悠地给自己倒了杯茶，淡然一笑：“听说今晚这里有热闹可看，所以过来凑凑热闹，这人闲得久了，就希望热闹，晋大人觉得呢？”

晋三冷冷地看了他一眼。

西域神剑荀一诚这个人他自然是听过的，因为在西域，荀一诚是个大名鼎鼎的人物，他的有名，不仅因为实力，同时也因为他是血荼罗杀手的死敌。据晋三所知，早年荀一诚全家被血荼罗所杀，所以他立誓要屠尽血荼罗。

这么多年来，死在他手上的血荼罗杀手不计其数，而荀一诚的名声也渐渐传播开来。所以，当荀一诚报出他的名字时，晋三对他几乎就没有怀疑了。

不过，荀一诚并不受晋三待见，因为这些年来，荀一诚也干了不少违法乱纪却又不是罪大恶极的事。

就是因为荀一诚速度快，神龙见首不见尾，所以一直都没有被官方抓住。

“看来，你是不怕被青衣卫抓捕了。”晋三冷冷地看着他。

“今晚之后，如果你们能抓到我的话。”荀一诚给自己斟了一杯酒，捡了一颗花生米扔进口中，一副慢条斯理的样子。

四周突然寂静下来，静得诡异。

此刻，大堂里，荀一诚占据了一个角落，晋三占据中央位置，而彪叔也占据了一个角落。当苏落牵着小洋下来的时候，看到的就是这种格局。

苏落和小洋坐到彪叔那一桌，晋三看了他们一眼，并没有说话。暮色沉沉，夜凉如水，大堂里的气氛越来越压抑。

忽然，外面传来一阵轻微的脚步声。在场的都是高手，所以那些脚步声虽然轻微，却逃不过他们的耳朵。晋三给他的手下们做了个手势，下一刻，训练有素的青衣卫纷纷散开，占据了大堂里的有利位置。

血荼罗的杀手们并没有从正门进来，而是攀到二楼，然后翻窗而入。但是，青衣卫的人早已躲在暗处，那群杀手一钻进来就遭到屠杀。

血荼罗的杀手们意识到情况不对，但是他们并没有撤退，而是疯狂地往里面扔炸弹。他们一边扔炸弹，一边大声呼喊：“罗刹双雄大人马上就到，你们有本事就缩在里面别出来，哈哈哈……”

“罗刹双雄”这四个字，让青衣卫们神色大变。秦振快步从二楼下来，几步走到晋三身边：“队长，罗刹双雄之子死于您手，这仇无解啊。”

“罗刹双雄？”苏落一脸迷茫。

彪叔已对苏落的无知习以为常，赶紧给苏落科普：“这罗刹双雄在魔界可是能横着走的人物，据说双人联手，实力是小神之下第一。晋大人杀了他们的儿子，他们这次恐怕是冲着晋大人来的。”

小神之下第一？那这次可真是遇到对手了。苏落皱皱眉头。

罗刹双雄的阴影笼罩在众人的头上，让原本就紧张的气氛显得越发紧张。秦振看着晋三，小声催促："队长，情况突变，对手不是我们能对付的，我建议立即撤离此地。"

"如果罗刹双雄会来，他们巴不得将我们困死在里面，还会逼我们出去？"晋三冷冷一笑，"所以，都给我冷静！"

听了晋三的话，青衣卫们都冷静下来，各就各位，等待着血荼罗杀手发起第二轮攻击。

忽然，在静谧的大堂里响起了暴雨梨花针的破空之声，锋利的细针直射小洋的要害，针尖上绿光闪闪，显然含有剧毒。

就在暴雨梨花针射向小洋的时候，一双筷子狠狠戳入暴雨梨花针主人的双眼。

"啊——"一道凄厉的惨叫声出现在静谧的大厅中。

而苏落，早已衣袖一卷，将小洋护在身后，同时，那汹涌而来的暴雨梨花针，居然全都反射回针筒里，装得完完整整，就好像根本不曾射出来一样。

哐当，针筒落到苏落手里。

这一幕发生得很快，就在电光石火之间。

"秦振！"

"秦副队长！"

青衣卫里，不少人惊叫出声。没错，暴雨梨花针的主人就是秦振，刚才试图刺杀小洋的人就是秦振。

变故发生得太快，谁都没想到，秦振居然要杀害他们的保护对象，而下一秒，他就被两根筷子戳死了。

青衣卫们都蒙了，下意识地望着他们家队长。

晋三的眉头深深皱起，还没等他说话，就迎来了苏落的冷笑。

苏落开启嘲讽模式："晋队长不是晋家三少吗？怎么，连晋家也背叛朝廷、背叛陛下了？这可真是天下奇闻啊。"

晋三死死地瞪着苏落。

"你瞪着我有什么用？出手啊，杀人灭口不是保护秘密的最好方式吗？"苏落看着他冷笑。

"苏姑娘，这件事也不是队长愿意的，谁也不知道秦振竟然会背叛。说不定是他跟公西家有私人恩怨呢，怎么能牵扯到我们队长身上？我们队长也是很无辜的。"一直跟在晋三身边的青衣卫范立站出来替他们家队长说话。

苏落冷冷一笑："晋三，你觉得自己无辜吗？"

范立还想辩解，但是晋三一挥手，制止了他的话。他盯着苏落："现在多说无益，最重要的是解决外面的那群血荼罗杀手，然后抓紧时间离开。"

"刚才我们家小洋差点被青衣卫的人杀死，这事就这样不了了之了？"苏落冷哼。

"等这件事了结之后，我会给你个交代，当务之急是活命。"晋三冷眼看着苏落，"苏姑娘不会天真地以为，罗刹双雄真的不会来吧？"

苏落哈哈一笑："我又没杀了罗刹双雄的儿子，我怕什么？"

"你……"范立气得面容涨红，"我们队长是为了保护你们才陷入困境的，你们别不识好歹！"

"哦，这身青衣是我让他穿的吗？在其位，谋其政，既然是青衣卫，保护该保护的人本来就是职责范围内的事，你真当我是深山老林里出来的就什么都不知道啊？"苏落伶牙俐齿，硬是逼得青衣卫众人哑口无言。

晋三揉揉眉心，郁闷地盯着苏落，面容冰冷："你到底想怎样？"

苏落也不客气，直接说："此事了结之后，一路保护我们，如果小洋再出事，你晋三以命抵命！"

苏落对魔界不熟，彪叔实力一般，小洋年纪又小，若是再被公西家族追杀下去，路上肯定麻烦不断。但是如果跟青衣卫的人一起走，而且还是晋三队长亲自护送，那路上的麻烦就能少一大半，最重要的是，时间上会省一大半。

"你……"青衣卫的人全都愤怒了，他们家队长是什么身份？还以命抵命？！

然而，谁也没料到，晋三竟然点点头，冷漠地说了声："好。"

"队长！"青衣卫们齐齐大喊一声。

"从这里到京城期间，如果他死了，"晋三指着矮矮的小洋，神色严肃而冷静，"我晋三以命抵命！天地为证，以此为誓！"

晋三知道，他发了这个誓，他的青衣卫里就算有人是公西家族的人，也必然不敢再下手了。他相信秦振对他的忠诚，但是，现在看来，秦振对公西家族也同样忠诚。

在外忧内患之际，晋三知道，只有解决了内患，才能一致对外。

这位苏姑娘仅仅露了一手，实力就已经足够得到他的尊重了，如果她真的不管不顾地大闹，真的会很麻烦。

晋三不了解苏落，不然的话他会知道，苏落这是在给他下套。

小洋紧紧牵着苏落的手，仰着巴掌大的小脸看着苏落，目光清澈如水。他没有说谢谢之类的话，却已暗下决心：姐姐又救了他一命。他这条命早就是姐姐的了，等他有能力之后，他会拿他的性命去报答。

就在这时，范立匆匆而来，他对晋三说："血荼罗将前后左右四道门都围住了，除非强攻，否则出不去。"

"那就准备强攻。"晋三神色冰冷。罗刹双雄给他的危机感越来越重，晋三有理由相信，这两人真的会来，也许下一秒就到！

所以，必须抓紧时间离开。

青衣卫的人抓紧时间突围，正在清理出一条血路来。

范立认真地向晋三禀报："还有一分钟，第三条通道就会被清理干净。"晋三点点头。

但是，青衣卫们在清理过程中并不轻松，因为那些血荼罗的杀手全都是训练有素的杀人机器。比别的可能他们不会赢，但是比杀人，那是他们的本能。

苏落看着窗外不断倒下的青衣卫，眉头微微皱起。如果血荼罗仅仅只是对付小洋的话，不可能会派来这么大手笔的杀手，所以，其实血荼罗的目标同时也是晋三少吧？这样的话，那跟他一起上路，安全性的问题又得重新考虑了。苏落摸着下巴，细细地思考着。

"害怕了？"晋三不知何时走到苏落身后，他单手负在身后，神色依旧那么冷傲，语气还是那么欠扁。

"为什么要杀罗刹双雄的儿子？"苏落忽然没头没脑地问了一句。

"他们的儿子叫花无敌。"晋三少瞥了苏落一眼，"花无敌，你没听过吗？"

苏落点点头。

"西域最凶残的采花贼，残害过三万五千名处女，先奸后杀，杀了姑娘还杀她全家。"晋三少言简意赅地说。

苏落不由多看了晋三一眼。

晋三少眉头一挑："是不是突然觉得我很帅？"

这句话从别人口中说出来都不奇怪，但是从晋三少这国字脸正义凛然的人口中说出来，苏落感觉有一种说不出的怪异。

"我只是没想到你这么自恋。"苏落看了他一眼，提出一个疑问，"这应该不是你这种性格的人会说的话啊，你不会是被别人附体了吧？”

“呵呵，”晋三少冷笑一声，“在穿上这身青衣之前，我一直是这样的人，那时候你还在深山老林里过着野人般的生活呢，怎么可能知道？”

苏落知道，他这是因为刚才她逼他发誓的事而嘲笑她，不过苏落表示自己大人有大量，不跟他一般见识。

“你为什么不出去帮忙？如果你也出去的话，清理起那些血荼罗的杀手来，效率不是要高很多吗？说不定现在我们已经突围了。”

“你为什么不去？”晋三少瞥了苏落一眼。

“我有要保护的人。”苏落接口就道。

“我要以逸待劳。”晋三少傲娇地说。

“你确定罗刹双雄一定会到？”苏落皱眉。

“一定会到。”晋三少认真地看着苏落，“母罗刹心胸狭窄、生性残暴，一双单刀使得出神入化。她是风系的，擅长速度，擅长远程作战，最大的弱点是力量不足，所以很少近身战，所以你懂的。”

苏落没好气地瞥了他一眼：“谁说我一定会跟母罗刹对上？”

“你会。”晋三少很肯定。

“为什么？”苏落刨根问底。

“刚才已经说了，母罗刹心胸狭窄，自以为美貌天下第一，你这张脸……”晋三少看了苏落一眼，“会让她有毁了你的冲动，她是绝对不会放过你的。”

苏落竟然无言以对。

晋三少又看了苏落一眼。在他的印象中，魔界的女人很是吃苦耐劳，但越是漂亮的女人就越柔弱，好比宫里那位风一吹就倒的风娘娘；再比如他家里那位弱柳扶风的姐姐；再比如步步生莲的公主殿下。

越是漂亮的女人越是柔弱，这在帝国似乎已经成为共识，但是苏落的出现，打破了这种认知。

晋三少不敢说苏落是全魔界最漂亮的姑娘，但他可以很肯定地说，苏落是他从小到大见过的女人当中最漂亮的，没有之一。

第二名跟以后的所有名加起来，都不及苏落容貌的万分之一。

这样的姑娘，在他的认知里，应该柔弱得风一吹就倒，可苏落一双筷子戳死秦振的动作，狠准果决，毫不拖泥带水。晋三从不多看女人一眼，但是此刻，他的注意力却总会不经意地落到苏落身上。

“你真的不怕吗？”晋三离开之前，又停住脚步，回头看了苏落一眼。

苏落却笑了：“谁不想安安稳稳？谁不想被人保护？可是保护我的那个人暂时不在，所以我只能自己保护自己。”

四周的空气有一瞬间的凝固，晋三的目光幽深了片刻，然后朝苏落点点头。

就在这时，范立进来禀报：“队长，道路已经清扫完毕，现在请求立即撤离！”

“走！”晋三少走了两步，发现苏落没有跟来，冷漠地回头盯着苏落，“还不快走？”

苏落歪着脑袋想了想，说：“我不确定是跟你一起走比较危险，还是分开走更危险。”

晋三少冷哼道：“母罗刹不会放过你，雄罗刹更不会放过你，你说呢？”

苏落长叹一口气，从空间中拿出一片轻纱蒙在脸上，牵着小洋的手对彪叔说：“走吧，这里不能待了。”

因为这栋房子早就被苏落埋了东西，而且苏落已经计算好了时间，等时间一到，这栋房子会轰然爆炸。从客栈到出口，一小段的距离。苏落之所以打算跟晋三少一起离开，还有一个很重要的原因，那就是，身为官方人员，而且还是皇帝亲卫，青衣卫有使用飞行器的特权。官方飞行器，不是平民能拥有的，那是高高在上的身份象征。

从别墅到飞行器停靠点，有一千米的距离。这一千米的距离，平时转瞬间就能到，而此刻却成了最遥远的距离。因为飞行器发动需要一点时间，在这一过程中不能被打断。所以，在从客栈冲出来之后，一支青衣卫在范立的带领下冲向飞行器。

范立第一个冲进飞行器，立刻将魔力输入，打开引擎，准备起飞。

“快上来。”在众多青衣卫的保护下，晋三第一个走向飞行器。

然而，就在这时，苏落本能地察觉到一丝危险，猛地将小洋往那开启的飞行器之门扔去。与此同时，晋三少一把将苏落扑倒，同时大喊：“趴下！关闭舱门！”

青衣卫们训练有素，离飞行器远的都迅速找到了隐蔽点，离飞行器近的则全部躲进了飞行器中。

范立本不想关闭舱门，因为队长还没有进来，可是接下里的事由不得他不关闭舱门。轰隆隆，平地一声惊雷，无数的火焰冲天而起，无数的火石突突突地朝青衣卫所在的方向射来。

“罗刹双雄！”晋三少拉着苏落躲到一堵墙壁之后。

突突突……无数的火石四处乱飞，无数的青衣卫，即使趴在地上，也还是被炮火扫中，不断有人死去。这些火石是火元素凝聚而成的，苏落从来不知道，原来火元素修炼到高层境界，竟然可以作为武器使用。

雄罗刹和母罗刹如预料中那般出现在这一千米的范围之内。他们两个人，一个长得头大如斗，一个长得身材如水桶，都是人间极品的丑，丑到一定境界了。可是，丑归丑，他们的实力却让人不敢小觑。只见雄罗刹双手掌心朝外推出，无数的飞火石从他的掌心飞出，突突突地朝外扫射。

血水染红了青衣卫的衣衫，死去的青衣卫越来越多。

苏落盯着雄罗刹的手掌心，目光中有一丝领悟：原来火元素还可以这样使用的啊。

“这样下去不行。”晋三暗中对苏落比了个手势，“你往东，我往西，将那两个人引开。”

苏落刚才看雄罗刹的飞火石看得入迷，隐隐有丝启发，她正期待着将这丝启发感悟出来。

苏落在地球时是一位特工，她最擅长的就是用枪，如果现在手掌能射出子弹，那可真是人生中最美好的一件事了。苏落当即点头：“他们两个联手很厉害，一旦分开，就未必那么强了。”

苏落话音未落，就已经一个瞬移转到战场中央了。砰！苏落最先攻击的是雄罗刹。当雄罗刹跟苏落照面时，苏落脸上的轻纱脱落，那摄人心魄的容颜暴露在空气中。雄罗刹怔怔地看着苏落，完全失去了心智。就在这一刻，晋三忽然从雄罗刹身后转出，一剑朝雄罗刹的要害刺去，却被母罗刹的双刀给挡住了。

“死鬼！差点就死了，还看！”母罗刹狠狠拍了雄罗刹脑袋一下。雄罗刹立刻回神，他想去跟苏落战斗，但是苏落已经被母罗刹给抢走了。

“喂，死婆娘，下手轻点，不要杀死了！”雄罗刹想冲上去，却被晋三拦住了，当即朝母罗刹怒吼一声。母罗刹心里那叫一个气啊，这个色欲熏心的臭男人，当着老婆的面将这件事说得这么明显，简直该死！

“看看你面前的人是谁，还不快杀死他为无敌报仇！”母罗刹早就认出了晋三，于是大吼出声。

母罗刹看到苏落那精致的容颜，冷笑一声：“不得不承认，你是我见过的最漂亮的姑娘，但是，我不得不告诉你一个真相，那就是，在我母罗刹眼里，所有漂亮的女人都该死，越漂亮越该死！”

苏落眉头狠狠皱起：“所以，你儿子继承了你们二人的恶习——他父亲的好色和你的滥杀，对漂亮姑娘先奸后杀？”

母罗刹眼眸一亮：“你说得不错，是我教的无敌，漂亮的姑娘全都要杀掉，哈哈哈……”

“疯子！”苏落没来由地一阵愤怒，“凭什么漂亮的姑娘就该死？你运气不好长得丑，就容不得漂亮的姑娘，你心理变态啊！”

母罗刹冷笑连连：“本来还想让你死在晋家那臭小子后面，既然你自己这么想死，好，我现在就成全你！”

说话间，母罗刹把双刀使得虎虎生风。苏落能够明显感觉到，母罗刹给她的压力陡然间翻了一倍。如果只是一倍也就算了，可是，苏落却悲催地发现，每过一分钟压力就会翻一倍！

一倍！两倍！三倍……

一开始，苏落还能跟母罗刹打得不分胜负，但越到后来越感觉体力不支，开始节节败退。

“臭丫头还是有几分实力的，不过你还太嫩！”母罗刹冷笑连连，“你还这么年轻，如果迟些年碰到老娘，说不定老娘还真会输给你了！不过好在你现在就碰上了老娘，哈哈，老天难得优待我一次！”

此刻苏落已经面无血色，全身都被汗水浸透，额头上的汗水更是唰唰地往下滚落。

“老天爷优待你了？未免高兴得太早了！”苏落说话的声音都带着一丝喘息，“我就不信我杀不了你！”

砰！母罗刹重重一击，将苏落砸得倒飞出去。

看到苏落球一样飞射出去，母罗刹双手叉腰，得意而嚣张地狂笑：“哈哈哈，老娘的狂舞神刀只有死鬼的飞火石能破，你个臭丫头真是痴心妄想！”

飞火石吗？苏落顿觉眼前一亮。

母罗刹从怀里取出一把森冷的匕首，朝倒在地上的苏落一步步走去，一边走一边冷笑着说：“等你死了之后，老娘就先挖你的眼睛，再割你的鼻子，然后把你这张如花似玉的脸给划花，把你光着身子吊在城墙上，受千万人瞻仰，哈哈哈……”

就在母罗刹宣布处罚苏落的具体细节时，忽然，一道飞火石射向母罗刹的身体。母罗刹愣了愣，她看看苏落，又回头看看雄罗刹，然后再看看那飞火石飞来的方向。

“死鬼，为了个还没得手的漂亮姑娘，你居然敢向老娘下毒手！”母罗刹发出一声怒吼。

雄罗刹正跟晋三斗得天昏地暗，两人的实力就在伯仲之间，稍一分心就能让对方抓到机会。而此刻，母罗刹的怒吼，让雄罗刹本能地瑟缩了一下。要知道，在这个世界上，雄罗刹天不怕地不怕，可他就是怕老婆。

就是这么一个机会，让晋三抓住了。晋三手中的剑从雄罗刹的颈项间划过，雄罗刹偏头躲过这一击，但他原本的攻势却被弱化了。而晋三的攻击则源源不断地朝雄罗刹涌去，雄罗刹节节败退。母罗刹见了，正欲上前帮忙，苏落却摇摇晃晃地从地上爬了起来，虚空做了一个射击的动作。

“pia！”苏落口中发出这道让她曾经非常熟悉的枪击声。一颗细小的飞火石，快而准地射向母罗刹的后脑勺。母罗刹一直背对着苏落而站，她一直以为苏落没有战斗力了。当她听到来自后面的破空声，下意识地回头看去。扑哧！飞火石刚好射进她的眉心，母罗刹的身体瞬间一僵，她明显感觉到，一簇诡异的火焰射进了她的脑袋里……

这效果好得超乎想象啊。在这之前，苏落对陨落红莲一直没有很好的运用方式，因为它是这天地间的第一缕异火，一直都没有经验可以借鉴。但是这一次，雄罗刹的飞火石给了她最好的灵感。不过她也知道，这是因为母罗刹暴露了她的弱点，否则的话，陨落红莲也不会抓住这个机会。而且这种方式对母罗刹可行，但是对别人就未必可行了。

而雄罗刹在看到母罗刹被爆头之后，整个人都蒙了。

“啊啊啊啊！你们统统给我去死！”雄罗刹怒吼一声，身体如气球一样膨胀开来。

原本处于攻击状态的晋三，被他的咆哮声逼得近不了身，其他青衣卫都被吼得倒飞出去。

原以为杀了母罗刹之后，苏落和晋三联手杀死雄罗刹的概率会很高，但是谁也没想到，雄罗刹的实力竟然这么强。雄罗刹重重一拳砸向晋三，晋三用手中的剑阻挡，周围的青衣卫都被震得七荤八素，爬都爬不起来了。

苏落握紧了拳头，要不要帮忙？如果帮忙的话，她必须使出大道之音。而大道之音是灵界中帝的绝学，辨识度太高，如果她用出来，很可能会被人怀疑。

苏落看到雄罗刹一边怒吼，一边将手中的宽刀朝晋三的颈项压去，眼看就要碰到他的肌肤了。苏落站在原地，握住拳头，终于还是放声高歌，唱的竟是那首神曲——《忐忑》。

在苏落“咿呀哦，咿呀哦”的声音中，那群青衣卫全都震惊了：这……这真的是那位貌美如仙的苏落姑娘唱的？如果母罗刹还活着的话，看到这场面一定会笑喷，可惜她已经死了，永远也看不到这有趣的情形了。

晋三艰难地回过头，用那种看神经病的目光看着苏落。他知道苏落外表柔弱，内心住着个女汉子，可是……能不能不要一上来就这么大的刺激？他简直有些接受不了啊……

苏落唱着这首神曲，面目狰狞扭曲，极度夸张。那样一张漂亮的脸，自虐成这样，也真是舍得。不过，不得不承认，苏落这首神曲的效果是巨大的。因为神曲一出，雄罗刹听得都忘记他的狮子吼了……等他终于想起狮子吼，已经来不及了。

晋三反手一拳砸中他的胸口，与此同时，苏落的凤舞剑呼啸而至，贯穿雄罗刹的胸口，重新回到苏落手中。等凤舞剑回到苏落手中时，苏落才发现，在接连杀了母罗刹和雄罗刹之后，凤舞剑竟然解除了第三道封印。看着散发出幽光的凤舞剑，苏落嘴角扬起一抹笑意。果然，魔界之行是她的奇妙旅程，不仅找到了陨落红莲的运用方法，凤舞剑还解开了第三道封印，威力越发强大了。

苏落很期待接下来还有什么好事在等着她。

这一战，晋三独自承受雄罗刹的攻击，全身多处受伤，苏落本想给他一颗皇级丹药，想了想，最终还是丢过去一颗半步皇级丹药：“拿去吧。”

晋三诧异地看了苏落一眼，苏落没好气地瞪回去。

晋三嘴角挂着淡淡的苦笑：“没想到你的心地却不坏。”

“谁告诉你漂亮姑娘都是蛇蝎心肠了？你以前到底受过怎样的迫害啊？这不是还要你护送吗，所以现在你还不能死。”苏落可没什么好脸色。

晋三看了苏落一眼，仰头将半步皇级丹药吞下。

就在这时，苏落忽然回头看了某个人一眼。那个人，自始至终都没有出手，一直都是作为旁观者而存在的。

目光落到荀一诚脸上，苏落淡淡地开口：“我们要走了，你还不出手吗？”

啊？荀一诚愣了愣，所有人的视线都随着苏落的话集中到荀一诚身上。

荀一诚用疑惑的目光看着苏落："姑娘这话是什么意思？在下不是很明白。"

"不是很明白？那要我把话说得再明白一点吗？血荼罗的这位杀手首领大人？"苏落淡淡一笑，看着荀一诚。

荀一诚对苏落和晋三笑道："你们可以怀疑我任何事，但是血荼罗杀手的首领？这个玩笑真的开大了，你们慢慢聊，我先走了。"

荀一诚转身就要走，但是晋三冷冰冰的声音响起："荼罗公子准备就这么走了吗？"

血荼罗杀手组织的首领，旁人对他的尊称就是荼罗公子。

荀一诚原本转过头要走，却被晋三喊住了，藏在衣袖里的手微微一紧。他转过头，似笑非笑地看了晋三一眼，然后几步走到苏落面前。

"你是怎么看出来的？"荀一诚不解地看着苏落，"从进来之后，我好像什么都没做过吧？"

苏落冷冷一笑："就因为什么都没做过，所以才被我看出了破绽。"

"哦？"荀一诚好奇地看着苏落。

苏落冷笑："第一，今晚你的出现本就是一件奇怪的事，你怎么会知道今晚在这荒原客栈会有一场血荼罗杀手的恶斗？第二，自从进来之后，你选择的方向是距离门口最远的方向，这说明你不想出手。一个不想出手的血荼罗敌人，又为什么要深夜赶到荒原客栈说是来杀血荼罗组织的杀手？自相矛盾。第三，从客栈到飞行器这短短的一段路上，你有很多次机会可以跟我们联手杀罗刹双雄，可是你没有。"

"可我也没有帮罗刹双雄啊。"荀一诚很无辜地举手。

"那是因为，一开始你以为罗刹双雄处于上风，没有必要暴露你自己；等到后来他们落败，你觉得杀了他们刚好可以灭口，为什么要帮他们？"

荀一诚玩味地看着苏落："就算这些都合情合理，那么，证据呢？没有证据，你拿什么来证明我是荼罗公子？"

"如果刚才所有的一切都不算证据的话，那么——"苏落手里握着一个遥控器，笑嘻嘻地看着荀一诚，"我知道你们血荼罗的杀手都埋伏在客栈里，准备给我们致命的一击，而我手中握着的这个东西，我们可以称之为遥控器。"

荀一诚的眼眸危险地眯起。果然，苏落如他所料那般说："你不会真的以为，在客栈里我没有动过手脚吧？你不会真的以为，我之前上楼是去睡觉吧？"

荀一诚死死地瞪着苏落，苏落似笑非笑地看着他："我手里的遥控器一按，我敢保证，藏在里面的那群血荼罗杀手一定会被炸得粉身碎骨。那么，我们伟大的荀一诚大人，你是要为了保护你自己而让那么多手下去死呢，还是为了提醒你的手下撤离而选择自我牺牲呢？”

荀一诚盯着苏落，眼中隐有怒气。

“苏落，你以为你赢了吗？”荀一诚看着苏落，嘴角扬起一抹漫不经心的笑意，忽然附在苏落耳边说了一句话，而这句话，让苏落的脸色瞬间一变。

苏落正要出手，但是她的手却被荀一诚握住了：“大道之音，我怎么记得是灵界中帝学院的不传之秘呢？”

一句话，犹如一盆水，朝苏落兜头泼下！大道之音……果然是大道之音泄露了她的秘密！

不过，苏落冷冰冰地看着荀一诚：“什么大道之音？你在说什么？”

“苏姑娘刚才唱的那首狰狞的音律中，用的就是灵界的大道之音，这一点你从何解释？”荀一诚冷笑地盯着苏落。

若是旁人，遇到这种事早就惊慌失措了，但是苏落却不然。她非但没有惊慌，反而还越发镇定。

苏落傲慢地盯着荀一诚：“所以，你是因为荼罗公子的身份被揭穿而开始胡搅蛮缠，转移话题了吗？很可惜，你的那群手下不愿意就这样白白被你牺牲，他们准备撤退了呢，你看，他们已经从那里开始撤退了。”

苏落指向客栈的后门。此刻，所有人的情绪都被苏落掌控着，他们都顺着苏落手指的方向望向客栈的后门，就连荀一诚也不由得往那个方向看去。

然而，就在这时，一记重拳狠狠砸向荀一诚的脑袋。可怜的荀一诚，他千算万算都没有想到，苏落会采用暴力这种方式。

苏落趁荀一诚不备，一拳头砸在他脸上，紧接着一记手刀劈向他的后颈，然后一个连环腿将他踹翻在地，最后一脚踩在了他的腹部。这一连串动作一气呵成，如行云流水，流畅极了。

当众人发现后门并没有杀手出来，回过头来，好嘛，苏落居然已经将荀一诚搞定了。一时间，周围鸦雀无声。一个如此漂亮柔弱的姑娘，怎么就……那么暴力呢？

苏落朝他们笑笑：“好啦，荼罗公子已经搞定了，至于血荼罗组织，你们自己看着办吧。”

晋三的视线落到荀一诚身上，他说：“这个人交给我。”

苏落摊手：“我倒是想交给你，不过，你确定他还有用吗？”

苏落收回脚，将荀一诚给晋三踢了过去，只见他已口吐白沫，全身呈墨绿色，就连从伤口中流出来的血都是墨绿色的。

晋三的剑眉狠狠蹙起，他盯着苏落问道："这是怎么回事？"

苏落很无辜地摊手道："在客栈里我就知道他跟血荼罗有关了，所以给他下了毒。那毒素本来没这么快发作，但是刚才我打了他，让他的血液流速加快，所以就这样子了。"

"你确定不是在杀人灭口？"晋三怀疑地看着苏落。

"杀人灭口？"苏落无辜而不解地看着对方。

"大道之音，中帝学院，灵界——"晋三犀利的目光盯着苏落，试图从她的脸上找出一丝破绽，但是他失望了。

苏落用看白痴一样的目光看着晋三："所以，你怀疑我是灵界的人，我为了救你，不惜暴露自己的身份？呵呵，呵呵……"

苏落的冷笑，呵呵得晋三有些脸红，因为这让他觉得他在自作多情。

晋三瞪了苏落一眼，苏落还追着他问："这个假设你觉得能成立吗？啊？你觉得能成立吗？"

"别烦我！"晋三郁闷地瞪了苏落一眼，"我还有很多事要处理，血荼罗的后续问题也不是一天半天能处理完的，你一边待着去！"

苏落耸肩，摊手："哦，那你觉得这个假设能成立吗？"

晋三少落荒而逃，苏落叉腰狂笑。至此，青衣卫无人敢再怀疑苏落半分，他们完全换了一种态度，对苏落热情友好得不得了。

能进青衣卫的，都不是平头百姓，因为青衣卫是皇帝近侍。

苏落确实有很多魔界的知识需要补充，在跟他们谈话的过程中，她对整个魔界有了进一步的了解。

一路上，他们用的都是飞行器。飞行器比城际传送的速度还要快。所以，一个月之后，他们就走了三分之一的路程。

这一天，因为在飞行器上待了一个月，按照规定，他们可以进城休息三天。而就是这一决定，改变了苏落在魔界的地位，只是苏落现在还不知道。

飞行器停稳后，一行人在晋三的带领下，浩浩荡荡地冲向墨城的帝国驿站。

"驿站？我们难道不住客栈吗？驿站的条件可不太好啊。"苏落下意识地就说出口。

"扑哧！"范立顿时就笑了，"驿站的条件不好？宁愿住客栈也不住驿站？

苏落姑娘，你在开玩笑吧？”

其余的青衣卫也都哈哈大笑起来。

苏落无语地看着他们，难道她又闹笑话了？不过这一路上，苏落也不是第一次闹笑话了，连她自己都习惯了，这群人每次还都乐个不停。

“苏落姑娘，客栈分一星到五星，五星是最好的等级，对吧？”范立笑呵呵地看着苏落，像在哄小孩子，“而咱们的驿站，相对客栈来说，那可是七星级的存在，所以，你还是想住客栈而不是驿站吗？”

“嗯？”苏落有些不解。

范立说：“驿站也分普通驿站和贵族式驿站，咱们青衣卫，走到哪里都高人一等，吃的用的住的都是最好的，所以我们自然是住贵族式驿站了。走吧，让咱们的苏落姑娘开开眼界。”

不过，当一行人到了贵族式驿站，范立拿出青衣卫的令牌后，驿官毛大人的脸上却露出一抹苦笑，小心翼翼地确认：“诸位大人，你们今晚一定要住在这里吗？”

范立用看白痴一样的目光看着毛大人：“你有病啊？不住这里，我们辛辛苦苦过来干吗？赶紧把房间给腾出来！你还懂不懂规矩，要不要本大人给你松松筋骨长长记性？”

毛大人赶紧赔着笑解释道：“范大人，不是下官不懂规矩，而是这几天，咱这驿站一直有人住着——”

“这驿站很大啊，我记得每座城池的驿站都能同时住进去三十户，怎么，今儿个这驿站住进去三十支队伍了？”范立冷笑。

毛大人苦笑：“三十支队伍倒是没有，这里面就住了一户，不过这一户来头太大了，是瑞亲王的家眷。”

“瑞亲王的家眷，瑞王妃？那倒是可以去拜见一下啊。”范立不解。

毛大人在范立耳边说了一句话：“确实是瑞王妃，但是瑞王妃年纪大了，身子有些弱，这些天都在驿站里歇息，所以不喜人打搅。而且，那位小少爷最近一直在哭闹，上次还……唉，算了，你们……”

晋三皱眉：“瑞王妃住哪儿？”

“东边第一栋。”

“那我们要西边的最后一栋，行了，去安排吧。”晋三挥挥手。

毛大人看了晋三少一眼：“下官已经提醒过了，万一出了什么事，概不负责哦。”

晋三斜了他一眼，毛大人无法，只好将大家带进去，亲自将事情安排妥当，这才退了出去。

西边这栋只住三天，希望相安无事，希望相安无事啊……

第一天，苏落、小洋、彪叔在范立的带领下，在城里逛了一圈。苏落还是第一次亲眼看到魔族的城池，看什么都感觉很新鲜。

第二天，苏落他们又出去了，买了一路上的补给，苏落买得尤其多，吃的穿的用的，都给备上了。在回去的时候，苏落终于碰见了东边第一栋里住着的那户瑞亲王的家眷了。

本来，有两条路进入驿站，苏落他们住在西边，走的自然是西边这条道，瑞亲王的家眷们住在东边，走的应该是东边那条道。

偏偏这一次，瑞亲王的家眷们走了西边这条道。

他们的马车往外走，苏落的马车往里走，就这样迎面碰见了。

就在两辆马车擦身而过的时候，忽然，对面的马车上，一个小男孩猛地朝这边蹿来！

“小世子！”对面的马车上传来一道凄厉的叫声。

谁能想到好好坐着马车，这位小世子竟然爬到车顶往下跳。他往下跳就往下跳吧，可偏偏他往下跳的时候，是朝苏落这辆马车而来的。

这就是所谓的无妄之灾啊。不过，就在小男孩的身体距离马车只有零点零一米的时候，范立身形一动，先一步冲出来，将小世子抱在怀里，然后安全落地。

范立将小世子放在地上还心有余悸。如果这位小世子真是那位小世子的话，如果摔了磕了，那就是很严重的事件。

隔壁马车上冲下来一位威严的老嬷嬷和一位大丫鬟。老嬷嬷赶紧冲上去，对着小世子嘘寒问暖，急得额头都出汗了：“小世子啊，您这是怎么了？那么高的地方，怎么能往下跳呢？马车砸坏了没关系，您要是磕着碰着，那可如何是好啊？”

小世子傲慢极了，他小小的个头，年纪还没有小洋大，但因为长得白白胖胖的，所以力气不小。

“滚开！”小男孩踹了老嬷嬷一脚，然后噔噔噔地跑到苏落这边的马车前面，指着马车说：“这辆马车好看，我要这辆马车！”

老嬷嬷对她家小世子卑躬屈膝，但是面对外人的时候，那股王府的傲气展露无遗。她朝大丫鬟使了个眼色。大丫鬟会意，走上前来，直接就掀开马车的帘布。这样没礼貌的事，她做起来理所当然。

大丫鬟往马车里环顾一周。因为苏落怕她那张脸再惹麻烦，所以这次出门的时候，她特意戴上纱巾遮住那副摄人心魄的容颜。在大丫鬟将车帘扯开的时候，苏落那双细细的柳叶眉已经微微皱起了。

大丫鬟可不管这些蝼蚁般的人高不高兴，她只知道，自家王爷是陛下唯一的王弟，帝国唯一的亲王，而小世子是王妃和王爷结合多年后，好不容易才生出来的唯一的孩子。所以，大丫鬟傲慢地扫了一眼车内，声音倨傲而冰冷地对范立说："这辆马车被我们小世子征用了，你们下来吧。"

范立皱眉盯着大丫鬟，并没有说话。刚才他出手救下小世子，非但没有得到对方的感激，反而还要被逼下马车？

一旁那位胖胖的小世子大声怒吼："我要坐这辆马车！我要坐这辆马车！我要坐这辆马车！我要……"

"好好好，小祖宗，要坐要坐，必须坐这辆马车！"老嬷嬷哪里舍得让小世子不开心，当即就横了大丫鬟一眼。

大丫鬟则瞪着范立，手中拿出一块令牌："我们是瑞亲王府的人，这辆马车你让不让？"

"姑娘，你好歹讲点道理。"

"道理不道理的我不知道，我只问你一句，瑞亲王府的面子你不给，我可以这样理解吗？"这位色厉内荏的大丫鬟严肃地盯着范立。

谁都知道，陛下在杀了无数兄弟之后，对这唯一的血脉兄弟有多兄友弟恭，瑞亲王现在可是一人之下万人之上，就连八大家族的族长都不敢得罪他，他们的大首领侯阳大人当年还是瑞亲王的小跟班呢。

想到这，范立愧疚地看了苏落一眼："这……"

苏落淡淡一笑："也快到了，下马车走走也挺好。"

苏落给晋三这个面子，不想给他招惹麻烦，但是有些人却最喜欢得寸进尺。

这个人就是小胖子世子。

小胖子世子属于人来疯，想一出是一出，看中了就想要，完全不顾后果，是那种很典型的被宠坏的熊孩子。

熊孩子世子看到苏落，当即眼中闪过一丝好奇："我要这块丝巾！我要我要！嬷嬷我要这块丝巾！"

老嬷嬷为难地看着她家小胖子世子，试图劝说："咱屋子里有很多丝巾呢，赤橙黄绿青蓝紫，各种颜色各种材质各种款式，足足有几百种之多，小世子玩一条扔一百条都尽够，咱们回屋里玩去好不好？”

小胖子世子用看白痴一样的目光看着嬷嬷：“你是白痴吗？”

“啊？”

“本世子说喜欢丝巾，你真以为是喜欢丝巾啊？本世子是想看她的脸！”小胖子世子双手交负在后，傲慢地抬着下巴。

老嬷嬷：“……”

苏落：“……”

在场所有人：“……”

小胖子世子见大家都怔住了，顿时不高兴了，朝后面的侍卫们大喊大叫：“给我把她脸上的丝巾扯下！还不快去！你们是死人啊！”他一边大喊大叫，一边跳起来踹了他身边的侍卫首领一脚。

侍卫首领盯着苏落：“姑娘是自己拿掉，还是让我们帮忙？”

苏落淡然立于原地，似笑非笑地看着眼前这群人，并没有说话。侍卫首领是一位圆脸大汉，他的神色依旧不变，只是朝苏落道了一声：“得罪了。”然后，他一挥手，就有四名侍卫朝苏落走去。

范立一看顿时急了：“你们这是要干什么？好歹刚才我还救了你们家小世子，你们一句感谢的话都没有，还这样侮辱人，瑞亲王府的人了不起啊！”

大丫鬟冷冰冰地看着范立：“能有机会救我们家小世子，那是你身为魔人的荣幸。是的，我们瑞亲王府的人就是了不起，至少我们想欺负你们就可以欺负你们，有本事你们可以去告御状啊！”

张扬！傲慢！嚣张！霸道！跋扈！这是所有人对瑞亲王府的印象。

这时候，他们终于知道，当初毛大人为何一个劲地拦着他们，不想让他们住进来了。想必这位小胖世子用他理直气壮的无理取闹，吓跑了所有人。这么小的年纪已经如此霸道，等再大一些，那还了得？到时候杀人放火、欺男霸女、鱼肉魔界，岂不是魔界一霸啊？

而此刻，瑞亲王府的四名侍卫走到苏落身边，一前一后，一左一右，团团将苏落围住。后面两个人注意着苏落的双手，前面两个人，试图扯掉苏落的面纱。

苏落眉头紧紧皱起。

一瞬间，那四道身影全都朝着各自的方向倒飞出去。变故发生得太快，以至于瑞亲王府那边的人都来不及反应，就连范立都被苏落吓了一跳。

这可是瑞亲王府的人啊，在魔界是享有特权可以横着走的人啊……

“你……”最先反应过来的是那位大丫鬟。

她单手指着苏落：“你居然敢跟瑞亲王府作对，罪该万死，杀！”

瑞亲王府的人，从来都是这么嚣张霸道不可一世的。与此同时，又上来十名侍卫，将苏落团团围住。

“打！打！打得好！快打啊，还愣着做什么？”小胖子世子就跟抽风似的，又是蹦跳又是鼓掌，神色兴奋而激动。

原本剑拔弩张的场面，却因为他的蹦跶，而像一场闹剧。

苏落瞥了小胖子一眼，朝他招招手：“过来。”

过来？这个不知道来历、脸上蒙着一块轻纱的平民姑娘，居然对瑞亲王家的小世子招招手，有一种招之即来的漫不经心。

大丫鬟和老嬷嬷，还有侍卫们都盯着他们家小世子。他们家小世子不按常理出牌，脑子一抽风，什么事都做得出来，所以必须盯紧点。

不过，这次他们家小世子还挺有骨气的，因为他傲慢地盯着苏落：“当本世子是小狗啊，招招手就过去，那本世子岂不是很没面子？”

对，就该这样！老嬷嬷、大丫鬟暗中握拳，小世子这回总算没有丢人。

“真不过来？”苏落淡淡瞥了小世子一眼。

“就不过去！”小世子骄傲地挺着小身板。

“可如果你不过来，你很快就会死了啊，所以，你真的不过来吗？”苏落一脸无辜地看着小世子。

而苏落这句话一出，当即，全场寂静！所有人都像被雷劈了一样，傻傻站在原地。

刚才她说了什么？小世子会死？大丫鬟目光赤红地盯着苏落。老嬷嬷已经准备下杀无赦的命令了。

但是小世子却歪着脑袋，睁着一双黑白分明的大眼睛，认真地看着苏落：“你说的是真的吗？”

苏落淡淡地看着他：“是真是假，把过脉就知道了，可如果你真有病，那么你死之后，所有好吃的、好喝的、好玩的，全都没了，所有可着你欺负的人，也都没了，阴曹地府之下你又要重新投胎，说不定下辈子投胎会变成一只猪哦。”苏落看着挂在小世子腰间的猪蹄，笑嘻嘻地说。

小世子有生以来还是第一次遭遇恐吓，还是明目张胆的恐吓。要知道，他可是老王爷和老王妃成亲那么多年才得的孩子，老蚌生珠的麟儿，又是生在王府那样的地方，受宠程度比皇子还夸张。小世子一落地就没受过苦，但是伺候他的下人们就苦了。因为但凡有人让小世子哭一声，那完蛋了，立马拖出去抽一百鞭子；谁要是让小世子哭个不停，那完蛋了，立马斩立决！所以在小世子成长的这些年里，身边的丫鬟、奴才、嬷嬷们，就像春天的韭菜似的，换了一茬又一茬。也难怪老嬷嬷和大丫鬟如临大敌，因为稍有不慎她们就会死。

小世子怔怔地看着苏落，苏落点点头。出乎所有人意料的是，这位脾气暴躁、喜怒无常的小世子，竟然真的一步步走到苏落面前，乖乖伸出他白白胖胖的小右手。苏落也真的在他的手腕上搭脉了。

老嬷嬷和大丫鬟还有侍卫们面面相觑，小世子这熊孩子性情乖戾，别人要他往东他偏往西，何曾像现在这样听话过？苏落在把脉的过程中，眉头从一开始的上扬，到后面的慢慢蹙紧，再到后来，神色间浮现一抹阴郁之色。

“怎样？”小世子乖乖地仰着胖胖的小脸。

“很严重。”苏落叹了口气，“你脑子里血管薄而脆弱，几乎快爆裂了，现在又出现不明血块，压迫到主神经了，麻烦了。”

小世子瞪着苏落：“你的意思是，本世子脑子有病？”

苏落想了想，点点头：“可以这么说。”

小世子猛地一把将苏落甩开，怒斥：“你的脑子才有病！来人，将她的脑袋给本世子砍下来！”

“呼——”老嬷嬷、大丫鬟和侍卫们这才舒了口气，就说嘛，他家小世子那么熊孩子，怎么可能会变成乖宝宝？

现在这怒气冲冲暴虐肆意的小胖子，才是他们家小世子嘛。

苏落皱着眉头，对小胖子世子说：“我没有跟你开玩笑，如果再不治疗的话，三个月之内，你必有性命之忧。”

“本世子也没跟你开玩笑，来人，杀了她！”小世子胖乎乎的手指头指着苏落。

所有的侍卫都朝苏落聚拢而来，这回，瑞亲王府的人是来真的了。随便冒犯瑞亲王府就会被处死，更何况苏落胆敢当面指着小世子说他脑子有毛病，而且还说他两个月内有性命之忧，这是必然要死的啊！

可是，苏落却淡定地看着小世子，笑吟吟地说：“可如果你真死了呢？”

“放肆！”老嬷嬷和大丫鬟同时大喝。

苏落无视这两位小世子的得用之人，拉下脸上的纱巾，笑嘻嘻地看着那位小世子："要不，我们来做一件你从来没做过的事吧。"

小世子乍然看到苏落这张俏脸，当即震了震，冷冷一哼："你知道本世子有什么事没做过？"

苏落笑嘻嘻地说："我们打赌吧，这件事以前有人跟你做过吗？"

还真没有……以小世子的身份，谁敢跟他打赌啊，嫌死得不够快吗？

小世子颇有兴趣地问："怎么赌？"

苏落似笑非笑地说："我们赌命吧。"

一下就赌这么大，无法无天的小世子很感兴趣，当即眼睛一亮，盯着苏落，示意她说下去。

苏落说："我们以两个月为期，如果两个月内你发病了，就是我赢了；如果两个月内你没发病，那就是我输了。"

"好！"小世子还是第一次跟人打赌，兴致勃勃地应道，"我跟你赌！"

小世子傲慢地扫了苏落一眼："如果我赢了，你要给我当丫鬟！"

苏落点点头。

"如果我输了……我怎么会输？这两个月我是绝对不会生病的，也绝对不会输。"小世子一边说一边抬头望着苏落，"如果我输了，这个世子就给你当好了！"

苏落："……有女世子吗？"

"那……那我让父王认你当干女儿好了！"小世子觉得反正这是不可能发生的事，他摆摆手，"行了，看在你今天成功取悦了本世子的分上，你可以走了。"

苏落："……"真是人小鬼大的熊孩子。

"记住我的名字，我是苏落姐姐。"苏落潇洒地朝小世子挥手拜拜。

当苏落一行人离开后，小世子的人才回过神来，全都难以置信地看着他。

若是放在以往，他们家小世子早就让人将那位苏落姑娘打死了，哪里还会让她这么潇洒地离开？可是现在，小世子被人说了脑子有病后，还跟人家打了赌，这事真是处处透着诡异。

"看什么看！"小世子双手背负在身后。

"小世子，现在我们去哪儿？还出去逛街吗？"老嬷嬷赔着笑问道。

小世子狠狠瞪了老嬷嬷一眼："你是白痴吗？外面风那么大，本世子如果被吹着了，岂不是要生病？你是故意想让本世子输吗？！"

老嬷嬷虽然被骂，但还是大大地松了口气。不出去好啊，不出去的话就不会闯祸，不闯祸就不会祸害到无辜的民众……要知道，小世子但凡出去，必然会有人遭殃。

“那我们现在……”老嬷嬷眼中带着笑意。

“当然是回房间去啊！”小世子严肃地警告老嬷嬷，“这两个月，本世子要吃好穿好睡好，要病也绝对不能在这两个月内生病，听清楚了吗？”

“是是是。”老嬷嬷、大丫鬟和侍卫们听到小世子居然要好好吃饭、好好穿衣、好好睡觉，一个个内心狂喜。他们没想到，小世子跟苏落姑娘打个赌还有这么意外的收获。这个赌打得好啊！他们原本对苏落很有意见，但是现在，简直太感谢她了。

范立对苏落佩服得五体投地，但同时他又有些担心：“苏落姑娘，这纸是包不住火的，现在暂时没事，两个月后怎么办，难道你真的要去做小世子的丫鬟吗？”

苏落顿时笑了：“我为什么要去做小世子的丫鬟啊？”

“这不是打赌了吗？”范立小声抱怨道，“你脸上蒙着轻纱，人家还未必找得到你，可是你居然把轻纱给摘了，这不是故意让人找到你吗？”

苏落看着范立，笑着点点头。

“什么？”范立不解地看着苏落，神色间大为震惊，“难道你是故意让他们看到脸，故意让他们找你的？”

苏落清澈分明的眼中笑意盈盈，笑容神秘，可她一个字都没有透露。

这件事最终还是被晋三知道了。

范立万分不解地问他家队长：“苏姑娘到底是怎么想的？难道小世子真的脑子有病？”

晋三那张国字脸上浮现一抹不解，不过他还是叮嘱范立：“好好跟着苏落姑娘，看她如何行事再说。”

苏落跟他之前见过的姑娘都不同，她特立独行，她腹黑狡诈，她修为高强，她绝不是一般人，晋三发现，他对这位神秘莫测的苏落姑娘越发好奇了。可他不知道，当一个男人对一个女人产生好奇的时候，往往就意味着，他已经……

第三天，他们并没有在驿站里多留，而是直接上了飞行器，以最快的速度往京城而去。

瑞王府的这群人也不再耽搁，以城际穿越的方式回京，因为他们的小世子喜欢这种穿梭时空的感觉。

第七章 紫色魔晶

京城，公西家族，内书房。

为首的老者坐在太师椅上，目光森冷凌厉，下方站着三个中年人。

“父亲大人，血荼罗被连根拔起，荼罗公子也死了。”老者有三个儿子，现在说话的是最小的那个，名叫公西郁。他还有一个身份，就是大魔王公西宁的父亲。

追杀公西小洋家族的事，就是公西郁全权负责的，因为原木令牌是公西宁带回来的，所以这事就被他抢到手了。

这事本来就不难，因为公西泉那一系被打压得厉害，后代全都庸碌无为，可以说，公西泉那一系，是真真正正的没落了。

前面追杀得还是很顺利的，但是，最近却遭遇了前所未有的阻力。

公西郁恨恨地说：“也不知道那个苏落是从哪里冒出来的，居然一次次将公西小洋救走，连血荼罗都毁在了她的手里。”

“老三，这个苏落调查清楚了没有？”公西老大严肃地问。

老三就是公西宁的爹，他冷着脸，摇头：“这姑娘就像从天上掉下来的一样，简直无处入手。据她自己所说，她自小生活在深山老林里，可是她的言行举止还有做的这些事，哪是深山老林那群愚笨的土著干得出来的？”

“再难查也要查！”老者发话了。

此刻，在他面前的桌案上，静静地躺着一张图纸，图纸上画的正是苏落那张脸。

三个儿子应声称是。

“宁儿那边怎么样了？”老者提到公西宁，眉宇间带着满意的笑意。

这个当初在他眼中不堪造化的孙子，没想到丢到下界历练了一番之后，竟有那样的奇遇。

拿着先祖命令必须要拿回来的原木令牌后，宁儿的运气更佳，一举进入皇家学院。

“宁儿那边很好，太子殿下很器重他。”公西郁得意地瞥了大哥、二哥一眼，对老者说，“太子殿下说，以宁儿的潜力，还可以再度挖掘，所以，太子殿下打算推荐宁儿进魔宗大道。”

魔宗大道，是皇家学院最高端的地方，相当于灵界帝国学院的六年级，百年都未必能进去一个，可以说，能进去的，都是出类拔萃的。

“好，宁儿有大出息，就不要去打搅他，让他专心修炼。”老者看了公西郁一眼，“你这做父亲的也要多上上心，那件事，三个月之内务必办完。”

“他们正往京城而来，儿子一定会找着机会下手，父亲放心。”

苏落并不知道，京城已经有人欲置她于死地了。

与此同时，还有另外一拨人在寻找苏落。

此事还得从头说起。

瑞王府。

小世子跟随老王妃游玩回京，在回到京城的第一天就病倒了。

老王妃急得快晕过去了，整个瑞王府乱成一团。

“这到底是怎么回事？”瑞王爷坐在高位上，下面跪着一群下人，其中就有跟苏落他们在驿站里相遇的那群人，大家脸上都带着惊恐之色。

“回王爷王妃的话，这一路上，小世子都好好的，吃好喝好睡好，小世子自己也爱护身体爱护得不行，可这怎么……一到府里就倒下了……我们真的……不知道……”小世子的教养嬷嬷吓得脸色惨白，几乎语无伦次。

大丫鬟也跪在地上瑟瑟发抖：“怎么突然就这样了……怎么突然就……”

“给我打，狠狠地打，打到他们说为止！”瑞王爷怒火冲天。

啪啪啪……沉闷的板子声响起，就在这时，里屋传来一阵惊恐的叫喊声："非凡啊，凡凡，你醒醒啊……"

瑞王妃的声音从里面传出来，声音凄厉得近乎崩溃。瑞王爷哪里还站得住，直接就往里屋冲去。

当瑞王爷进去的时候，一眼就看到他家儿子仰躺在床上，口吐白沫，全身抽搐，脸色青紫。

瑞王爷一探小世子的鼻息，感觉只有进的气，没有出的气，当即对着屋内的一排炼药师冷笑："如果治不好，你们都得死！"

炼药师们被吓得脊背发寒，手脚颤抖。就在这时，外面传来一阵急促的脚步声。

"大司空炼药师到——"门外传来禀报声。

听到这句话，在场所有的人眼睛都闪闪发亮，有一种看到希望的激动。这位司空炼药师，是魔界唯一的一位皇级炼药师，魔帝在他的姓氏前面御赐了一个"大"字，称之为大司空炼药师，可见他在魔帝和民众心目中的地位。

瑞王爷急匆匆地迎过去，大司空淡定如风，看到瑞王爷，只是简单地行了个拱手礼。

瑞王爷哪有时间受他的礼，一把抓住这位皇级炼药师便往里拽："大司空炼药师，快快快，小凡要不行了！"

大司空炼药师被瑞王爷拽到小世子床前，在他查看病情的时候，瑞王爷和瑞王妃都目不转睛地盯着他。

等大司空炼药师从沉思中回神的时候，瑞王爷和瑞王妃一左一右拽住他问道："小凡的病怎么样了？"

大司空炼药师一脸同情地看着瑞王爷，顿了顿，最后只说了五个字："准备后事吧。"

说完，大司空炼药师推开瑞王爷和瑞王妃的手，叹了口气，直接就往外走。

竟然连药都不开，连治都没治，就让准备后事？

"怎么会这样？大司空，小凡到底是怎么回事？"瑞王爷死拽着他。

大司空叹了口气，说："小世子的脑子被一块黑色阴影罩着，如果发现得早，还有救治的可能，但是现在这团阴影已经扩散了，几乎快覆盖整个脑子了，很快就会血管爆裂，根本没办法救，还是准备后事吧。"

"这是有人暗中下手害的？"瑞王爷的脸上露出暴戾之色。

大司空却摇头道："不，这是从娘胎里带出来的，之前一直是隐性的，所以一直被忽略，但是现在发作了，可惜太迟了……"

大司空说完，摇摇头，无奈地走了。

瑞王爷和瑞王妃傻傻地站在原地，等他们回过神来，大司空已经走得没影了。

"怎么办？我的凡凡怎么办？我的凡凡不能死啊！如果非要有人死的话，老天爷啊，你就收走我的命吧，放过我们家小凡凡吧……"

"张贴皇榜！"瑞王爷冲向皇宫，"让皇兄张贴皇榜，网罗天下神医！谁说大司空不能治的人，就真的没人治？必须张贴皇榜！如果治好了小凡凡，他可以提任何要求！就连这王爷的位子，他想要都可以拿去！"

皇帝儿子挺多，但就这么一个侄子，得知这种情况，当即行动起来。

一时间，整个京城都在为小世子的事而紧张忙碌着。无数的炼药师进入瑞王府，又垂头丧气地走出来。而小世子的身体却越来越差，眼看只剩下最后几天了。

而此刻，贴身伺候小世子的那些下人，正在承受着严酷的刑罚。

大丫鬟和老嬷嬷已经被打得奄奄一息，两个狱卒正在闲聊。

狱卒甲："唉，听说小世子的脑袋里有黑色的阴影，也不知道那是什么东西，连大司空都直接让准备后事了。"

狱卒乙："对啊，听说小世子脑袋里的血管快要爆裂了，这到底是怎么回事啊？"

狱卒甲："听说是从娘胎里带来的病，唉，没法救了。"

"那老王爷、老王妃岂不是要疯了，他们就这么一个宝贝儿子啊。"

两个人就这样聊着，可是他们的无心之举，却让被关在里面的人内心激动。

脑子里有阴影？血管爆裂？

忽然，她们想起了苏落和小世子打赌的事，原本以为是开玩笑的赌约，此刻却成了救命的稻草。

"我要见瑞王爷！跟小世子的病有关，说不定小世子就有救了呢！"老嬷嬷大声尖叫，大丫鬟也醒悟过来，高声喊着："我也想到了！小世子有救了！"

狱卒不敢耽搁，匆匆去禀告瑞王爷。

"什么？有线索？快把她们给本王提上来！"瑞王爷激动地站起来。

老嬷嬷和大丫鬟被带上来，还没等问，就将小世子和苏落打赌的事说了。

“什么？当时那姑娘就说小凡有病，而且还说准了？”瑞王爷难以置信地瞪着瑞王妃。

瑞王妃一脸茫然：“我不知道啊……”

然后她瞪着老嬷嬷和大丫鬟：“这是怎么回事？你们之前怎么没跟我说？”

老嬷嬷抢先将当时的事从头到尾说了一遍，还特地说了苏落跟小世子的赌约，然后说小世子交代过这件事不许传出去，所以才没有禀报给老王妃。

瑞王爷当即一拍桌子：“这姑娘居然早就看出凡凡的脑子里有黑色阴影，她绝对是个强大的炼药师，快！快去找！”

瑞王发力，就代表着皇室发力，整个国家机器立刻运作起来。

当晋三接到命令的时候，他的眉头深深皱起，当即命范立找来苏落。

晋三看到苏落，开门见山地问：“你认识瑞王？”

苏落摇头：“瑞王？没见过。”

“瑞王府的威武将军正以最快的速度朝这边赶来，你收拾收拾，他们会把你接走。”晋三的声音依旧冷冰冰的，正义凛然。

“接走？”苏落歪着脑袋看着他，“我是别人想接就能接走的吗？”

晋三道：“那是瑞王府。”

“就算是皇宫里的那位，也得按照我的规矩办事，更何况是瑞王府。”苏落笑看着晋三，“还有别的事吗？”

晋三深深地注视着苏落，连出身于八大家族之一的他，对瑞王府也不敢这么放肆，而苏落却表现得从容不迫……她绝对不可能是一般人，她的来历绝对有大问题！

“没别的事我就先走了。”苏落朝晋三挥挥手，晋三只能无奈地看着苏落离去。

瑞王府的威武将军一早就出发了，过来的速度很快，不到五天的工夫，他的飞行器就跟晋三的飞行器同时降落在宣城的驿站。

威武将军步出飞行器，也没有等晋三，大步凛然地进入驿站大厅。晋三跟威武将军在军衔上是同级，所以两个人分别坐在两侧。当苏落进去的时候，威武将军居高临下瞥了苏落一眼，先是震惊，然后是皱眉。

“你就是苏落？”威武将军上上下下地打量着苏落，用那种上位者审视下位者的目光。

苏落淡然回视着他，点了点头。

威武将军没有看苏落，而是用不满的目光盯着晋三：“真的就是她？”

晋三点头：“就是她。”

“这小丫头，年纪轻轻的，当暖床丫头还差不多，她会是炼药师？还是皇级炼药师？开什么玩笑！”威武将军平时在军中说惯了粗话，看到苏落这么年轻，坚决不信她会治病。但是，威武将军这话太拉仇恨了。

在他说完这句话之后，苏落看也不看他一眼，转身就走。

“你……”威武将军看到苏落离去的背影，指着她大吼一声，“来人，给我把她绑起来，立即启程回京！”

威武将军的手段简单粗暴，立刻就有八个手下如狼似虎地朝苏落扑去。晋三并没有插手，他想看看苏落如何应对，因为他始终在怀疑苏落的身份。

苏落依旧头也不回地往前走，仿佛身后那群人不是冲她而来的。

就在八人距离苏落只有一米的时候，为首之人大喝一声：“站住，否则格杀勿论！”

“格杀勿论？”苏落冷冷一笑，转过头，八根细针突然从衣袖中飞出，分别射入八人的眉心，然后从后脑穿出，全都朝威武将军射去。

威武将军顿觉一股寒意从脊背升起，一连退了八步，才堪堪避开。

晋三微微皱眉。他知道苏落的实力很强，但是他没想到，才一个照面，威武将军就处于下风。如果他自己跟苏落交手，谁输谁赢，还真说不准。

“哎哟，痛死我了！”就在这时，倒在地上的八个人突然发出惨叫，原来他们并没被苏落射死。

苏落看了他们一眼，无缘无故，她不会滥杀无辜，刚才只是让他们暂时昏迷过去。

这八个人站起来，用敬畏的目光看了苏落一眼，全都转身跑向威武将军。他们知道苏落手下留情了，以苏落的实力，要取他们性命就如探囊取物。

威武将军紧了紧拳头，盯着苏落，咬着牙说道：“你……很好！”

苏落理所当然地点头：“我知道，不需要你提醒啊。”

威武将军瞪着苏落：“你……”

苏落挑眉一笑，转身就要走。

“你给我站住！”威武将军噔噔噔几步走到苏落面前，目光冰冷地直视苏落，“本将军承认，你的实力不错，但那又如何，双拳难敌四腿，你真的确信能在这么多士兵的包围圈中突围？”

苏落用看神经病一样的目光看着威武将军："突围？我为什么要突围？"

威武将军被苏落问得怔住了："你不走？"

"我为什么要走？我本来就要去京城啊。"苏落双手一摊，斜睨了威武将军一眼，"这位将军，作为当事人，我有必要提醒你一句，你这样的态度是办不成事的哟。"

说完，苏落一边往前走，一边跟身后的人挥手道别，动作自信而潇洒。

威武将军转头盯着晋三："你没告诉我她这么厉害！晋三，你心里打的什么主意？"

晋三摊手道："我也没想到，原来威武将军竟然打不过一个黄毛丫头。"

说完，晋三也走了，只留下一脸郁闷的威武将军。

威武将军心里憋着一口气，一怒之下，差点将驿站掀翻。

威武将军身边的幕僚小心翼翼地凑上来，提醒他："将军，您的通讯器响了。"

威武将军怒气冲冲地瞪了他一眼，一把拿起通讯器，语气不善："喂！"

"威武将军好大的口气啊。"瑞王爷的声音从对面传来。

"瑞王爷……"威武将军吓得一哆嗦。

"找到苏落姑娘了吗？我命令你立即将她带回来！现在立刻马上！"瑞王爷的声音急切，没有任何商量的余地，"不惜一切代价，不管她提什么要求，全部答应！"

不惜一切代价，不管提什么要求……威武将军的心咯噔一下，有一种很不好的感觉。如果今天他对苏落姑娘的不敬传回帝都，瑞王会不会看在以往的军功上既往不咎？他要怎么不惜一切代价呢？他带来的人，包括他自己，联合起来都未必打得过苏落。而且最重要的是，打得过又怎样？就算打得过，将苏落捆绑到京城，到时候她不救人，还不是没辙？威武将军想得脑袋都大了，如果早知道这位苏落姑娘这么难搞定，他一开始就不会说那句话……想来想去，都是那句话惹的祸。想到这里，威武将军狠狠抽了自己一巴掌。

"将军？"威武将军的护卫疑惑不解地看着他。

威武将军老脸一红，他冷冷地瞪了护卫一眼，指着外面："去，马上把晋三给老子请来！"

护卫得了命令刚想往外跑，威武将军却叫住他："行了，不用去了，老子亲自去！"因为威武将军意识到，除了苏落难搞定外，晋三的脾气也不怎样。

威武将军急匆匆地走进晋三的房间。当他从晋三的房间离开后，神色间充满了懊悔。一个亲手毁掉血荼罗杀手组织的苏落，足以用艳绝天下来形容，结果他竟然以貌取人，说她适合做暖床丫头，这简直……威武将军懊恼极了。

威武将军知道苏落跟彪叔和小洋的关系亲近，于是，堂堂瑞亲王府的威武将军，亲自跑去跟彪叔套近乎。如果一开始见苏落时，他能不那么傲慢，又何至于如此？

“彪兄弟啊，你们家苏落姑娘可在房间里？可否通传一声？”威武将军亲自给彪叔斟酒。

彪叔冷冷一笑：“我家姑娘白日里受了委屈，诸般烦恼郁结于心，现在正在歇息，威武将军切勿打扰。”

威武将军瞪着彪叔，深吸一口气：“本将正是为白日的粗鲁孟浪道歉来的，还请苏姑娘见上一面。”

彪叔没有说话，而是自斟自饮。他们就坐在苏落房前的石桌旁，他们的对话苏落必然清楚，既然她没有发话，就代表她还没有原谅。

威武将军捏紧拳头，他堂堂威武将军何曾这样低声下气过？能做到现在这样，已经是他的极限。

他猛然站起来：“苏落姑娘，我知道你听得见！你这样避而不见、孤高自傲，你知道你会错过什么吗？如果小世子真的死去，那你也逃不了干系！你应该明白，以王爷对小世子的溺爱，到时候所有的报复都会转移到你身上！”

威武将军继续说：“对，没错，你都没有出手，凭什么小世子的死要算在你头上？你会很无辜，很不解，可是我告诉你，这个魔界是掌握在特权者手里的，瑞王爷就是特权中的特权！他死了儿子，自然需要有人来承受他的恨意，而你正是最好捏的软柿子！相反，如果苏落姑娘能够救活小世子，以瑞王爷的权势，你必然会飞上枝头变凤凰，实现一飞冲天的华丽转身！言尽于此！”

威武将军一怒之下说出这番话，半是威胁半是利诱，他相信苏落听了这番话，绝对不会无动于衷，所以在大吼了一声“言尽于此”之后，转身咚咚咚地走了。他的脚步声故意放得很响，目的就是让苏落知道他在离开；他的脚步又放得很慢，目的就是让苏落能够及时喊住他。可是，苏落并没有叫住他。

“不就是一句话得罪了她吗？她不是已经很嚣张地报复回去了吗？小姑娘家家的，怎么这么小气！”威武将军愤怒地吐槽。彪叔略带同情地看了他一眼，威武将军觉得颜面大失，尴尬地立在原地。

就在这时，通讯器又响了。

“威武将军，你办事什么时候变得这么婆婆妈妈了？难道你不知道，每一分每一秒，小世子的生命都在流逝吗？为什么到现在你们还没有启程回来？王爷都快急疯了！”威武将军刚接起来，管家劈头盖脸就是一顿怒斥。

“苏落姑娘还是不愿意见本将，本将有什么办法？”威武将军差点憋屈死，“我该说的都说了，该求的——”

“该求的你求了吗？你的面子值几斤几两，能跟小世子的命比吗？！现在能救小世子的，只有苏落姑娘了，就剩这唯一的希望了，大司空都叫准备后事了，你还敢说苏落姑娘适合做暖床丫头，你你你，你怎么不去死！王爷当初怎么会派你这么一个白痴过去！”

很显然，已经有人跟王府禀报了之前发生的事，难怪管家会气成这样。

威武将军现在悔得肠子都青了。如果知道苏落这么倔，他怎么敢对她不敬？威武将军狠狠抽了自己一巴掌，一咬牙，扑通一声跪在了苏落的门外面。

彪叔被吓了一跳。他原本以为，威武将军能口头道歉已经非常难得了，没想到他竟然跪下了！

彪叔早就认识威武将军，因为嫡系一脉在帝都时，曾经求助到瑞王府上。可是，当年的家主连瑞王爷的面都见不上，只见到了威武将军。

当时的威武将军当真是威武啊，一脸桀骜，张扬傲慢，面对嫡系家主，他一甩马鞭就走了，连看都不看他们家主一眼。而现在，这位桀骜不驯的威武将军，却直挺挺地跪在了苏落的门外。

但事实上，威武将军跪在苏落门外的时候，苏落并不在自己的房间里。

她被晋三叫去了。

晋三直截了当地告诉苏落：“因为威武将军办事不力，第二批接你的人正在快速朝我们这边飞来，我们必须立即启程跟他们对接，你不要再任性了。”

“任性？”苏落漫不经心地瞥了晋三一眼，“你说我任性？既然你这么说，那为了名副其实，我是不是真的应该任性一些呢？比如说，任性地不上飞行器？你说我真的很任性吗？”

晋三皱眉看着苏落，脑海里响起侯阳大统领的命令：“务必保护好苏落姑娘，务必将她以最快的速度送回京城，务必不要得罪她，务必……”

各种条条框框，但中心思想就是，苏落姑娘非常非常非常重要，千万千万千万不能有事！

晋三咬牙："不……任性。"

"嗯？你在说什么？"苏落那双漂亮的眼睛看着晋三。

"不任性！"晋三握拳。

"哦，早点说嘛，不然我还真以为自己那么任性，差点自我检讨呢，呵呵……"苏落笑呵呵地站起来，朝晋三挥挥手。

晋三瞪着苏落："你就这样走了？"

苏落不解地看着晋三，又重新坐下来："那好吧，你说，还有什么事？"

晋三盯着苏落，目光中有一种旁人看不懂的高深莫测，咬牙说道："苏落，你态度端正一点！你知不知道，现在的你是怎样一种处境？"

"哦？怎样一种处境？"苏落用一种好奇宝宝的眼神看着晋三。

晋三握拳："你到底知不知道，你的名字已经在帝国高层里传遍了。包括瑞王爷、瑞王妃、皇帝陛下、太后娘娘……这些在帝国一跺脚就能让整个魔界发生地震的大人物，都在对你翘首以盼！"

他原本以为，都这样了，苏落总该激动一下吧？结果苏落还是那么淡然。如果受到这些人的集体关注，他晋三绝对做不到如此淡定，这位苏落姑娘，是真的来自深山老林，对俗世全然不知，还是见过大世面，对皇族的事不为所动？

晋三一直紧盯着苏落，目光犀利。可是苏落依旧泰然自若，情绪看不出一丝起伏。

晋三深吸一口气，对苏落说："他们把救小世子的希望，全都放在你身上了。你到底知不知道，如果你救不活小世子，你的结局会如何？我们所有人的结局会如何？"

他晋三背后的家族可以将他捞出来，可是苏落，一个来历不明的姑娘，她还有活命的机会吗？

"所以，救活小世子，是你现在唯一的生路！"晋三再次提醒苏落。

就在这时，晋三的通讯器响了，他一看，又是侯阳大统领。

晋三接起来："大统领。"

侯阳大统领的话难掩威严之意："务必保护好苏姑娘，瑞亲王亲自过来了。"

瑞亲王轻易不出京，甚至他都不能出京，这是皇族的潜规则，虽然没有言明，但历朝历代都是这样按规矩来的。

然而现在，瑞亲王不仅出京了，而且往这边而来。

想到那位年迈却依旧睿智的老亲王，晋三的心情一阵激荡。

这件事带给他的震撼绝不是一点两点。

“你没听错，瑞亲王亲自过来了，而我，也陪同在侧。总之你要记住，千万看护好苏落姑娘，绝对不能让她有一丝一毫的闪失，这是死命令，知道了吗？”

晋三：“……明白！”

侯阳大统领又强调了一句：“连大司空炼药师都没办法救小世子，现在唯一的希望就在苏落姑娘身上，好了，不必多问，三天后我们就能相遇。”

晋三挂了通讯器后，那双眼睛一直瞪着她。

“有事吗？”苏落不解地看了晋三一眼。

晋三点点头：“告诉你一声，瑞亲王亲自出京来迎接你了，同行的还有我们大统领，正一品侯阳大人。”

苏落哦了一声，别说受宠若惊了，连眼皮都没有多抬一分。

“所以，你是同意启程了？”晋三盯着苏落。

苏落歪着脑袋想了想：“也没想到不同意启程的理由。”

所以，启程又何妨？

当苏落回到自己房间的时候，看到门外跪着一群人，为首的那个背影原本看上去高贵而傲慢，此刻却如斗败的公鸡，垂头丧气地垂着脑袋。

在他身后，跪着一群护卫。他们家老大都跪着，他们怎么敢看着？又不敢拉老大，所以哗啦啦跪了一地。

听到后面传来脚步声，威武将军猛然回头，一看到站在门口的苏落，顿觉如遭雷击：“你你你……你怎么在外面？”

苏落一脸无辜地看着他：“我怎么不能在外面？”

“不，不是，我的意思是，你什么时候在外面的？难道你一直都不在屋子里？”威武将军大声问。

苏落点头道：“早就出去了啊，对了，你是什么时候过来的？”

威武将军：“……”敢情刚才他说了那么多，纠结了那么久，正主根本就不在！

威武将军气得面红耳赤：“你……简直欺人太甚！”

他威武将军难得跪一次，结果跪了半天，正主却不在房里，这实在是太丢人了，而且是在这么一大群下属面前丢人！威武将军简直待不下去了，站起来怒气冲冲地就往回跑。

“哎，你们去哪儿？马上就要起飞了。”苏落笑嘻嘻地提醒。

“起飞？”威武将军瞬间反应过来，激动地瞪着苏落，“你愿意走了？你愿意回京城了？”

苏落没好气地说：“本来是不愿意的，但是看到你们……”

威武将军心头大喜，苏落姑娘看到他的诚意了，终于肯原谅他了，若到时候她能在王爷面前美言几句，他的事就揭过去了。但苏落接下来的话却让他郁闷至极：“看在王爷亲自过来这么有诚意的分上，那就动身吧，反正也歇够了。”

“王爷过来了？”那岂不是说，王爷嫌他无能？威武将军的脸色瞬间变得苍白。

苏落同情地点了点头，摆摆手道：“我不会背后告状，行了，你去吧。”

“谢谢苏姑娘！”威武将军对着苏落，低下了他高贵的头颅。这一次，他是真心实意的，非常诚恳的。

苏落和威武将军的矛盾大事化小，小事化了，之后的办事效率就高了。不到五分钟，所有人员都已经集结完毕了。

“苏姑娘请，这里最好的房间是留给你的。”威武将军得意地看着苏落。

但是苏落却摆摆手：“我要坐晋三的飞行器。”

“为什么？”威武将军很有些哀怨。

“你们的飞行器人太多，空气太糟糕。”苏落朝威武将军瞥了一眼，“我不是在跟你商量，而是告诉你这个结论。当然，如果你觉得小世子还有几条命让你耽搁时间的话，我不介意跟你坐下来好好聊一聊。”

威武将军郁卒：“那我要跟你一起上那艘飞行器，你的安全，我必须亲自负责！”

瑞王府给他下了死命令，如果这三天时间内他再出纰漏，那瑞王府他就不用回去了，直接跳下飞行器好了。

苏落看了他一眼，点点头：“可以。”

在得到苏落的允许后，威武将军带着一百名手下进入晋三的飞行器，这群人围着苏落大献殷勤，甚至将青衣卫们挤到了外边。

看着苏落被威武将军的人捧得高高的，范立对晋三嘀咕：“苏姑娘都被抢走了，咱们的人根本挤不进去，队长你不想想办法？”

“为什么要挤进去？”晋三皱眉。

“咦，队长，难道你不喜欢苏落姑娘吗？”范立疑惑地看着晋三。

晋三那张充满正义的国字黑脸上，浮现了一抹可疑的红晕，他狠狠瞪了范立一眼：“胡说八道什么！”

范立很不解：“喜欢苏落姑娘有什么不对吗？喜欢她是很正常的一件事吧？不喜欢她才是审美有问题吧？毕竟，苏落姑娘那么漂亮，那么赏心悦目，看着就心情大好啊，咱们青衣卫的兄弟们虽然一个个看上去酷酷的，但私底下都说，再没见过比苏落姑娘更漂亮的人了呢。”

晋三看到范立那一脸花痴样，顿时没好气地敲了他脑袋一下：“还不快去巡逻！”

“那队长帮忙想想，怎么把苏落姑娘重新抢回来嘛！”范立说完这句话，飞快地跑了，留下一脸哭笑不得的晋三。

不远处，苏落负手而立，观赏着天空的景色。在她身边不远处，一大群人围着，陪着她一起看风景，只要苏落咳嗽一声，顿时，无数殷勤的视线就会落到她身上。简直把她当成了易碎的瓷娃娃。这个女人的实力明明剽悍得不得了！晋三冷冷哼了一声，贪恋地多看了那绝美的背影一眼，这才硬是转头离去。

三天时间一晃而过。

范立很快就跑来跟晋三禀报：“队长，已经联系到瑞亲王的飞行器了，一个小时后，双方飞行器将会相遇，我们是否可以进行下降操作了，请指示！”范立严肃而认真地请示着。

魔界的飞行器，跟苏落前世的飞机很相似，它需要飞行员操作，而不是简单地输入魔气就可以，因为魔界的重压力之下，一般的飞禽都飞不上去，更何况是飞行器了。也正是因为如此，如果在半空中受袭的话，死亡的概率是非常大的。

就在这时，晋三的通讯器响起。晋三接起来。

“大统领。”晋三对着通讯器那边的侯阳大统领说。

侯阳大统领的声音冷冰冰地传来：“不要落地，时间上来不及了，小世子现在的情况非常危急！”因为他们下方是一片海域，他们必须飞越这片海域然后找到平坦的荒郊落地，来来回回，时间上会耗费很多，但是小世子的生命值已经禁不起如此折腾了。

晋三的眉头微微皱起。侯阳大统领又来了一句：“小世子就在这艘飞行器上，小世子过不去，所以必须让苏落姑娘来这艘飞行器里给小世子治疗。”

晋三声音冰冷：“过去对面的飞行器？大统领，您对这件事有几成把握？”

侯阳大统领顿了顿，声音依旧平缓：“不管有几分把握，必须这么做，瑞亲王也决定这么做，你让苏落做好准备！”说完这句话，啪嗒一声，侯阳大统领直接将通讯器给关了。

官大一级压死人，晋三心中虽然愤怒，却还是不得不将这件事安排下去。

“两艘飞行器在飞行过程中，让我跳到对面的飞行器去？”苏落眉头紧皱，“你确定？”

要知道，魔界重压力特殊，所以在半空中的时候，飞行器是没办法停住的，一旦停住就会掉下去，所以苏落必须在两艘飞行器飞行过程中跳过去。

晋三冷静地看着苏落，郑重点头：“这是命令。”

“我不是军人，我不用服从命令！”苏落的声音同样冰冷。

晋三认真地看着苏落：“小世子快死了，马上就要死了，很快就要死了。”

他只是在冷静地陈述一个事实，但是，这件事确实影响到了苏落的决定。苏落当初看出小世子身上有隐疾的时候，就已经设计出后续的一连串计划，这个计划的关键是，小世子必须被她救活。如果小世子死了，那么所有的计划都只是计划而已。

苏落询问了晋三飞行器的飞行距离后，计算了一番，然后对他说：“可以。”

“你确定？”晋三皱眉问了一句。

“可以不确定吗？”苏落没好气地反问。

“不可以。”

“那还废话那么多？开始准备吧！”苏落瞥了晋三一眼，转身就往外走。

“我会亲自操作这艘飞行器。”在苏落即将踏出房门的时候，晋三冲着苏落的背影喊了一句。苏落点点头，转身离去。

时间很快就过去了。前方一道小黑点正往这边冲来。晋三这边减慢了速度。相对的，瑞王府那边也减速了。

苏落必须从这艘飞行器跳到那艘飞行器，不过因为距离不到一百米，这对苏落来说问题并不大。苏落从空间里拿出一捆七彩绳，将其中一头系在自己身上，另一头让威武将军拿着。然后她瞥了威武将军一眼：“这七彩绳承受力还可以，在空中应该能坚持几秒钟，如果我不小心掉下去的话，你们还是有时间把我拉上来的。”

“七彩绳？”小洋和彪叔看着苏落手中的七彩绳，惊讶了一下。这七彩绳是当年公西老祖的东西，他逝世后，这七彩绳就随他陪葬了，可是现在，为什么会在苏落手里？

苏落注意到小洋和彪叔的震惊，尴尬一笑：“回头再细说。”

在这样的高空重压下，别的绳索都不好使，只有这七彩绳能用。确实，这七彩绳是她从陵墓城堡里拿出来的，所以在动用之前她就已经考虑到，有可能会被小洋和彪叔认出来，果不其然。

这件事又牵连着原木令牌事件，而原木令牌则是公西小洋他们家族灭门的原因之一……这其中的曲曲折折，不是一两句话可以说清楚的。

小洋眼睛亮晶晶的，眼里是对苏落全然的信任：“姐姐说如何就如何，不用跟我们解释。”

苏落捏捏小洋可爱的小脸蛋，对晋三说：“帮我照顾好他们。”晋三郑重地对苏落点点头。

就在双方的飞行器即将擦身而过的那一瞬间，苏落猛地往对方开启的舱门冲去，成功进入对方的飞行器。

在看到苏落成功跃进飞行器后，威武将军连忙将手里的七彩绳松开。

苏落前脚刚踏入舱门，一个穿着黑色披风、面容严肃的中年人快步朝她走来：“苏落姑娘，请随我来。”

苏落点点头：“走吧。”

就在这时，飞行器机舱里面传来一道凄厉的声音：“凡凡！快来人啊！苏落姑娘来了没有？小凡凡不行了！”

“苏落姑娘来了。”侯阳大人赶紧将苏落往前一推。

苏落朝瑞王爷点点头，当即抓起小世子的手腕，查看他的脉象。

“脉息没了。”苏落盯着小世子，冷静得像是在说晚饭没了一样。

瑞王爷身体一软，轰然往后倒去。

“王爷！”侯阳大人快手抓住瑞王爷，“王爷快醒醒，小世子还需要你！”

苏落看了瑞王爷一眼，有些不解：“不过是没了脉搏而已，瑞亲王何必如此激动？等小世子醒来，如果王爷你却已经不在，那才是真正的遗憾。”

“如果能用我这条老命换小凡一命，我是再乐意不过了……不对，等等，你这丫头刚刚说什么？”瑞亲王一把推开侯阳大人，快步冲到苏落面前，“你刚刚说什么——小世子醒过来？你有把握救活凡凡？”

苏落一本正经地说：“十分的把握倒是没有，但是七八分还是有的，当然，如果瑞亲王再耽误时间的话，那么……”

“我马上退开，马上退开！”瑞亲王已经激动得自称“我”，而不是“本王”了。

苏落点点头，随即摸出妙影神针，一根根刺入小世子的脑袋。当小世子脑袋上插了三十二根神针时，苏落这才罢手。

瑞亲王目不转睛地盯着苏落的手，生怕错过一点点的细节。

没多久，苏落就将三十二根神针收了。小世子嘤咛一声，缓缓睁开双眼……

这么容易就治好了？瑞亲王激动地迈着老腿冲进来：“凡凡！凡凡！”

变故突生，一位护卫举起匕首狠狠朝瑞亲王的心脏刺去。

“保护王爷！”瑞王爷的人训练有素，迅速将瑞王爷救下。

战况非常激烈，但是苏落没有时间去关注，现在她的注意力全都集中在小世子身上。刚才，治好小世子是苏落释放的一个信号，如果对方要动手，必然会选在这个最松懈的时刻，果不其然，潜伏着的杀手行动了。

但事实上，小世子的情况那么复杂，怎么可能轻易治好？

当瑞亲王看到小世子又昏迷了，顿时急道：“不是已经治好了吗？”

“治好了？谁说已经治好了？”苏落不解地盯着瑞亲王，“病得这么重，怎么可能几分钟之内就治好了，你当我是神仙啊？”

瑞亲王紧张地问：“现在情况怎么样了？”

“小胖子的病属于疑难杂症，别的炼药师肯定没见过，也完全不会治疗，不过对我来说不算太难，还在可以控制的范围之内。”苏落越说，眉头皱得越紧，瑞亲王不由得问道：“那你为什么脸色这么难看？”

苏落指指外面的战斗，又看看瑞亲王：“我有把握治疗小世子，可是瑞亲王你呢，有把握战胜这群杀手吗？如果你这边输了，就算救活了小世子，他也会被这群杀手杀死啊。”苏落一边说一边摊手。

瑞亲王目光难看地盯着那群杀手。侯阳大人已经出手了，一招解决一名黑衣人，效率非常高。瑞亲王转头对苏落说：“有侯阳大人在，没事的。”

可是，苏落的眉头却越皱越紧，机舱内似乎有一股让苏落熟悉的气味，这气味让人有一种很危险的感觉。忽然，苏落眼前一亮——

“快趴下！”苏落大叫一声，拎起小世子和瑞亲王，迅速往床底下一塞。

与此同时，苏落用上了所有的保护罩——重力空间、虚无空间、陨落红莲异火、碧羽仙藤，一层又一层，护得严严实实。

轰隆隆！轰隆隆！即使隔着这么多重保护，苏落依旧能够听到那恐怖的爆炸声。

瑞亲王目瞪口呆地看着眼前发生的一切……变故发生得太突然了，他好不容易才回过神来，双手握拳，咬牙切齿地说：“这艘飞行器上居然有杀手！”

苏落叹了口气，对瑞亲王道：“现在说这些没用，快求救要紧。”

瑞亲王点点头，赶紧摸出他的通讯器。嘟嘟嘟……沙沙沙……

瑞亲王傻眼了，他瞪着苏落：“在这段特定的范围之内，所有的信号都被屏蔽了，没法求救！”

在经历过一场大爆炸之后，大部分人都倒在了血泊中，连侯阳大人也受了重伤。瑞亲王的护卫，活着的只剩下十来个了。

瑞亲王感激地看着苏落：“刚才的事，多谢！等回到王府，瑞王府会报答你的。你救了小凡和本王两条命，你可以向本王提两个要求，任何要求都可以。”

“危险还没解除，”苏落点点头，“等有命回去再说吧。”

苏落的担心不无道理，求救信号发不出去，那么，原本一前一后跟着的那两艘飞行器——晋三号和威武将军号还安全吗？特别是晋三号，小洋还在里面呢，苏落有些担心。

“怎么会还没解除呢？你不会是担心这艘飞行器会被炸裂吧？你放心，这艘飞行器可是SSS级的，普通的飞行器根本拿它没办法，就算迎头撞击，也是以卵击石。”

“要怎样的等级，才能让这艘飞行器出现问题？”

“至少也要SS级吧，不过你放心，SS级的飞行器基本不可能出现在外面，更何况……”

“更何况什么？”苏落问。

“更何况，不可能有人花费巨资购买或制造SS级飞行器，只为撞本王一下吧？本王没结过这样的仇家啊。”瑞亲王有些怀疑地回忆着。

就在这时，一道剧烈的撞击声传来，瑞亲王站立不稳朝前方的墙壁撞去，顿时撞得头晕眼花、额头肿痛。

苏落看着瑞亲王：“这种撞击程度，是什么等级的飞行器造成的？”

“SS级自毁飞行器……”瑞亲王非常心酸地回答。

更让瑞亲王心酸的是，苏落直接就冲出去了。更更让瑞亲王心酸的是，苏落惊呼一声：“飞行员死了！”

这种SSS级的飞行器，不是一般人能操作的，所以在驾驶室里配备了四名飞行员，但那自毁SS级飞行器从正前方迎面撞来，以同归于尽的方式撞死了四名飞行员。

瑞亲王等人随后冲来，当他们看到一片狼藉的驾驶舱时，有一种快要疯了的感觉。

“飞行员死了？”

“我们怎么办？谁还会开SSS飞行器？”

“自由飞行模式呢？开启自由飞行模式啊！”

“不好，自由飞行模式已被撞毁，无法开启！”

一时间，所有人都陷入了绝望当中。

最后，众人竟然将视线全都集中到苏落身上。

“你们看着我干吗？你们不会以为我会开SSS级飞行器吧？开什么玩笑，我连开关都没摸过！”苏落无语地看着他们，真以为她是万能的吗？

就在这时，这艘飞行器猛然一倾斜，直线往下坠落！

瑞亲王的随从中，那位桂公公顿时大惊失色：“如果没记错的话，我们已经飞越了北仓海，现在正进入歇斯底里大火山！”

苏落没好气地说：“就算下面是海水，以现在的高度和重力往下坠落，就算小神境界的高手都会坠亡，何况是我们，所以——必死无疑。”

听了苏落的话，在场所有人的脸色都苍白了。

苏落看着瑞亲王：“一个飞行员都没有了吗？你怎么会将他们四个都放在一起？”

瑞亲王快哭了：“一共准备了十六名飞行员呢，都分散在飞行器的四个方位，本以为万无一失，谁料里面竟然会爆炸，那十二名飞行员全被炸死了。”

苏落：“……”

飞行器正在以疯狂的速度往下直线降落。

“我们真的会死吗？”不知何时，小世子已经醒来，他自己从床上走下来，走到机舱门口，仰着小脑袋看着众人。

“小凡凡！小凡凡啊！”瑞亲王看到自家宝贝儿子，俯身将他抱起来，又亲又贴脸，激动得不得了，像个最蠢萌的父亲。

小世子虽然身体虚弱，脾气可一点都没变，他推开瑞亲王的脑袋，看着苏落：“我们真的会死吗？”

所有人的视线再次集中到苏落身上，每个人眼睛里都闪耀着求生的光芒。

“你救活了我，现在又让我去死吗？”小世子认真地看着苏落，“我还这么小，我不想死。我答应你，如果这次不死，我以后一定乖乖听话，你说什么我就做什么。”

“为什么你觉得，我一定会开SSS级飞行器呢？”苏落问出了众人心中的不解。

小世子认真地看着苏落：“你不是会创造奇迹的吗？”

创造奇迹？苏落心神一动。曾几何时，她被称为“奇迹落落”，但凡她经历的事，就没有不成功的，就算原本不成功，创造奇迹也会让她成功，就好像她是造物主最眷顾的生灵。

奇迹吗？苏落盘腿坐在地上，脑子快速运转着。

现在已经没有别的办法了，所有人都在等死。大家都颓然坐在地上，背靠着机舱壁，垂头丧气，眼中充满了绝望。

SSS级飞行器不断往下坠落，标准的声音隔一分钟就会响起：

“现在距离地面只有十万米，请注意飞行高度。”

“现在距离地面只有九万米，请注意飞行高度。”

……

“现在距离地面只有三万米，橙色警报！请注意飞行高度。”SSS级飞行器的声音再度传来。

难道真的有办法自救吗？苏落开始在她的空间里掏东西。这时候，苏落已经不管是灵界还是魔界的东西了，能够救命，那才是最重要的。

苏落的手顿了顿，因为她的手里抓着一个木箱。苏落忽然想起来，之前的七彩绳就是从这个箱子里拿出来的，箱子里放的都是公西老祖当初用惯的东西。公西老祖当年在战场上所向披靡，说不定他手里会有SSS级战斗飞行器呢。

开战斗飞行器跟开飞行器，应该是一个道理吧？苏落来不及多想，她的灵魂嗖的一声冲进空间，疯狂地翻查着各个箱子……苏落不愧为“奇迹落落”，还真让她找到一本《SSS级战斗机操作理论》。当苏落看到这本书时，眼泪几乎要掉下来了。

耳边的提示音还在准时传来：“现在距离地面只有一万米，如不采取自救措施，SSS级飞行器将在一分钟后坠毁。再提醒一次，如不采取自救措施，SSS级飞行器将在一分钟后坠毁。”

“呜呜呜，父王，我不想死，我真的不想死……凡凡以后一定会乖的，一定不会再淘气，一定不会再随便打死人了，呜呜呜……”小世子终于绷不住，哭惨了。他这一哭，顿时引起一阵阵哽咽啜泣声。

当苏落抓着那本《SSS级战斗机操作理论》，灵魂回归身体时，第一眼看到的，就是这号啕大哭的场景。

苏落问：“你们在哭什么？”

“你手里抓着的又是什么？”瑞亲王下意识地问。

苏落一边翻开书页一边说：“《SSS级战斗机操作理论》，我现在立刻就学，不然来不及了，你们不要打扰我！”

“《SSS级战斗机操作理论》？”

“不是SSS级飞行器操作理论，而是SSS级战斗机操作理论？”

“不管是飞行器还是战斗机，苏落啊，现在剩下的时间不足一分钟了，你能在一分钟之内学完这本《SSS级战斗机操作理论》，然后去开SSS级飞行器吗，你在开玩笑吧？”瑞亲王觉得这简直匪夷所思。

苏落没时间理瑞亲王，而是唰唰唰地翻着《SSS级战斗机操作理论》。这本书足有三百页之多，苏落唰唰唰地翻页，速度快得简直让人眼花缭乱。

就在这时，播报声又准时响起：“距离地面不足五千米，SSS级飞行器将在三十秒后坠毁！”

众人全都陷入绝望之中，而苏落却将手中的书往地上一丢，起身冲进驾驶室，哗啦一声拉出操作台，手指飞快地在键盘上啪啪啪地敲击着。

“距离地面还有两千米！”机械的声音又一次响起。

两千米，掉下去也就是几秒钟的事了，死亡在即，直到这一刻，众人才清醒地意识到，他们真的要死了，而且会死无葬身之地。

几乎所有人都绝望地闭上了眼睛，只有苏落依旧冷静地盯着屏幕，手指翻飞，快速地留下一道道残影。

忽然，众人感觉到一股力量，猛地将整个飞行器往上拉，所有人都下意识地睁开眼睛，就在这时，响起一道机械的提示音：“橙色警报！请大家注意，现在距离地面还有三千米。”

三千米？刚才不是两千米吗？怎么又变成三千米了？咦，不对啊，三千的话，岂不是说，他们在上升？

这个发现让所有人都震惊地瞪大眼睛，下一瞬间，他们的视线全部盯着苏落，眼中带着难以置信的狂喜，却没人敢打搅她。

嗒嗒嗒……在寂静的驾驶室内，几乎听不到呼吸声，只有这清晰的击打键盘的声音。

忽然，SSS级战斗机先是一个向上疾冲，然后是一个三百六十度翻转。

“啊啊啊啊……”机舱里的人顿时吓得面如土色。

“苏姑娘，这是怎么回事？我们是不是还会往下坠落？”

他们原本以为苏落不会回答，可是，苏落却难得地开口解释，她说：“抱歉，毕竟我学的是SSS级战斗机的操作，一不小心就开出了战斗机的模式。”

这也怪不得苏落，因为那本理论书上教的代码，本来就是操纵战斗机的代码，而不是SSS级飞行器的代码，所以她无意中就使出来了。

侯阳大统领靠着墙壁而坐，看向苏落的目光中，带了一种连他自己都没有察觉的震惊，还有欣赏。他真没想到，苏落在完全没学过飞行器理论的情况下，抓了一本《SSS级战斗机操作理论》看了不到三十秒，就能对着操作台敲出代码。

侯阳大统领见过手速快的，却没见过手速这么快的。这样的人才，不招进青衣卫岂不可惜？

苏落冰雪聪明，很快就切换到飞行器模式，然后，大家耳边不断传来一阵阵机械的声音：

“橙色警报！距离地面高度五千米，请注意安全。”

“橙色警报！距离地面高度六千米，请注意安全。”

……

“橙色警报取消，距离地面一万一千米。”

声音源源不断地传来，原本提着一颗心的人，此刻全都狠狠松了口气：“我们这是……获救了？”

苏落缓缓回头，对他们淡然一笑：“如果不出意外的话，SSS级飞行器应该不会再掉下去了。”

整个机舱里，充满了劫后余生的激动，大家对苏落的感激之情无以言表。

瑞亲王还矜持着，但是他那宝贝儿子却噔噔噔地走到苏落面前，傲娇地昂首盯着苏落：“苏落，你很不错，本世子允许你救本世子的性命！”

苏落差点笑喷，这小屁孩，刚逃过一劫就开始傲娇了。苏落伸出手指头，戳戳他的额头：“是谁说，我只要能救他一命，以后他就乖乖听我的话，再也不调皮捣蛋啦？”

“那，那是非常时期，当然行非常之事！”小世子结结巴巴地说。

“哦，救完之后就可以反悔啦？原来小世子竟然是这样的人啊，真是看不出来啊。”苏落用了激将法。

“谁，谁说我不听话了！”小世子瞪了苏落一眼。

“哦，那听话的小世子是不是应该先叩谢救命之恩呢？”苏落逗着他。

叩谢？小世子正要发脾气，却对上苏落那双笑意盈盈的眼睛，顿时蔫了。

瑞亲王走到苏落面前，深深一鞠躬：“多谢苏姑娘救命之恩。救命之恩无以为报，以后苏姑娘在京城有什么为难之处，尽管来瑞亲王府。”

有瑞亲王一句话，苏落在帝都完全可以横着走了。

小世子踹了瑞亲王一脚，瑞亲王疑惑地看了宝贝儿子一眼，见小世子拼命给他使眼色，不解地问道：“小凡啊，你到底要说什么？不如直接说出来。”

“女儿女儿女儿！”小世子大声嚷嚷，“我跟她打过赌，如果我输了，她就是我姐姐，现在我输了，老头子你居然敢赖账！”

瑞亲王这才想到小世子跟苏落的赌注，随即苦笑道：“不行啊，你的这个赌注太儿戏啦。”

小世子顿时黑了脸：“为什么不行？苏姐姐哪里配不上当你女儿了？照我说，老头子你还不配当人家的爹呢，你给我说清楚，为什么不行？”

看到原本奄奄一息的儿子变得这么生龙活虎、中气十足，瑞亲王心里高兴，面上却一阵苦笑。他说：“苏姑娘做本王的女儿，本王是求之不得，又怎会拒绝？只不过，以苏姑娘的智商、才情、实力，本王惭愧，自问没有资格收苏姑娘为义女啊。”

瑞亲王朝苏落拱手：“本王不敢收苏姑娘为义女，只是不知道苏姑娘肯不肯认本王为义兄？”

哗！众人原本失望的目光瞬间变得闪亮——瑞亲王是亲王，他的女儿只是郡主身份，但是现在他收苏落做妹妹，那岂不是说，他是在代替皇帝陛下收妹妹？那苏落就是公主的身份！

苏落面上淡定无波，心里却在暗暗思量。她要在魔族跟南宫流云会合，并且要找回她的九阳壹尺，还要保护小洋的安全。可是她在魔族无根无基，也没有背景靠山，还有公西家族这个强敌，行事多有不便。当初她之所以要跟小世子打赌，就是要跟瑞亲王扯上关系，从而寻得庇护，现在一切都在按照计划走，只不过，她的收获比计划中的还要好一些。

苏落内心欢喜，面上却故作淡定：“这有些不妥吧？”

“岂会不妥？我看妥当得很！”瑞亲王见苏落推辞，不管是真推辞还是假推辞，他都不会让苏落拒绝。笑话，这样聪明的姑娘哪找去？错过这个村就没有这个店了！

“可是……”苏落故作迟疑。

“没有可是，从现在这一刻起，你就是我魔界帝国的长公主了！”瑞亲王一挥手就直接拍板了，“皇兄那里，自有我去说！”

瑞亲王拍了他儿子脑袋一下：“傻啦？还不快喊姑姑？”

小世子有点傻眼，说好的姐姐呢？怎么就变姑姑了？

就在这时，忽然，一道笑声传来：“王爷好快的速度，这么快就把人给抢走了。”

侯阳大人捂着胸口走到苏落面前，他的视线一瞬不瞬地盯着苏落。

苏落毫不示弱地迎视他的目光，两个人的视线在空中交会，闪过无数的火花。

忽然，侯阳大人笑了：“你这丫头，一点都不肯示弱啊。”

苏落淡淡地问：“不知侯阳大人有何指教？”这位侯阳大统领是否看出了她是灵界人？苏落内心暗暗担心，但是面上却不动声色。

谁知，侯阳大人居然问她：“不知道苏姑娘有没有兴趣加入青衣卫？”

苏落皱眉：“为什么要我加入？”

“侯阳兄这是来抢人了？”瑞亲王不客气地盯着侯阳大人，“想抢走苏丫头，你问过本王的意见没有？”

侯阳大人对瑞亲王淡淡一笑：“做您的妹妹跟进入青衣卫并不冲突。”

“冲突可大了去了！”瑞亲王大声嚷嚷，“青衣卫有多危险你不知道吗？而且我家落丫头这么漂漂亮亮、干干净净的，你舍得让她外出杀人，我可不愿意！”

“王爷少安毋躁，苏落姑娘就算加入青衣卫，也不会是无名小卒，下官准备让她担任青衣卫的监察史，您以为如何？”

监察史，行监督之职，不需要外出风吹雨打、日晒雨淋，平日里还有人敬着护着，当真是好差事。而且，监察史在青衣卫里属于第三把手，地位甚至在晋三之上。

瑞亲王顿时明白了侯阳大统领的用意。他也是看中了苏落的医术和她那惊人的手速，还有现在她的身份。

可瑞亲王还是不太乐意，毕竟，他有一种自家宝贝被人硬生生抢走一半的那种感觉，于是，瑞亲王只能瞪眼：“这事本王可不知道，你亲自问落丫头去！哼！”

苏落的心里正在细细思量。她很清楚，侯阳大人之所以这样做，确实是看中了她的实力和智力，但更多的是医术，毕竟青衣卫常年跟刀剑为伍，受伤的概率更高，还有就是不久之后她的长公主身份……

“加入青衣卫，我还有什么好处？”苏落淡淡地看着侯阳大人。

听到苏落问他有什么好处，侯阳大人一阵苦笑：别人都争着抢着进青衣卫，只有她问还有什么好处。

侯阳大人没好气地瞥了苏落一眼：“那你想要什么好处？”

苏落心想，虽然跟南宫流云约了在魔界京城相见，但是这茫茫人海，到哪里去寻找他？所以，她需要……

“我要特权。”苏落抬着下巴盯着侯阳大人。

侯阳大人深深地看了苏落一眼，解下挂在腰间的一只黄色玉蝉递给苏落：“见此牌如见我，这个特权可行？”

“哎哟，侯阳统领，你可真是大方啊，如果没记错的话，上次太子跟你讨要这块玉蝉，你都当面拒绝了呢。”瑞亲王眼睛睁得大大的，有些难以置信。

小世子暗中伸出小腿踹了他爹一脚。

“干啥？”瑞亲王不解地低头看着他家宝贝儿子。

小世子不高兴地瞪了他一眼：“人家都给玉蝉了，小老头你呢？咱家的礼物可不能让人给比下去！”

“哎，我说你这臭小子，怎么胳膊肘往外拐啊，咱家里的宝贝以后不都是传给你的？”瑞亲王开着玩笑。

咔嚓！小世子根本没理瑞亲王的叫唤，伸手扯下瑞亲王挂在腰间的一块墨玉，直接朝苏落抛过去。

“哎，你这臭小子，你可知道那是什么？”

瑞亲王一句话没说完，小世子就不屑地斜睨了他爹一眼，冷哼道：“不就是家里打开魔晶库的钥匙吗？”

瑞亲王被小世子这云淡风轻的语气给气笑了：“你还知道那是魔晶库啊，你就这么随手给出去了？”

苏落将墨玉递给瑞亲王：“既然这块玉这么珍贵，那瑞亲王还是收回去吧。”

收回去？那不是打他的脸吗？在小世子那嘲讽的目光中，瑞亲王忙摆手："不珍贵不珍贵，一点都不珍贵。"

苏落皱眉道："无功不受禄，还是收回去吧。"

瑞亲王顿时板着脸说："你的功劳还算小吗？你救了我们的命，我们就是将自己所有的财富都送给你，那都不算什么，何况是一座小小的魔晶库呢！再说了，咱家的魔晶库又不是只有一个。行了行了别啰唆，叫你收着你就收着！"

几天之后，终于飞到了京城，瑞亲王直接将苏落带回府中，侯阳大人则带着他的人离去。

"小凡凡，娘的心肝宝贝哟……"老王妃一把抱住小世子的小身子，哭得那叫一个惊天动地。

小世子皱着眉头，一脸的不耐烦："好啦好啦，我这不是回来了吗？哭什么哭，烦死了！"

"好好好，小凡凡说得对，母妃这不是高兴嘛。"老王妃急忙将眼角的泪拭去，笑着说，"饿了吗？困了吧？来来，让母妃抱着你，咱回去，回去啊。"

"母妃！"小世子真的不耐烦了，"我都多大了，还用你抱？不许抱！以后都不许再抱了！"

说着，小世子将苏落拉到老王妃面前，抬着下巴很骄傲地对瑞王妃说："这是我的苏落姑姑，你们可不许欺负她，都听清楚了吗？"

"苏落姑姑？"瑞王妃不解。

"当然是苏落姑姑了，小老头说他没资格收人家当义女，所以就替太后祖母收她当义女了啊，你可不许欺负她。"小世子瞪着老王妃。

瑞王妃满脸笑容："好俊的丫头啊，快到嫂子这边来。"

苏落对瑞王妃淡淡一笑，瑞王妃拉着苏落，亲自安排她住在无痕院，让她好生休息。

苏落看到无痕院的环境和摆设，再看看挑选出来伺候她的下人，无一处不精心，无一处不讲究，可见这位瑞王妃对她的重视程度。

苏落看着眼前的月白湖，嘴角微微勾起。这次救小世子，倒是她的机遇。有了瑞亲王府这个起点，她行事就方便多了，甚至，苏落觉得她可能还会有另外的收获。

瑞亲王和瑞王妃将小世子安顿下来，让他睡好后，这才回了房间。

瑞王妃问起路上的情形，瑞亲王一描述，差点把她吓出心脏病来。

"怎么这么凶险，这要是有个好歹，你让我一个人怎么活啊……"瑞王妃忍不住落下泪来，只要一想起飞行器差点儿坠毁，她的心就一阵阵狂跳。

“好在有苏落这丫头在，不然绝对是必死无疑啊。”瑞亲王摸摸心口，回想起那天的事情，依旧心有余悸。

“明天一定要好好感谢落丫头，怎么感谢她都是不够的。”瑞王妃以为苏落只是救了小世子，却没想到她还救了老王爷。

瑞亲王点点头：“苏姑娘来京城似乎有事，可能是找人，也可能是寻仇，能帮的咱们瑞亲王府肯定帮，就算是跟八大家族对上，也绝对不能袖手旁观，这事以后再说。不过说起这位落丫头啊，真真是本王见过的，最聪明的一个人了。”

“少年国师都比不上？”瑞王妃好奇地问。

“一个从来没有开过SSS级飞行器的人，几秒钟之内翻阅了一本《SSS级战斗机操作理论》，就把整本书吃透了，这样的聪明才智，已经不是过目不忘能够形容的了。”瑞亲王说，“少年国师应该做不到这一点，还有那医术，简直天下无双啊！”

瑞王爷跟瑞王妃讲起苏落救治小世子的过程。原本以为治疗过程必然烦琐，可谁知，就在那么短的时间里，就把一个断了气没了脉搏的孩子，硬生生从鬼门关里抢回来了。

“明日要进宫见太后和陛下，他们必然会问起这件事。”瑞亲王对瑞王妃说，“你要记住，一定要帮落丫头美言几句，还有，皇后素来爱刁难人，你可不能让落丫头被人欺负了去，不然，回头小凡凡肯定找你急。”

这段日子，瑞亲王和瑞王妃一直寝食难安，直至今夜，终于睡了一个踏踏实实的好觉。

第二天，瑞亲王和瑞王妃直睡到日上三竿才起，而此时，小世子已将苏落带到魔晶库前。

他拿过苏落手里的玉珏，将魔力输入其中，又经过几道烦琐的步骤，大门才徐徐朝两边打开，只见里面摆放着一排排整齐的架子，架子上放着一块块紫色的魔晶砖。

小世子瞥了身后的那群护卫一眼，对苏落说：“这里的一块魔晶，够他们效力一万年了，怎么样，对你够意思吧？”

苏落对小世子点点头，走进了耀眼的紫光之中，魔晶库的大门随即关上，里面只有苏落和小世子二人。

小世子一边走一边对苏落说：“这么多魔晶砖，你得吸收到什么时候啊？本来还想带你出去玩呢，京城可好玩了。”

苏落随手拿起一块魔晶砖，一股浓郁的魔气通过小拇指的少冲穴，进入少府穴、神门穴，一路往上，经过灵道穴、少海穴、清灵穴……

小世子回头正要跟苏落说话，猛然看到那块被她握在手心的魔晶砖，竟然冒出一股股白烟，砖上的紫色越来越淡，最后竟然变成一块白砖。小世子惊讶地跑过来，看看苏落，又看看苏落手里的魔晶砖，一脸的难以置信。苏落见他好奇，就将那块被她吸尽魔力的魔晶砖丢给小世子，又随手抓起一块。

“真的都被吸光了？这不可能啊！”小世子双手抱着白砖，一副匪夷所思的样子，“小老头不是说这一块魔晶里蕴含的魔力，足够一个大圆满强者吸收上百年的吗？她虽然厉害，也不至于……”不至于在一分钟内，就将这块魔晶砖里的魔力吸收殆尽啊。

小世子震惊地看着苏落手里的魔晶以肉眼可见的速度变白，最后变成白色粉末落在地上。

这魔晶库里，共有十万块魔晶砖，对别人来说，这是何等庞大的财富，可是此时，离门口最近的那两排架子上已经空空如也，地面上落了厚厚的一层白色粉末，几乎将空架子淹没。小世子摸摸额头上的冷汗，这是见鬼了吧！

就在这时，门外传来一阵轻微的呼唤：“苏姑娘，小世子……”

小世子顿时怒了，苏落姑姑那么认真地修炼，哪容旁人打扰！哗啦！小世子猛地将门打开，看到是母亲过来了，身边还跟着一大群丫鬟奴才。

“小凡凡……”老王妃看到小世子开心极了，正要扑上去抱住她的心肝宝贝，结果还没等她把话说完，小世子就板着脸冷冰冰地警告：“不要吵！苏落姑姑正在里边修炼呢！”

“哦，小凡凡啊……”

砰！小世子直接将门给关上了，不给老王妃一点说话的机会。月兰尴尬地正要说点什么，结果瑞王妃却说：“小凡凡说得对，落丫头正在里面修炼，我们就别打扰她了。我和王爷先进宫，等从宫里回来再说，你们几个可得守好了，不许让任何人吵到他们。”

瑞王妃离开后，那些奴才都站得远远的，连大气都不敢出，生怕打扰了苏落的修炼。

第八章 她是天才

而此刻，苏落正盘腿坐在地上。连她自己都不知道，她对魔晶的需求竟然如此恐怖。她只知道，随着魔气进入体内，她的丹田不断变得坚实、坚韧，不断地扩大……

等苏落终于睁开眼时，她发现周围已经面目全非，原本干干净净的地上堆积着厚厚的一层白色粉末，就连小世子身上都落满了粉末。

她惊讶地从地上站了起来，几步走到小世子面前，不解地问："这是怎么回事？"

小世子从震惊中回过神来，没好气地对苏落说："还能是怎么回事，这都是你的杰作啊。"

"我的杰作？"苏落的眼底浮现一抹茫然。

小世子瞪眼道："苏落姑姑，你吸收了这么多魔气，不会被魔气撑爆吗？小老头明明说过，一块魔晶砖可以供一个大圆满阶的人用几十年呢！"

苏落看着空掉的四个架子，再看看满地的狼藉，顿时吐了吐舌头："……大概是在飞行器上用了太多的魔气，透支过度吧，呵呵呵……"

小世子狐疑地看着苏落。苏落知道，这事太过惊世骇俗，一次还好，若是次次如此，她都不知道会不会被拖去切片研究，所以这魔晶库还是能不来就不来了。

苏落一挥手，把所有的魔晶砖连架子一起收进空间，就连那些白色粉末都没剩下，然后才戳戳小世子的脑袋："好了，不就是多吸收了一点魔力嘛，有什么好大惊小怪的？答应苏落姑姑，这件事就不要跟别人说了，好不好？"

"我又不爱八卦。"小世子朝苏落翻了个白眼，苏落又笑着揉了揉他的脑袋。

"不要揉我的头！"小世子不赞同地嘟起嘴巴。

苏落的嘴角勾起一抹愉快的笑容。不得不说，这次的收获是巨大的。那么多魔力，都被苏落吸收了，其中一部分已经转化成灵力，长此下去，苏落知道，她进入大圆满八星一点都不难。

见到苏落出来，月兰笑吟吟地走到苏落面前，告诉她王妃有请。

很快，苏落就被带到老王妃面前。

老王妃亲热地拉着苏落的手嘘寒问暖，突然说要带她进宫。

"可是……现在这么晚了，我们想进宫就能进宫吗？"苏落颇为意外地问。

"为什么不能进宫？想进宫当然就进宫啊，管什么早晚？"老王妃不解地看着苏落，"当然了，别人想进宫肯定需要通传，得到允许后才能一大早进宫，可咱家跟别人家能一样吗？皇帝大伯可是说了，咱瑞亲王府想干吗就干吗，只负责开心就好，任何事都有他兜着呢。走走走，咱们这就进宫去，你瑞王二哥还没从宫里出来呢，咱们一起去陪太后用膳。"

苏落听了老王妃的话也是醉了。她知道皇帝疼瑞亲王，可如果不是老王妃亲口说出来，她真不知道竟然会疼到如此地步，难怪瑞亲王、瑞王妃和小世子这一家子那么无法无天。

不过，身为无法无天中的一员，苏落觉得享受这样的特权，还真是挺开心的一件事。

老王妃说带苏落进宫蹭饭，还真是饭点的时候才到。

老太后一看到小世子，当即开心地朝他招手："哎哟喂，小乖孙子，快到祖母这里来，快让祖母瞧瞧，咱家可怜的小凡凡病好了没有？"

"去吧。"苏落拍拍小世子的脑袋。

"哦。"小世子走过去，立马被老太后搂在怀里。

王妃也拉着苏落走过去，对太后说："这就是之前跟您提过的苏落，就是她治好了小凡凡的病，又救了王爷的命。如果没有她，我现在可是……"

老王妃说得动情，太后听得伤心，感激地看向苏落："这么年轻的姑娘，医术就比大司空还好，这真不是一般人啊。"

"那可不，我苏落姑姑是天下一等一的聪明人！"小世子与有荣焉地说。

太后这才想起，这个被小世子称为"姑姑"的姑娘，不就是她儿子帮她收的义女吗？

太后拉了苏落在一旁坐下，一边看一边赞："先不说这医术，光是这容貌，当真是举世无双、风华绝代啊！"

老太后对苏落非常满意，乐呵呵地说："这闺女收得好，就这么看着，也是赏心悦目，饭都能多吃一碗啊，很好，很好嘛。"

老太后为什么会那么亲近瑞王妃呢？那是因为她们性情都差不多。她们对自己在意、喜欢的人极其护短，对自己不在意、不喜欢的人不讲情面。

被皇帝护着的女人们，就是这样任性。

见太后喜欢苏落，王妃心里很高兴，本来就是嘛，她跟太后的喜好都差不多，她喜欢、看重的人，太后肯定也会喜欢和看重嘛。

"母后，这义女认得可值？"王妃得意地问。

"好好好，当然值，母后看着就喜欢。"太后拉着苏落，细细地问她喜欢吃什么、在王府里住得习不习惯、要不要进宫住着、在路上有哪些好玩的事……

苏落经历的事情可多了，每一件都高潮迭起、精彩纷呈。她随意截取一段，稍加修改，就是一个引人入胜的故事，然后就讲给老太后听。

老太后听得如醉如痴，正听到关键之处，魔帝、皇后和瑞亲王来了。

魔帝刚踏进门就哈哈一笑，然后径直朝太后走去，边走边说："母后这里好生热闹，朕和二弟还没踏进慈意宫，就听到母后的笑声了。"

苏落闻言朝魔帝看去，正好对上他的视线。魔帝对苏落淡淡一笑："这位就是二弟提过的苏落姑娘吧？"

就连见过无数佳丽的魔帝，此时也不禁为苏落的美貌而惊艳。皇后在看到苏落的容貌之后，对她的第一印象就不好，因为苏落太漂亮了，而皇后最讨厌的，就是长得比她漂亮的女人。

苏落点点头，魔帝笑眯眯地又问："既然瑞亲王认了你做妹妹，那么朕封你做长公主可好？"

太后急了："什么好不好的，你可不许为难我家落丫头！"经过半天的相处，太后可喜欢苏落了，生怕她被魔帝为难。

“好好好。”魔帝安抚完他的母后，这才对苏落微微一笑：“可是，这长公主也不是说封就封的，你说呢？”

“不知陛下有何想法？”苏落答得不卑不亢、淡定从容。

太后满意地看着苏落，她就爱苏落这从容不迫的性子。

苏落本以为魔帝当即就会出难题，不料魔帝话锋一转，却笑道：“刚刚母亲的故事被打断，等急了吧？”

太后没好气地翻了个白眼：现在才知道啊？知道还说这么多废话！

“你继续给太后讲故事吧。”魔帝朝苏落点点头。

苏落狐疑地看了他一眼，心里暗想：这位魔帝到底在搞什么名堂？怎么不按常理出牌啊。

不过，苏落有一个优点，那就是不管别人怎么出牌，她都按照自己的节奏走，不温不火，不疾不徐。

苏落回了魔帝陛下一个笑容，正要继续讲故事，安静了许久的皇后却忽然笑道：“就是这位苏姑娘救了瑞亲王吗？”

瑞亲王站出来答道：“没错，落丫头不仅救了我和小世子，当时飞行器里的人，都欠她一条命。”

“哦？不知苏姑娘一个以医术见长的女子，如何救了你们所有人？瑞王爷可要说来听听了。”皇后的视线，漫不经心地从瑞王爷的脸上扫过。

瑞王爷淡淡一笑，便将当日的事细说了一遍，包括苏落一分钟之内掌握战斗机代码，包括她利用代码操作飞行器的整个过程。

魔帝和太后都是听过一遍的，再听的时候，他们还是很感兴趣，聚精会神地听着。

但是，皇后却忽然哈哈大笑。

太后当即皱眉：“你在笑什么？瑞亲王差点没命，你觉得这件事很好笑吗？！”

“母后息怒，臣妾笑的不是瑞亲王，而是忽然想到一种可能，而这种可能却被你们忽略了。”皇后笑眯眯地看着众人。

“什么可能性？”太后最是单纯，也最是性急。

瑞王妃也紧张地瞪着皇后，因为她在皇后手里吃过太多亏了，所以一听到皇后的话，第一反应就是——这个女人又要出幺蛾子了！

魔帝则笑眯眯地看着皇后，目光意味深长。

皇后见魔帝没有阻止她，当即信心十足，她偏过头，冷冰冰地盯着苏落，又扫视众人：“难道你们都没有想过，其实苏落早就学过《SSS战斗机理论》吗？”

瑞亲王皱眉：“你有什么证据？”

瑞亲王亲身经历过那件事，他很清楚，那时候的苏落根本就是现学的，生死关头，那样的事是装不出来的。

“就是，你有什么证据？”太后和瑞王妃都皱眉，小世子更是捏紧拳头。

皇后笑吟吟地瞥了众人一眼，最后却看着瑞亲王：“刚才瑞王爷说，在最后一分钟时间，是苏落掏出《SSS级战斗机操作理论》来学习的，对不对？”

瑞亲王不得不点头，因为这是事实。

“那么，苏落为什么会在最后一分钟掏出《SSS级战斗机操作理论》呢？为什么不早一些掏出来呢？不要告诉我她不知道她自己手里有《SSS级战斗机操作操作理论》，这样宝贝的书，可不是普通东西，苏落姑娘又不是白痴，这书在不在手里，她自己会不知道？”

皇后这番理直气壮的话，问得瑞亲王哑口无言。

瑞亲王愤怒地瞪着皇后，皇后却气定神闲地说：“那么，既然苏落知道《SSS级战斗机理论》在她手里，为什么不早点拿出来学，非要等到最后一分钟才在那里嗖嗖嗖地翻阅？”

“对啊，为什么呢？”魔帝似笑非笑地看着苏落，目光意味不明。

皇后咄咄逼人地说：“那么，我可不可以做这样一个设定——其实这本书，苏落姑娘早就学会了，她之所以在最后一分钟才拿出来装模作样地学习，是为了在瑞亲王以及飞行器里的所有人面前塑造她是记忆天才的形象！”

皇后最后盯着苏落，一字一顿地说：“苏落姑娘，本宫说的话，你觉得对不对？”

苏落反问皇后：“说到底，皇后娘娘是不相信，我能在一分钟之内记住那本《SSS级战斗机操作理论》，并且融会贯通、用于实践吗？”

皇后点点头：“没错，我就是不相信你能够做到。”

说完了，她转头望着魔帝：“陛下，您信吗？一分钟之内背完厚厚的一本书？别说背诵了，就是看，那也是根本看不完的，您说是吗？”

魔帝意味深长地看着苏落笑了笑：“或许会有奇迹出现呢，苏落姑娘，你说呢？”

苏落笑着点点头："很多人都叫我'奇迹落落'，陛下您也可以这样叫我。"

"很多人？你不是说以前你一直待在深山老林里吗？"魔帝含笑看着苏落，眸中闪过一抹深意。

"就是在从西域来这里的路上啊，对了，陛下打算怎样测试我的记忆力呢？"苏落从容地问。

魔帝看了皇后一眼，皇后对苏落冷冷一笑："既然考记忆力，那自然是背书了，苏落姑娘以为如何？"

"背书啊……"苏落的眉头紧紧皱起，"这个背书嘛……"

看到苏落为难的样子，皇后似笑非笑地说："这背书，可不能背一般的书，这一般的书，说不定咱们的苏落姑娘原先看过呢，就像《SSS级战斗机操作理论》一样，陛下您说是吧？"

"那皇后的意思是……"

"臣妾想来想去，还是咱们皇宫内院的藏书最保险，陛下您说呢？"皇后笑盈盈地看着魔帝，"咱们这皇宫内库的藏书多得数不胜数，如何才能证明苏落姑娘的记忆力真的那么逆天呢？如果只是背诵几本书，岂能证明她一分钟之内就学会了那本《SSS级战斗机操作理论》？"

魔帝看着皇后，没有说话。皇后得到魔帝的默许，自顾自地说："苏落姑娘一分钟看一本书，那么一个小时就是六十本书，一天就是1440本书，一个月按三十天算就是43200本书，一年就是525600本书。"

皇后笑眯眯地看着苏落："苏落姑娘觉得，咱们是考核一天呢，还是一个月呢，还是一年呢？"

苏落笑着问道："皇宫内库里有525600本书吗？"

皇后哪知道内库有多少本书啊，魔帝身边的太监上前禀道："皇宫内库的藏书，不多不少，正好525600本。"

这么多书，要是全看完，那她岂不是成了魔界大全，这是了解魔界的绝佳机会啊！苏落心里激动不已，她可不想错过这个难得的机会。可是，看一年书再考核，时间太长了，应该不可能吧？

可是，让苏落没想到的是，皇后娘娘居然对魔帝建议："陛下，要不咱们就让苏落姑娘去皇宫内库待一年，一年之后，从中随机抽取十道题，如果苏落姑娘答对六道题，就算她赢了，您觉得如何？"

太后娘娘狠狠一拍桌子："你们简直欺人太甚！"

苏落怔怔地看着太后。太后瞪着皇后："看一年？你的意思是，让落丫头在一年之内看这么多书，然后你们随机抽取十道题考核？"

"母后，我们已经将条件放得很宽了，十道题，苏落姑娘只用答对六道就行。"皇后也意识到这件事自己做得太离谱，所以理不直气不壮的。

太后冷笑："就算落丫头能一分钟背一本书，这一年三百六十五天里，她必须每天每时每刻都精神高度集中地背书，中途不能休息不能饮食什么都不能做，而且记住的内容还会不断遗忘，皇后，你在开什么玩笑！"

见太后坚决反对，魔帝剑眉一挑，瞥向苏落："你怎么说？"

一时间，所有人的视线都集中到苏落身上。苏落看看魔帝，又看看太后，最后握住太后的手坚定地说："太后，您相信我吗？"

太后反握住苏落的手："你这孩子，怎么这么傻呢？这件事你只要摇头，哀家就帮你回绝了，管她什么皇后不皇后，再啰唆，本宫让她回她的公西侯府去，看她还敢不敢仗着皇后的身份欺负你！"

太后这句话太霸气，霸气得差点把皇后吓死。她目瞪口呆地看着太后，身侧的手紧紧握起，心中对太后的怨恨又上升了几个高度。

提到公西侯府，苏落不由得想起了小洋和彪叔。苏落已经将小洋托付给晋三照顾，想必在她出关之前，晋三应该会照顾得妥妥的，不过为了保险起见，等会儿还要对瑞亲王提上一句。

苏落对太后用撒娇的语气说道："太后娘娘，我是真的想为您争一口气，您就给我这个机会吧，好不好？"

太后哪禁得住苏落撒娇，当即弃械投降："好了好了，既然你这么心疼哀家，哀家也不能坐视不管，任由别人欺负你。"

太后对她的贴身嬷嬷说："落丫头这一年要耗费无数精神力，你速去将哀家的丹心珠拿来。"

丹心珠！在场之人都极其震惊地看着太后，连魔帝都猛地站了起来。

太后看到大家的反应，不免得意，傲娇地昂着头。

苏落看到众人的反应，立刻就意识到，这丹心珠绝不是一般的宝贝。

"丹心珠是什么？"苏落不解地问太后。

"他们想要却得不到的东西。"太后得意地说。

"母后！"魔帝走到太后面前，认真地看着她，"丹心珠事关重大，岂能轻易赐给别人，还望母后三思啊。”

“别说三思，你母后九思都思过了。你能逼落丫头在一年之内看525600本书，为什么哀家就不能赏赐丹心珠给落丫头啊？怎么，就许你们欺负，还不许哀家帮忙了？”太后因为将了魔帝一军，所以说话时眉飞色舞的，很是得意。

丹心珠虽好，但是千金难买她高兴，太后越想越觉得这丹心珠赐得值，而魔帝只能苦笑。

“这丹心珠……有何功效？”苏落再次询问。

瑞亲王解惑道：“丹心珠可是修炼的至宝，能让人瞬间恢复精神力。”

“太后娘娘，丹心珠这么珍贵，您还是收回去吧，我受不起。”苏落故意拒绝。

皇后眼巴巴地看着那颗丹心珠，这丹心珠她觊觎已久，时不时地暗示太后将它赐给太子，可这老太婆每次都充耳不闻，不料今天居然随手就送给了苏落！

魔帝也看着太后：“母后，这是父皇送您的，您再三思一下吧？”

“哀家要送谁就送谁，你们怎么这么多废话，原本还想借的，但是既然你们都反对，那哀家就非送不可了！落丫头，来，拿着。”太后将那颗丹心珠硬塞入苏落手里。

皇后见了，嫉妒得暗暗咬牙，发誓等苏落从大内书库里出来，她就让人将丹心珠抢走！

为了早一天抢走丹心珠，皇后就要早一点将苏落送进大内书库。

“现在是正午，一年后的今天正午，就是你的出关之日。”皇后看着苏落冷笑，“如果十道题中你回答不出来六道，那长公主的封号就与你无缘了。”

苏落点点头。

不过在进大内书库之前，苏落特地找了瑞亲王，托他帮忙照看小洋。

瑞亲王当即拍着胸脯表示：“落丫头你放心，这件事一定给你办得妥妥当当的。”

因为事情涉及公西侯府，又涉及当朝魔后，所以苏落对瑞亲王说：“具体的事等我出关后再说，只是这一年里，小洋的安全问题王爷就多多费心了。”

“等一年后你出来，一定还给你一个完完整整的公西小洋！”瑞亲王坚定地看着苏落。

“你们鬼鬼祟祟地在商量什么？还进不进去了？”皇后站在内书库门口，回头盯着苏落。

苏落对皇后淡淡一笑，直接就进了内书库。

苏落一进去，外面的门就被关上了，而且还上了封印，一年倒计时正式开始。

苏落抬头看向最中央的地方，那里有一个长方形的屏幕，上面显示着倒计时的时间。

苏落来不及多想，选了个方向，就开始看书。

大内书库大门紧闭，里面的情况，外面的人一无所知。苏落每天都在背书，背书累了就拿丹心珠恢复一下精神力，恢复了精神力之后，就拿魔晶砖修炼一下，修炼好了就继续背书。

在这个过程中，苏落的脑域在不知不觉中扩展，能够承载的精神力越来越多。

一年时间，就这样悄然而过，今天，终于到了苏落出关的日子。

青铜大门缓缓打开，苏落身穿鹅黄裙衫，淡笑如风地从书库中走了出来。

皇后嫉妒地看着苏落那动人的容颜："苏落，我还以为你不敢出来了呢。"

"为何不敢出来？"苏落笑眯眯地看着皇后。

"看你好像很自信啊，里面的书都背会了吗？"皇后一边说，一边掩唇而笑。

"孩子，你受苦了……"太后亲切地拉着苏落的手，上上下下打量着她，"可比一年前瘦多了。"

"那是太后心疼我，所以才觉得我瘦了，其实我一点也没瘦，而且这一年来，我过得很充实也很开心。"苏落笑着说，"一开始看书时间长了就会头痛，精神力不足，好在有您送的丹心珠，瞬间就能让我恢复精神力，可帮了大忙了。"

苏落这话太后很受用，她顿时乐了："有用就好，有用就好。"

见太后和苏落说个没完，皇后当即看向魔帝："皇上，您看这试题该如何出？"

太后横了皇后一眼，看着魔帝："皇帝，你说，这题目要怎么出？如果你偏向皇后，哀家可不答应！"

魔帝笑着说："母后，儿臣怎敢？只不过——"

"只不过什么？"太后盯着魔帝。

"只不过，想要不偏不倚的话，最好还是采取抽签的方式，母后，您觉得如何？”

“这……”太后神色间有些迟疑，这样的话，那就太公平了，她不好帮落丫头作弊啊。

皇后一听，赶紧支持魔帝，笑着说：“陛下此言极是，考核就是要公平公正公开，苏落姑娘背了一年的书，如果不给她一个公平公正公开的对待，臣妾都要为苏落姑娘叫屈啊。”

苏落笑着对太后说：“太后娘娘，里面的书我都记住了，不怕的。”

太后认真地看着苏落：“落丫头，你真的可以吗？”

“太后娘娘，您要相信我，不过是十道题答对六道而已，蒙也能蒙对了。”苏落信心十足地说。

“好！”太后一拍掌，“将内书库的显示器搬出来，哀家要亲自抽题！”

皇后心想，这题目乃是系统随机抽取的，就算太后选又能怎样，她又作不了弊。

于是皇后点点头：“好，太后娘娘想抽就抽吧，希望您能抽中简单的书。”

“这不是你内心的真实想法吧！”太后很不客气地斥了皇后一句，随后手指在屏幕上一点，选出第一本书，编号是15568。

太后刚点出15568这个编号，就有小太监跑进内书库，将那本书给找了出来。

“15568……”苏落歪着脑袋想了想，微微皱起眉头，这是一本军事类别的书，更重要的是，这本书里有魔族对灵界的兵力布防军事图。

说实话，魔界对阵灵界的兵力布防军事图，苏落既然看到了，怎么可能不记在脑子里？就算她记忆力不好，也要拼了命去记忆啊。

可现在的问题是……她记住了，但是她敢说吗？

就在这时，小太监已经双膝跪地，规规矩矩地双手呈上那本《魔界西边边陲兵力布防以及各将领详细刊要》。

“这本书怎么会在内书库？”魔帝的眉头紧紧皱起，这属于军事机要。

小太监禀道：“上次陛下拿着这本书在内书库翻阅，后来随手给塞了进去，所以……”

魔帝点点头，示意小太监不必说话，然后他拍了拍手中的册子，目光一瞬不瞬地盯着苏落：“现在这道题目就由朕来出，你来将这布阵图画出来。”

“这么复杂的内容，我怎么可能记住？”苏落心中暗想，那么重要的图，她若敢画出来，以后她离开魔界的时候，绝对会遭到魔界最强大的追杀！为了小命着想，苏落只好故意认输。

太后继续抽题，很快，她的手指又戳中了一个数字——276873。

“这是……”太后看到书名，只觉得一阵眩晕。因为这编号为276873的不是一本书，而是一套《帝都世家豪门官吏关系谱》，整套书不仅分为豪门族谱、世家族谱、官吏族谱，还包括彼此间的子女嫁娶过继认干亲等等关系。

这套书共有一百本，而太后一抽就抽中了它，简直是奇迹啊。

苏落用敬仰的目光看着太后，而此刻的太后，已经羞愧得老脸都红了。

这次去的是两个小太监，一左一右将那套《帝都世家豪门官吏关系谱》给抬了出来，稳稳当当地放在魔帝面前。

魔帝看看太后，又看看苏落，脸上露出一抹古怪的笑意：“母后，您的运气也太……”

太后横了魔帝一眼：“哀家是运气不好，但是你出题不会出简单点吗？”

皇后高兴得快疯了。她觉得太后就是上天派到苏落身边的猪队友，一个劲地抢着抽，抽中的却都是那么难那么难的书。

魔帝对苏落笑了笑：“也不为难你，你就将官吏的关系图谱背诵一遍吧。”

苏落朝魔帝翻了个白眼。如果她真的记住了魔界的人物关系网，就等于掌握了魔界上层关系的弱点，而魔帝怎么可能会让她活着走出魔界？必然是往死里追杀啊！

可是，苏落又不能直接说完全不记得，所以在背诵的时候，一开始几家她还背得流畅，可是越到后来越磕磕巴巴，最后只能将手一摊：“……我只能背诵到这了。”

见魔帝的眸中浮现一抹失望之色，皇后笑呵呵地说：“好啦好啦，大家别气馁，这第三道题，苏落姑娘说不定就能答对了，您说对吗，母后？”

太后冷哼一声，并不作答。皇后却并不觉得难堪，还是笑嘻嘻地问：“太后娘娘，这次，还是您来抽吗？”

太后娘娘是不敢抽了，因为她抽出来的书一本比一本难，如果再抽出一本《魔界大字典》来，她估计她会哭。

太后对瑞王妃说：“你来抽，你人傻，说不定运气会好点儿。”

皇后无语地看着太后，说起人傻，谁能比您老人家傻啊？瞧瞧您抽的都是啥，就可以知道，老天爷并不会偏疼傻子，这次它是站在聪明人这边的。

瑞王妃也想试试自己的手气，所以她走了过去。

所有人都用期待的目光看着瑞王妃的右手，当转盘停下来的时候，所有人都用一种很无语的目光看着瑞王妃。

瑞王妃还不知道，她还在问："这编号为1的是什么书？"

太后用恨铁不成钢的语气瞪着她："《魔界大字典》！"

众人都以为苏落必输无疑，就连魔帝都用一种很无奈的目光看着苏落。

"这道题不用说，苏落又输了，接下来谁抽？是母后来抽，还是换臣妾试试？"皇后得意扬扬地问太后。

就在太后犹豫不决的时候，苏落的声音忽然响起："这第三题还没结束呢，为什么要抽第四题？再说了，谁说我认输了？我有认输吗？"

魔帝饶有兴致地看着苏落："你要试试？"

苏落笑了，露出两个浅浅的梨涡："我相信自己的运气。"

"好。"魔帝随手从那套字典里抓出一本，足足有三百页的厚度，他将书丢给苏落："半个小时之内，将这本书原封不动地默写出来。"

"半个小时怎么行，半个小时写字都来不及！"太后立马反对，"必须要一个小时！"

"好，一个小时就一个小时。"魔帝满口答应。

苏落面前的桌案上，一个个文字端端正正地落在白纸上。

一个小时后，苏落收笔，小太监将苏落写的那本书呈给魔帝。

魔帝拿起来一看，当即愣住，整整三百多页，别说错字了，就连一个错误的标点都没有。

"皇帝？"太后目光亮晶晶地看着魔帝。

魔帝闻言，对太后点头："如母亲所愿，苏落丫头这道题答得漂亮，一个错处都没有，难得啊。"

皇后心中暗恼，于是跟皇上撒娇道："陛下，臣妾都没抽过，臣妾手痒，能不能让臣妾也过一把瘾？"

魔帝点点头，但是皇后却没想到，这一次老天爷似乎不站在她这边了。

她抽到的第四道题，苏落答出来了。

第五道题，苏落又答出来了。

第六道题、第七道题，苏落居然全都回答出来了！要知道，这四道题，全部都是皇后抽中的，皇后当即愣在那了，整个人都傻了。

苏落笑着对皇后说，“多谢皇后娘娘，不然的话，我也不会这么容易就回答出来这四道题，哦，连着之前那道题，七道里面我已经答对五道题了吧？”

皇后冷冰冰地盯着苏落，衣袖里拳头紧握。

苏落淡淡一笑：“剩下的三道题，不知道能不能再答对一道呢？当然，由皇后娘娘帮我抽取的话，应该是没有问题的吧？”

皇后恶狠狠地盯着苏落。

“皇后你快去啊，你不是很想抽吗，那你还愣着做什么？快去快去！”太后见苏落克皇后，当即将皇后给推上去了。

皇后无奈，闭上眼睛随手一点——

“《SSS飞行器代码大全》？”皇后看着自己抽中的书，顿时有种想要仰天狂笑的冲动。

“居然是《SSS飞行器代码大全》，好，很好，非常好！”皇后目光冰冷地看着苏落，“这么厚的代码，我看你怎么背得出来！”

如果只是一本，那也就罢了，可既然是大全，那自然是全集了。

以皇家学院五年级排名前三的学生为例，想学好《SSS飞行器代码大全》，至少需要一千年时间，所以，苏落怎么可能在短短一年之内学会？

如果说苏落之前学过？那不可能，因为这本皇家内库的《SSS飞行器代码大全》，采用的是另外一套加密算法，跟外边的是不一样的，所以，这次苏落必然答不上来！

魔帝看了苏落一眼，见她信心十足，便随机选出三段代码，让苏落背出来。

苏落笑看着魔帝问道：“就这么简单？”

本来这道试题的难度仅限于此，但既然苏落问了，魔帝就顺势加大难度道：“自然不能这么简单，你不仅要把代码编写出来，还要会在操作台上操作，如此才算你赢。”

苏落点点头：“这也没什么难度嘛，当时在SSS级飞行器上的时候，我就已经操作过了，不过是重复而已。”

苏落直接对魔帝说：“飞行器拿来，还有，谁敢上我的飞行器？”

“我敢！”谁也没想到，第一个站出来的人居然是太后。

要知道，太后年纪大了，容易眩晕，所以她对飞行器之类的东西都是拒绝的，可是这次，她居然主动提出，而且还是第一个提出来的。

这足以看出太后对苏落的信任。

“再加我一个。”瑞亲王从人群中走出来，淡然走到苏落面前，对苏落笑着说：“皇兄的超SSS飞行器我只坐过几次，还没过瘾呢，所以算我一个。”

“还有我！”小世子从瑞王妃怀里钻出来，嗒嗒嗒地跑到苏落面前，仰着小脑袋看着苏落：“我知道你肯定可以成功，所以我完全不担心安全问题，把我带上吧，苏落姑姑！”

瑞王妃本想将小世子拉住，可还没等她拉住，小世子就跑过去了。

瑞王妃想了想，苦笑道：“既然你们都要上去，可不能把我一个人留下，我会寂寞的，所以，也算我一个。”

魔帝没想到会有这么多人争先恐后地上去。要知道，他的飞行器，等级比瑞亲王的SSS级还要高一个级别，是超SSS级的，而在整个魔界，会开超SSS飞行器的人屈指可数。

就在这时，超SSS飞行器已经稳稳地停在众人面前。

这架超SSS飞行器的操作盘没有损毁，但苏落还是得用备用的工作台，用复杂的代码来操作飞行器。

一看到飞行器停稳，太后二话不说就冲了上去，魔帝想拦都拦不住。

紧随太后的是瑞亲王一家。魔帝无奈地揉揉眉心，深深叹了口气，最后只能默默地走向飞行器。好在他身边有两个驾驶员，不然的话他还真不敢上去。连魔帝都上去了，皇后还能不去？她跺跺脚，只好跟上。

魔帝的超SSS飞行器确实壮观，机舱内的奢华程度，不是瑞亲王的飞行器可比的。

驾驶员是一位面貌冷傲的中年人。

太后对苏落说：“这位就是咱们皇家御用的飞行器大师宇无极，等会儿就由他对你的操作水平做出评判。”

太后又转眸对宇无极说：“这位是哀家看重的人，怎么做，你懂的。”

这是威胁啊，赤裸裸的威胁。

魔帝只能苦笑……母后的心都偏得没边了。

“太后娘娘，这太儿戏了吧？她会开吗？”宇无极皱眉道，“万一出了什么闪失……”

“不是有你在吗？”太后瞪了他一眼，“如果落落在操作的过程中出现失误，不是还有你吗？你会让哀家和皇帝出现闪失吗？”

“不会！”宇无极严肃地说道。

“那不就结了，还废什么话！”太后一把推开宇无极，将苏落往座位上一按，哗啦一声拉出备用操作台，豪气万丈地一拍苏落的肩头：“落丫头，你来！”

“太后娘娘，这……”宇无极又急又气，赶紧向魔帝求助，“皇上，我反对！”

魔帝摸着下巴苦笑，他这位母后，真倔起来，就连他的父皇都拿她没办法，更何况是他这个千依百顺的儿子呢。

皇后酸溜溜地说：“宇大师，在太后娘娘面前，你觉得反对有用吗？不过我倒是提醒你，我们这么一大群人，里面还有太后和陛下，你可千万要看仔细了，绝对不能出现一点点风险，你懂的。”

皇后的暗示也很明显，若是苏落在操作过程中出现一点危险，宇无极就可以取而代之。

宇无极对皇后点点头。就算皇后不暗示，他也会这样做，因为他不会让陛下和太后出现一点点闪失。

太后还想说什么，魔帝已经先一步拉了太后往外走，边走边说：“母后，我们总不能一直站在驾驶舱里吧，来，我们去外面坐着。”

太后一边被魔帝拉出去，还一边担忧地看着苏落，她总觉得没有她看着，这些人都想欺负她家落丫头。

太后想了想，对瑞亲王说：“你在里面盯着，可别让人欺负了落丫头。”

“母后放心，儿子就坐在一边的长凳上看着。”瑞亲王笑着说。

“这才是母后的乖儿子，不像某人，哼！”太后瞪了魔帝一眼，挥开他的手自己走。

也亏了魔帝跟瑞亲王天赋、实力各方面差距实在太大，不然太后这话很容易让两兄弟离心。

魔帝苦笑，叹了口气：“母后，儿子一直都是很孝顺你的，可是有时候，你也得讲点道理嘛。”

“哀家什么时候不讲道理了？”

“母后什么时候讲过道理了？”

“皇帝，你……”

“母后别生气，儿子知道错了……”

魔帝和太后边走边吵，后来竟变成太后一个人无理取闹，魔帝一路赔着不是。

不过，魔族的这些高层对这种事早就习以为常了，所以脸色都很平静。

等太后和魔帝终于坐稳后，苏落的双手放在了代码操作台上。

宇无极就坐在副驾驶位置上，他的面前是液晶显示屏操作台，不需要代码，只需要按键就可以了。

只要苏落那里打错一个字母、下错一道指令，宇无极就能将这艘超SSS飞行器的管理权限拿过去，让苏落面前的操作台成为一件摆设。

待所有人都坐稳后，苏落双手微微握住，再松开。

“准备升空。”苏落说完，手指在操作台上飞快地敲打起来，代码刷屏的速度实在太快了，快得连他这位飞行大师都有些跟不上了。

宇无极盯着苏落那手速超快的纤细手指，眸中出现一抹惊奇之色。

就在宇无极盯着苏落那双玉手发呆时，苏落忽然回眸对他一笑：“宇大师觉得我这起飞操作得如何？”

起飞？宇无极抬头朝窗外望去，看到的是湛蓝的天空，一朵朵白云缭绕在周围。

咦！居然飞上天了？

他分明还没感觉到的时候，就已经飞上天了，这就不一般了。要知道往上飞的时候，人会习惯性往后倒的，可他竟然没有察觉到，失误失误。

苏落对宇无极淡淡一笑，继续操作她的工作台。

而这时候，皇后身边的李嬷嬷悄无声息地进来了。

李嬷嬷是奉皇后之命进来查看的，因为飞行器升空时太稳当了，皇后不相信这是苏落操控的，皇后严重怀疑宇无极被太后收买了。

太后现在一心扑在苏落身上，皇后一有风吹草动她就知道了。所以，她一看到李嬷嬷进去，当即就从座位上站了起来。

“母后……”魔帝一句话还没说完，太后就已经噔噔噔地跑进驾驶舱去了。

魔帝无奈，只能跟在太后后面，也进去了。

李嬷嬷还一句话都没问呢，太后就跟进来了，一进来就大声问：“宇无极，我家落丫头怎么样？刚才那平稳的升空，你帮她了没有？”

宇无极看到太后和魔帝进来，下意识地就想站起来，太后摆摆手：“你就坐着说。”

宇无极站起来对太后和魔帝行了礼，这才坐着说：“刚才是苏落姑娘一个人独自操作的。说来惭愧，因为一直专心盯着苏落姑娘的操作，连什么时候升空的我都没注意到。”

“所以，你对落丫头的评价是……”太后的眼眸瞬间亮晶晶的。

皇后的脸色就没那么好看了。她恨恨地盯着苏落，从她们站的角度看过去，正好能看到苏落专注的侧脸。

不可否认的是，苏落本来就极美，认真专注的她看起来更有一种动人心魄的美，美得让人根本移不开视线。

皇后冷冰冰地盯着宇无极：“宇大师，此事关系着我们所有人的生命安全，你可一定要慎重！”

宇无极苦笑着看看太后，又看看皇后，最后反问道：“太后娘娘和皇后娘娘觉得这飞行器坐得如何？可还安稳？”

太后笑着说：“安稳，安稳极了，一点都没晃悠！”

皇后想找出一点瑕疵来，可偏偏她对飞行器不懂，也提不出专业性的问题，她能够体验出来的，也就是稳不稳这件事了，而这事太后已经说了——安稳极了。

宇无极苦笑道：“一开始，我也以为苏落姑娘新手上路，肯定问题多多，甚至不敢错开一眼，但是这几十分钟开下来，我想，我的担忧是多余的。”

“所以你的意思是……”太后眼巴巴地望着宇无极，嘴角扬起，已经忍不住笑了。

宇无极点点头：“如果不出意外的话，苏落姑娘的超SSS飞行器考核是没有问题的。不过，我斗胆问一句，苏落姑娘师从何人？学开飞行器多少年了？”

太后闻言哈哈大笑：“这个问题我可以回答你，落丫头的师父是书本，学了有一年了，她开飞行器……这是你第几次开飞行器了？”

苏落闻言，抬眸对太后甜甜一笑：“第二次。”

“学，学，学了有一年了？第，第，第二次……开飞行器？”宇无极平时多镇定的一个人啊，现在被太后一句话愣是给吓得结结巴巴。

太后很理所当然地说：“对啊，就是才学一年啊，还是咱们皇帝亲手将落丫头送进内书库去学的呢，而且落丫头学的还不仅仅是开飞行器呢，别的书杂七杂八的可多了。哎，跟你说这些你也不会懂，反正你只要知道，落丫头很聪明很聪明就对啦。”

可是宇无极不信啊，这叫他怎么信啊？一年之内学会，而且还是第二次开飞行器，甚至她在学这个的时候还同时学了别的？

皇后见此情形，气得简直不行！这个宇无极，太让她失望了！看宇无极这样，苏落这一题岂不是过关了？那岂不就是六道题都答对了？那她岂不是真能做长公主了？

太后没有女儿，魔帝也没有别的姐妹，这长公主可是魔界唯一的一位，再加上有太后这么任性地宠着，到时候岂不是能爬到她头上来！绝对不行！皇后的脑子里迅速思考着对策。还没等她想出来，整个超SSS飞行器突然发生剧烈的震动。

魔帝下意识地扶住了太后，而皇后被这股庞大的力量带得撞到了墙上，疼得眼冒泪花。

“怎么回事？”

“这是怎么了？”

太后、魔帝几乎同时开口。

待稳住之后，皇后的第一反应就是朝苏落大声训斥：“苏落，你是怎么回事？！不会开就不要开嘛，如果伤到陛下和太后，你担待得起吗？！”

皇后骂完了苏落，转头就骂宇无极：“宇大师，你怎么还愣着？快接手啊！难道你还要让苏落继续开下去吗？！”

整个驾驶舱内一片寂静，只有皇后那抑扬顿挫的怒骂声。但是，没有人理她，因为此刻，众人的视线都集中在超SSS飞行器前方的那团火红色火焰上。

皇后见大家没理她，就顺着大家的视线望去，当即吓得面无血色：“这，这……这不是帝庙里的那只浴火凤凰吗？它不是一直沉睡着吗？它，它，它咋就上天了？”

不只是皇后，此刻超SSS飞行器里的人，脑海中都有此疑问——这只守护帝庙的浴火凤凰，它咋就上天了呢？而且正以疯狂的速度朝他们的飞行器冲来！

“天啊！这浴火凤凰怎么突然就出现了？”

“它的目标是我们！”

“为什么它的目标是我们？”

“现在最重要的，不是弄清楚为什么它的目标是我们，而是怎么阻止它发疯！”

所有人都看着他们的皇帝陛下。此刻，魔帝的脸色有些难看，他已经没有时间懊恼自己怎么会如此大意地上天了，他试图用他无上的威压跟浴火凤凰沟通。

但是浴火凤凰的脑子似乎一片空白，根本联系不上，更沟通不了。

“宇无极，换你来操作！”魔帝对宇无极发出命令。

不是他不相信苏落，而是现在已经到了生死关头，稍有闪失，对他们来说都会万劫不复。

但是，宇无极却苦笑地看着魔帝：“陛下，恐怕不行了，因为浴火凤凰已经锁定了苏落姑娘，这时候如果换人，会彻底激怒浴火凤凰，到时候后果真的不堪设想。”

就在浴火凤凰离飞行器还有一米的时候，它忽然稳稳地停下了，那双如火焰般的眼睛死盯着苏落，仿佛下一秒就要将她燃烧殆尽。

超SSS飞行器稳稳地停在半空，苏落稳稳地坐在位子上，隔着一层厚厚的透明晶体，正跟浴火凤凰对视。而苏落空间里的陨落红莲却蠢蠢欲动，它舔了舔嘴角，对苏落说：“我饿，我要吃……”

苏落想起彪叔说过，帝庙里有一簇异火，跟陨落红莲的气息很相似，苏落想，帝庙里的那簇异火，大概就跟眼前这只浴火凤凰有关吧？

苏落一边勇敢地迎视浴火凤凰，一边小声询问：“这只浴火凤凰是怎么回事？”

宇无极苦笑道：“浴火凤凰自远古以来就守护着帝庙和皇城，平时一直处于沉睡状态，但谁也不知道它怎么突然醒了，醒了突然就上天了，上天后突然就盯上你了。”

魔帝叮嘱苏落：“浴火凤凰刚刚苏醒，神志有些不清，朕还没办法跟它沟通，你小心些，千万别惹恼了它。”

太后很天真地说了一句：“当年先帝还在的时候，这只浴火凤凰就已经是大神级别了吧？”

魔帝点点头：“因为一直没有得到神格，所以它也一直没有进化成主神，不过主神之下，它已再无对手。”

“那现在怎么办？”苏落不能回头，她的眼神必须跟浴火凤凰对视，但是她的声音是无奈的。

“谁也不知道浴火凤凰到底想怎么样，只能等它清醒了再沟通，但是现在——”魔帝的话还没说完，浴火凤凰忽然对着飞行器喷出一口烈焰，整个飞行器剧烈晃动起来。

飞行舱里的人摔得东歪西倒，而这时候，浴火凤凰发出一阵诡异的笑声，笑声桀桀，说不出地刺耳。

“不好，浴火凤凰又喷射火焰了！”宇无极大叫一声，赶紧对苏落说，“快掉头离开！我们需要马上迫降！到了地面，有地空阵法保护，浴火凤凰说不定就能清醒过来！”

“可是，怎么掉头？”几乎所有人都发出这个疑问。

失去理智的浴火凤凰就在眼前，虎视眈眈地盯着超SSS飞行器。多亏他们坐的是魔帝的超SSS飞行器，这要是换了瑞亲王的SSS级飞行器，只怕没几下就被大神级别的浴火凤凰给摧毁了。

宇无极也意识到自己说了一句废话。对啊，怎么掉头？一掉头不就激怒了浴火凤凰？

就在这时，众人忽然发现，超SSS飞行器动了，此刻正在以极快的速度跟浴火凤凰拉开距离。

“怎么回事？”饱受惊吓的皇后疾言厉色地大叫。

“没有掉头，我们是在倒着飞！”宇无极大声跟众人解释，“苏落正在倒着飞，大家都不要着急，不要添乱，回到座位上坐好！很快我们就会有一场恶战！”

此刻的苏落，她的视线依旧紧紧盯着浴火凤凰，但是她的手指却在噼里啪啦地敲击着键盘，手速快到离谱。

这艘超SSS飞行器本来没有倒着飞的功能，这个功能是苏落利用她学过的代码，临时增加进去的。幸好苏落是用代码操作的，如果用按钮操作，这次就真的死定了。

浴火凤凰眼中闪过一丝狐疑之色，它想不明白，为什么对方会往后移动？

不过，随着苏落移动，它也在移动，所以，它自始至终都在跟苏落对视。苏落的手指迅速敲打着键盘，眼睛甚至看都没有看屏幕一眼。

宇无极担心得脸色惨白，双眼死死盯着键盘，看得眼睛都要花了。不过让他欣慰的是，苏落打出的字符没有错误，飞行器后退的速度越来越快。

但是，当宇无极意识到苏落操作着飞行器正在一边后退一边降落的时候，他的脸色顿时黑了：“你在干什么？你这么做很危险！”

苏落冷冷一笑：“说得好像如果不这么做，咱们就没有危险了似的。”

魔帝一直在试图跟浴火凤凰沟通，但是这只浴火凤凰正处于不稳定状态，所以魔帝暂时无计可施。

魔帝盯着苏落，冷静地问：“苏落，你现在有什么办法？”

“后退，下降，降低到距离地面三千米处，就有阵法保护了。”苏落目视前方，冷静地跟魔帝说话。

魔帝对着苏落的背影皱眉问道：“你有把握吗？”

苏落点点头：“有把握。”

魔帝盯着苏落，一字一顿地说：“若这次能够脱困，朕便封你为圣女长公主，可与少年国师平起平坐。”

苏落点点头：“好。”

如果在平时，魔帝随口封出圣女长公主之位，很多人大概都会觉得震惊，但是此刻，所有人关注的都是自己能不能活的问题，所以一个反对的声音都没有。

这时候，大家只祈求两件事：一、浴火凤凰不要发狂，二、苏落的操作不要出错。

所有人都在默默地祈祷着……

浴火凤凰似乎觉得眼前这个玩具一点都不好玩，朝着飞行器喷了一口火焰，转身飞走了。

就在大家都松了口气之时，浴火凤凰喷出的火焰在飞行器上迅速蔓延，很快就从窗口蹿进了机舱，一时间机舱里浓烟滚滚。

宇无极跟魔帝禀报飞行器的损坏情况：“机头、机尾、机翼损坏严重，因为是浴火凤凰的火焰，所以……即便是超SSS飞行器，也抵挡不了多久。”

紧要关头，苏落冷静地操纵着飞行器迫降，此刻机舱内乱作一团，以至于谁也没有注意到，一簇奇异的火焰悄然蹿出苏落的衣袖，飞速在机舱里吞噬着浴火凤凰留下的烈焰……

在一下猛烈的撞击之后，在所有人都被撞得头晕眼花之时，苏落的声音突然响起：“已经安全落地，安全门已经打开，先保护太后和陛下出去。”

超SSS飞行器随时都有爆炸的可能，生死关头，太后和陛下被簇拥出去，然后是皇后、瑞亲王、小世子、瑞王妃……苏落是最后一个离开飞行器的。

众人刚转移到安全地带，这艘超SSS飞行器就爆炸了，一时间火光冲天。众人见了，全都心有余悸。

“孩子，刚才多亏了你，不然哀家和魔帝，还有瑞王他们，这回全都没命了……”太后刚刚脱险，就抓着苏落的手感激地说，“哀家果然没有看错人，你是个好孩子。”

苏落笑笑，此刻她的内心是复杂的。其实如果刚才在飞行器上她没有尽全力，如果飞行器爆炸，那么魔族这群皇室核心人物还真就被一锅端了。

太后、魔帝、皇后、瑞亲王、瑞王妃、小世子，全部陨落，魔族立即就会陷入大乱，这对灵界来说，是一个再好不过的机会。

可是苏落并没有这样做。太后对她视如己出，瑞亲王他们对苏落也掏心掏肺，苏落做不出来背后捅刀子的事，所以在飞行器上，她连这个念头都没有兴起过，还是当太后这样说的时候，苏落才想到这件事。

“这次考核，可怎么算呢？”苏落有些为难。

“当然通过啦！至于最后两道题，反正你都已经通过了，不考也罢。”太后直接替苏落做了决定，然后她转头问跟上来的魔帝：“皇帝，现在总可以封落丫头为长公主了吧？哦，不对，是圣女长公主呢！这可是你亲口说过的。”

魔帝苦笑，母后这是担心他食言吗？救命之恩，他不一定能涌泉相报，但是这恩情他又怎么可能不报？不然到时候天下人怎么说他？

“母后，长公主自然要封，圣女也是要封的，而且以落丫头的才华和智慧，也只有她才担得起‘圣女长公主’这个超然的头衔。”魔帝认真地说。

“这话还勉强能听。”太后既傲娇又得意，很有一种自家孩子被人夸奖的感觉。

“不过，这圣女长公主的位置岂能儿戏？必须要让钦天监选个良辰吉日，然后祭天，开启帝庙，如此这般，才算走了正礼，母后您说是吗？”

太后笑眯眯地看着苏落：“落丫头，你觉得祭天、开帝庙、公告天下如何？”

苏落在一旁听他们讲到祭天、开帝庙、公告天下，其实内心是雀跃的，不是她虚荣，而是她不知道南宫流云在哪里，所以她必须要站在最耀眼的地方，让南宫流云来找她。

“一切全凭太后做主。”苏落垂眸答道。

“好好，好孩子，哈哈哈……”太后喜欢苏落，所以看苏落什么都好。

魔帝的眼中流露出一抹遗憾，这样天纵之才、姿容绝世的丫头，却注定只能做他的妹妹吗？似乎越想越不甘心呢。

寂静的夜空，魔帝负手而立，看着远处的天空。

钦天监的主事正在跟他禀报适宜祭天的日子：“这个月的二十五，日子还算不错，倒是可以——”

魔帝皱皱眉头：“这个月的二十五太急了，没几天了，往后。”

“往后的话，下个月的十五，日子也不错，算算时间——”

魔帝挥手：“下个月十五难道就不急吗？祭天、开帝庙，哪一样不是事关魔界气运的大事，是这样随便就可以决定的吗？！”

钦天监的主事一脸的莫名其妙，在来这里之前，太后已经派人知会过他了，选日子一定要快快快，可是陛下的态度似乎是……有些反对？

这就让钦天监主事有些为难了。

“接下来呢？”魔帝冷冷地问。

“接下来只有六个月之后了。”钦天监主事顺从地说，“八月十五，正是祭天的日子，那时候——”

“那就八月十五。”钦天监主事还没说完，魔帝就做了决定，然后摆摆手道，“随朕去见母后，怎么说话你懂吧？”

说完，魔帝森冷地横了他一眼，率先离去。

钦天监主事内心苦笑——正因为他懂，所以他才好生为难。

第九章 出手相救

慈意宫。

“什么？这个月的日子在二十五？”太后皱眉，“如果赶一赶的话，或许……”

魔帝坐在一旁，见太后想将日子定在这个月的二十五，忙说：“母后，会不会太赶了？这样也太委屈落丫头了吧？”

见太后一脸为难，魔帝又加了一句：“浴火凤凰守护着帝庙，它脑子糊涂，也不知道祭天开启帝庙的时候，会不会有什么闪失？”

“对啊！哀家怎么忘了，祭天开帝庙的时候，落丫头可得在帝庙里待上七天七夜呢，这可使不得，太危险了！”太后点点头，然后看向钦天监主事，“后面可有什么好日子？”

钦天监主事说：“六个月后，八月十五倒是可以。”

太后一听这日子，顿时点头同意：“八月十五本是团圆的日子，在这个日子里册封哀家的长公主，好，这个日子好，想必那时浴火凤凰也该恢复正常了。”

魔帝眸中露出一抹笑意。

“不过这事得跟落丫头提醒一声，免得这孩子胡思乱想，来人，去召落丫头……算了，还是哀家亲自过去吧，这会儿这丫头肯定在花园里赏花呢。”太后笑着说。

她也不管魔帝了，径自就出去了。魔帝苦笑，看来太后真的将落丫头疼到心尖尖上了。如此一来，等落丫头做了皇后，太后和皇后和谐，后宫安宁……

魔帝真是越想越美。然而，他却始终都没有想过一种可能性，那就是，苏落不要他。

魔帝扶着太后一起去找苏落。

而此刻的苏落，果然在花园里。不过她并不是在赏花，而是坐在飞檐亭角上。飞檐亭四周是一片姹紫嫣红的花海，四个亭角上分别放着四块魔晶砖，此刻，无数的雾气正在将苏落包围。

雾气氤氲，犹如仙境。

苏落眼眸紧闭，吸收着这些能让她实力大涨的魔气。

太后身边的嬷嬷本想去叫苏落，却被太后狠狠瞪了一眼："不要叫！所有人都站远些，若是打扰了落丫头，不用哀家开口，你们全部自刎！"

魔帝看着那些魔气被苏落吸收，以肉眼可见的速度消失，眉宇间若有所思。

这样的修炼速度，也不知道这丫头最近实力又涨了多少。自从超SSS飞行器爆炸后，这丫头的实力就没有人能够看清楚了。

大约一刻钟之后，魔气被全部吸收，苏落缓缓睁开眼睛。

"太后？"苏落轻盈地从飞檐亭上落下，稳稳地站在太后面前，"太后怎么亲自来了？有事让人招呼一声，我便过去了啊。"

太后拉着苏落，笑着说："哀家过来看看你，顺便跟你说点事儿。"

"什么事？"苏落问。

太后看了魔帝一眼，魔帝就笑着对苏落说："钦天监算出来日子，本来这个月二十五就是好日子，但一来太匆忙，二来帝庙的浴火凤凰神志不清，怕伤害了你，所以将日子定在八月十五，你看如何？"

八月十五啊，还有六个月呢……苏落狐疑地看了魔帝一眼："在这中间都没有好日子了？"

"没有。"魔帝说得斩钉截铁。

苏落的眉头微微皱起。怎么会没有？魔帝当她是白痴吗？在看了内书库里那么多书之后，苏落对于天文历法也是精通的，她早就算出了几个好日子，可是听魔帝的意思……

难道他不愿意册封她？可为什么呢？自己不是救过他的命吗？还是……他发现了自己灵界人的身份，所以故意拖延？苏落自问没有露出马脚，但是不排除曾经有人在灵界见过她啊，毕竟她在灵界也是小有名气的。

这时候的苏落，根本没有往“魔帝不仅想将她留在身边，还想将她永久留在身边”这个方向去想。

苏落面上不动声色，对太后和魔帝笑道：“既然如此，自然全凭太后和陛下的意思。”

太后怕苏落心里不舒服，忙对她解释说：“落丫头啊，你放心，等到八月十五，一定办得妥妥当当的，这六个月，咱们就用心地准备，啊？”

苏落笑着点点头。

魔帝也在一旁笑着，等六个月后，只怕准备的就不是圣女长公主的礼了。

苏落总觉得魔帝看着她，笑得有些怪异，不过她想不明白，暂时也就不想了。

苏落对太后说：“在宫里待得久了，明日想出去走走，太后您看……”

魔帝二话不说，从腰上解下一块玉蝉递给苏落：“这块玉蝉如朕亲临，你拿着吧，在外面走动的时候方便又安全。”

这么好的东西，苏落不收才怪，有了这个，以后能办多少事儿啊？

苏落一点都不推辞，直接收起来：“那就多谢皇兄了。”

魔帝眼眸微眯，笑着点点头，觉得这“皇兄”二字，听着越发刺耳了呢。

第二天天一亮，苏落就拿着魔帝的玉蝉出宫了。

她今天出门有两件事，第一件事就是去青衣卫，因为曾经答应了侯阳大人，做青衣卫的监察史。做了青衣卫的监察史，就可以名正言顺地调看很多情报，这是圣女长公主都没有的权限。

第二件事就是去看小洋。苏落虽然托瑞亲王照顾小洋，但毕竟还是要亲眼看看才放心。

苏落很快就找到了青衣卫的总部。

苏落从怀里摸出当初侯阳大人给的那只玉蝉，丢给守门之人：“这是侯阳大人给的玉蝉，你拿去禀报侯阳大人，就说我苏落依约前来报到。”

就在此时，一道人影闪过，玉蝉直接就飞入了他的手中。苏落微微皱眉。

来者是个年轻人，粗犷威武，看上去不太好惹。

“百户大人。”守门老伯赶紧行礼。

“怎么回事？”百户大人看看守门老伯，又瞥了苏落一眼。

“这人自称苏落，是前来报到的，还说是侯阳大人亲自邀请的她。”

百户大人对守门老伯摆摆手：“你先去忙吧，这里交给我了。”

“是。”守门老伯松了口气，赶紧溜走了。

百户大人双手抱臂，绕着苏落走了一圈，边走边打量。

“侯阳大人请你来担任什么军职？”百户大人把玩着玉蝉，似笑非笑地看着苏落。

“监察史。”苏落的眸中波澜不兴。

“监察史？你说你是来做监察史的？哈哈哈哈……”百户大人捂着肚子狂笑。

“刘小三，大早上的还让不让人睡了，笑什么呢！”一道夹着恼怒的声音从里边传来。

这青衣卫是一个建筑群，里里外外至少有九进，平时青衣卫的人也都住在这里。

“千户大人，您快出来啊，有个漂亮的姑娘，但是脑子不太好，可稀罕了！哈哈哈……”刘小三捂着肚子笑得喘不过气来。

这偌大的青衣卫像个和尚窝，就连里面的苍蝇都是公的，一听到“漂亮的姑娘”这几个字，顿时就有人往外冲。

漂亮但脑子不太好的傻姑娘？苏落脸色微黑，对刘小三伸出手：“将玉蝉给我。”

刘小三嬉皮笑脸地东躲西闪：“不给，不给，除非你抓到我，否则就不给你！你来抓我啊。”

苏落当即沉下脸来，一伸手就拎住了刘小三的衣领，拍拍他的脑袋，将他丢在了地上。

苏落这一手如行云流水般流畅。

正所谓“外行看热闹，内行看门道”，刘小三只知道自己被制住了，怎么都挣不脱，千户大人却一眼就看出来，苏落的实力不在大圆满六星之下。

“姑娘好俊的身手，不过这青衣卫可不是外人可以撒野的地方，姑娘是谁，意欲何为？”千户大人盯着苏落。

从青衣卫里冲出来不少的年轻人，他们看到苏落正和千户大人对峙，全都下意识地将苏落包围起来。

苏落眼眸微眯，瞥了刘小三一眼。

刘小三身上的酸麻劲刚过，挣扎着站起来，对千户大人说：“她说她是来当监察史的。”

刘小三此话一出，所有人都狂笑起来，就连千户大人闻言都哭笑不得：“姑娘，这个玩笑开大了，还是说出你真正的用意吧。如果你不说出来，今日恐怕是不能这么轻松地离开了。”

“哦？”苏落初来乍到，正想在青衣卫里立威呢，不然以后怎么服众？她恰有此意，这群青衣卫就给她制造了这么一个机会，当真是好极了。

苏落双手环胸，环顾四周：“为什么你们一听我是来当监察史的，就一副见鬼的表情？难道监察史已经另有其人了？”

“监察史自然已经有了人选，但是这个人选绝对不是你，我们也没有女人当青衣卫的先例。”千户大人目光清冷地看着苏落，“姑娘到底是谁，来做什么？”

所有人都盯着苏落，一双双目光都如狼似虎。

苏落嘴角微勾，在青衣卫这种地方，就如同军营一样，说再多的话都没用，一切全凭实力说话。

所以，苏落对千户大人说：“出手吧。”

千户在青衣卫里也算不小的官职了，却没想到苏落居然一开口就跟他挑战。

“好！如果你能打赢我，就有资格见万户大人！”千户冷冰冰地盯着苏落，当即做好了战斗准备。

而此刻，内院里，三道视线正穿过重重墙院，注视着外院发生的事情。

坐在主位的是侯阳大人，他的左首边坐着副统领，右首边则是晋三。

“大人，你这是何意？你不会真要将监察史的位置交给这样一个娇滴滴的小姑娘吧？”副统领难以置信地瞪着侯阳大人。外面的人不知道，但是身为青衣卫的高层，侯阳大人已经亲口告诉他们苏落的事了。

“你们不知道这丫头现在炙手可热的程度啊，真没想到，一年没见，这丫头已经成了太后娘娘心尖尖上的人物了。”侯阳大人笑眯眯地摸着下巴上的胡须。

“大人，就算太后喜欢她，可咱们青衣卫是什么地方？太后的话还影响不到咱们吧？”副统领极度不服。

因为这个监察史已经空缺了很久，监察史的职位跟他这位副统领平级，是能够跟他平起平坐的人。

“可是一年前，本侯就已经将监察史的令牌给了她。”侯阳大人摆摆手，“你就看着吧，这丫头实力非同小可，运气又好到逆天，一手医术更是妙手回春，这样的人才，你以为本侯抢得很容易吗？那可是从瑞亲王手里抢人！”

侯阳大人有侯爵在身，所以自称本侯正是理所当然。

“可是……”副统领看到远处那个一身鹅黄色裙衫、姿容绝美、娇滴滴仿佛风一吹就倒的小姑娘，怎么也不相信她真的实力非凡。

“走，亲自看看去。”侯阳大人双手交负在后，笑眯眯地站起来就走。

盼了一年，终于将这丫头给盼来了，不容易啊。

副统领见晋三一直安静地跟在一旁，一句反对的话都没有，当即奇了，捅捅他的胳膊，压低声音问道：“这姑娘一来，职位就在你之上，你居然一点反对意见都没有？”

如果空降的是个男人也就罢了，可偏偏是个女人，晋三会服气？

晋三面容冷凝，神色莫测地跟在侯阳大人身后。

而此时，苏落跟千户大人的战斗已经到了尾声。

青衣卫的那群人本以为，这么娇滴滴的小姑娘很容易就能拿下来的，可是……他们家的千户大人在苏落那里愣是讨不到什么好。

十招之后，千户大人就只防不攻了。

二十招之后，千户大人就节节败退了。

三十招之后，千户大人的剑脱手而飞，千户捂住他的右手虎口，那里已经被震裂，如果不及时处理的话，对他以后的修为影响很大。

“姑娘好俊的身手，在下败了。”千户大人朝苏落一抱拳。

周围的人看得目瞪口呆，就在这时，一道刚猛的声音响起：“能打赢千户，确实实力不错，可做监察史还差得远，来试试我这万户的实力！”

说话间青衣卫万户公西敏出现在苏落面前。

千户看着公西敏，羞愧地低垂着脑袋：“公西万户大人……”

公西敏没好气地说：“下去吧，这丫头确实有点实力，不是你能对付的。”

将千户打发下去之后，公西敏定定地盯着苏落：“你就是苏落？”

“你听说过我？”苏落似笑非笑地看着公西敏。

苏落对“公西”这个姓氏很敏感，所以当千户喊他“公西万户大人”的时候，苏落就知道，眼前这位八成就是公西家族的人。

苏落对公西家族的人没有好感，一是因为小洋的事，二是公西家族还欠着她的九阳壹尺，苏落决定明日就去拿回来的。

不过，公西敏并不知道苏落和大魔王的纠葛，更不知道苏落和小洋的关系，因为他从偏远之地出任务刚回来。

只是，当他第一眼看到苏落时，就知道跟她气场不合。

“出手吧！”公西敏冷冰冰地盯着苏落。

苏落并不给他废话的机会，直接先发制人，两个人很快缠斗到半空中。

“这个苏落，好大的胆子，居然跟公西敏打起来了。”

侯阳大人一行人站在高处，副统领见苏落打完了百户打千户，打完了千户打万户……这份能耐，真不是一般人可比的。

“公西敏有什么不能打的？我看这次他还真就输定了。”一向高冷的侯阳大人这次却看得兴致勃勃，他的目光一直都看着苏落，眼眸微微眯起，眼眸深处全是欣赏。

副统领嘀咕了一声：“还说太后偏心呢，我看大人您也偏心得很。”

这人都还没正式招进来呢，就偏心成这样，在他眼里，跟苏落一比，万户都要远远地靠边站了。

侯阳大人挑眉，瞥了晋三一眼：“你能打得过现在的她吗？”

晋三神色冷凝，深吸一口气道：“一年前，我自信能赢她，但是一年后的现在，我已经看不懂他了。”

“什么？”副统领大人盯着晋三，“连你都打不过那丫头？怎么可能？”

晋三若有所思地看着苏落。不是说这一年她都在皇宫内书库里闭门看书吗？怎么感觉她实力进步那么大？大得他都有些跟不上了。

说话间，苏落跟公西敏之间的战斗已经到了尾声。

苏落手中的剑，稳稳地横在万户颈间，她似笑非笑道：“万户大人以为如何？”

公西敏脸上又惊又怒，他堂堂万户统领，竟然输给了一个娇滴滴的小姑娘，这要是传出去，公西家族的脸都被他丢尽了。

“如何？”苏落手中的剑又往前递送一点。

侯阳大人没好气地瞥了副统领一眼：“再不出去，你的人就真被落丫头杀了。要知道，有太后她老人家罩着，杀个万户统领什么的，那还真没什么。”

公西敏是副统领的得力下属，更是他的左膀右臂，所以在听了侯阳大人的话之后，副统领就不得不出面了。

“走，我们也去瞧瞧，这丫头的气性可不是一般的大呢。”侯阳大人嘴角含着淡淡的笑意。

而当苏落的剑架在万户脖子上的时候，原本因为苏落的容貌而对她有轻视之心的青衣卫们，此刻全都瞠目结舌，震惊当场。

事实胜于雄辩，实力让人折服，他们不得不甘拜下风，不得不承认苏落的实力。

“哈哈哈，哈哈哈哈哈……”副统领从暗处走出来，一路走到苏落面前，目光定定地看着她，口中大声赞道，“好，好啊，不愧是英雄出少年，侯阳大人说你实力深不可测，果然还是他老人家目光如炬啊。”

苏落微微挑眉，从这位副统领的语调中，她可听不出什么赞美的意思。

“这位是……”苏落微微皱眉。

“副统领大人！”一大群青衣卫都给副统领行礼。

副统领摆摆手，目光依旧笑眯眯地盯着苏落：“公西万户打不过你，又没仇怨，姑娘何不将他放了？有话好好说嘛。”

苏落点点头：“以后他们都是我的手下，我自然不会杀人。”

说完，苏落就将公西敏给放了。然而，就在苏落放掉公西敏之后，原本已经退下的他忽然偷袭苏落，无数细如牛毛的针朝苏落的后背射去。

“小心！”青衣卫里很多人都为之变色。那么近的距离，又是后背，毫无防备的苏落真的能逃过一劫吗？

“哈哈哈……苏落，还以为你多厉害，原来也不过如此！”公西敏看到他的细针齐齐射入苏落体内，当即大笑起来，“这个监察史，看来你是做不了了！”

所有人都看到细针射入苏落体内，真得不能再真了……那么漂亮的姑娘，不会真的就此陨落吧？公西敏这手段也太过毒辣了！

可就在这时，忽然，一道清爽的笑声响起。

“公西敏，你在说什么？”苏落站在公西敏身侧，淡笑地看着他。

公西敏面容当即一震。刚才苏落不是已经被细针扎成刺猬了吗，怎么会……

当公西敏再往那边看时，发现那里连个人影都没有，而他引以为傲的细针，正齐齐跌落地面，堆成了一堆。

“你……”公西敏瞪着苏落。

“你射中的，不过是我的残影而已。”苏落很好心地为他解惑。

“这不可能！”公西敏目光赤红。那是他最引以为傲的底牌，而且在这么出其不意的情况下，怎么可能得不了手？

“只要速度足够快。”苏落淡淡一笑，一挥手，地上的细针全部射入公西敏的周身要穴。

“苏落姑娘，不可——”副统领当即脸色一变。

“以下犯上，手段下作，死罪能逃，活罪难饶！”苏落不等副统领把话说完，就阻止了任何人的求情。

“你，你到底对我做了什么？”不知为何，公西敏浑身剧痛，第一次感觉到了死亡的威胁。

“子午透骨针而已。”苏落拍拍公西敏的脑袋，“放心，死不了的，只不过每日子时和午时，身体有点不舒服而已。”

苏落将公西敏往地上一丢，拍拍手掌，对副统领说：“刚才教训这不听话的下属耽误了点工夫，让副统领大人久等了。”

副统领看向苏落，目光比刚才越发幽冷。

“他们告诉我，监察史的位置已经有人选了，不知道这人选是副统领大人，还是晋三大人？”苏落笑眯眯地看着眼前的副统领。

“是我又如何？是他又如何？”副统领眼眸半眯起来。

“监察史的位置我是要定了，所以，有任何不服气的人，都可以出来挑战，谁赢了这个位置就归谁。”苏落似笑非笑地看着副统领大人，“副统领大人要不要挑战我？”

副统领大人原本雄心勃勃想要上位的，但是，在看了苏落毫不客气地在公西敏的身体上打了子午透骨针后，心里涌起一阵惊惧。公西侯府势力不小，公西敏又是内定的第一继承人，这样的人，苏落却说打就打、说废就废……果然仗着有太后撑腰，就可以肆无忌惮啊。

“副统领大人考虑得如何了？时间宝贵啊。”苏落出声提醒。

见苏落这漫不经心却又自信满满的样子，副统领紧了紧拳头，看来，这监察史的位置，确实是跟他无缘了。

副统领深吸一口气，对苏落说：“苏落姑娘是侯阳大人亲口指定的监察史，这个位置自然是属于您的，谁也抢不走。”

苏落没想到这位副统领服软这么快，当即多看了他一眼。

副统领一来畏惧苏落的实力，二来畏惧苏落背后的势力，既然服软了，那就认到底，只见他单膝跪地，抱拳朗声道：“属下郭偿，拜见监察史大人！”

其余的青衣卫都面面相觑。如果说一开始他们对苏落存在轻视，那么经过这几场战斗，苏落爆发出越来越强的实力后，他们对苏落不仅是口服，心里也服气了一半。

于是，不管愿不愿意，大家都跟着副统领大人半跪下来。

“哈哈哈，你这丫头，愣是迟了一年，老夫可足足等了你一年！”尘埃落定后，侯阳大人这才出现。

“所以侯阳大人这是故意让人试探我的深浅？”苏落没好气地白了他一眼。

“这个监察史的位置，自然要坐得让别人心服口服，这里是青衣卫，背景靠山都放一边，凭的就是真正的实力。能让他们对你服气，可不是老夫一句话就能够做到的。”侯阳大人对苏落的表现很满意。

苏落感觉到一道灼热的视线正盯着她，侧眸一看，发现是晋三。

晋三幽冷的视线一瞬不瞬地凝视着苏落，眸中有着太多说不清道不明的意味。

“有事？”苏落挑眉。

晋三紧了紧拳头，一年前，西域客栈初相遇时，他怎么都不会想到，这位看上去娇滴滴的小姑娘，一年后转身就成了他的上级。

然而世事难料，有的人，总能够创造奇迹。

晋三微微勾起唇角：“只是有些感慨罢了。”

“你服气？”苏落笑眯眯地看着他。

“不服气。”晋三实话实说。

“那可怎么办？现在的我可比你高一级，正所谓‘官大一级压死人’啊！”苏落笑容明媚。

“我会追上你的！”晋三内心复杂，面上却依旧冷静如冰。

“那我拭目以待。”苏落朝他点点头，然后转头望着侯阳大人，“监察史都管哪些人哪些事？对谁负责？”

“监察史，监察整个青衣卫，监察我这个大统领，所有的事你都可以管，至于对谁负责……”侯阳大人想起昨日陛下深夜召他入宫说的话，微微一笑，“你只属于陛下名下，自然是可以直接上达天听，对陛下直接负责了。”

“听起来似乎不错。”

“苏落姑娘觉得满意就好。”侯阳大人想起昨日跟陛下的一番对谈，也不喊她落丫头了，神色间甚至有些恭敬。

对侯阳大人的态度，苏落总觉得有点奇怪，但具体是什么她一时之间还不清楚。

就在这时，一道黑影出现在侯阳大人面前，递上一只信鸽后，瞬间消失不见。

见苏落眼露疑惑之色，晋三正想说话，副统领将他往边上一挤，抢着对苏落说：“这是情报系的魔鸽，经过情报人员的整理，军情的副本会送到我们这里，正本已经上达天听了。”

副统领见苏落点头，又笑着补充了一句：“一般的事情都会用通讯珏传达，但是为避免通讯珏被帝国窃听，所以军情方面的事，都是用魔鸽传递。”

苏落微微挑眉：军情方面？魔界除了跟灵界打仗外，还跟别的界面交战吗？

而此刻，侯阳大人已经看完了手中的情报，将信纸在手中一握，对苏落几个说：“你们几个，随本侯进来。”

见侯阳大人神色愉悦，苏落心中浮现出一抹疑惑。

苏落跟在侯阳大人身后，与副统领和晋三一起进入议事大厅。

侯阳大人坐在上首，目光从苏落、副统领和晋三脸上扫过，忽然放声大笑：“哈哈哈……”

“好，很好！”侯阳大人重重一拍桌子，“这次终于捉到一条大鱼，也不枉本侯在西域边境部署那么多年！”

“大人，您的意思是……”副统领眼眸一亮。

“灵界那边？”晋三眼眸也亮堂起来。

苏落的心却咯噔一下，渐渐往下沉。灵界那边？大鱼？到底发生了什么事？究竟是怎样的收获，能让喜怒不形于色的侯阳大人兴奋至此？

侯阳大人见苏落一副不解的样子，没好气地将手中的信纸往苏落手里一丢：“自己拿去看。”

不会是南宫流云吧？以南宫流云的实力和智慧，谁能捉到他啊？所以肯定不是他！

苏落哦了一声，抑制住内心的情绪，缓缓展开信纸，纸上只有一句话：活捉灵界高级将领南宫墨琛，半年后押至帝都。

南宫墨琛……这不是南宫流云的六叔吗？难怪魔界的人会高兴成这样，毕竟南宫墨琛是龙凤族十大战将之一，同时还是南宫老爷子的第六子，并且还是镇守魔界的统帅！

统帅被抓，魔界可以拿这位统帅做多少事情？设下多少陷阱？得到多少利益？

不说魔界如何，单说灵界。

南宫六爷被抓，对龙凤族来说，是一个非常沉重的打击。身为灵界第一家族，龙凤族本就内忧外患不断，现在南宫六爷被抓，这群人口诛笔伐，欲加之罪，苏落不用想都能猜到他们会给龙凤族安上什么罪名。那就是，通敌卖国！

当然这个罪名对亿万年世家而言，动不了根基，但它却是一个皇族趁机削弱龙凤族的借口，是皇族趁机收回兵权的借口。龙凤族之所以这么多年能跟皇族抗衡，就是因为那占据半壁江山的兵权。

苏落越是深入想就越知道，这件事到底有多糟糕……南宫流云的压力一定很大吧？如果仅凭他一人，在魔界想要救人，那难度该有多大？

副统领见苏落手里捏着纸条，一副若有所思的样子，不解地问：“监察史大人，纸都被你捏破了，你在想什么？”

一时间，几个人的视线都望着苏落。苏落内心犹如惊涛冲过，但面上却依旧平静如水，她说：“我在想，能拿这位南宫墨琛做些什么文章。”

“哈哈哈，监察史大人的想法与我不谋而合啊，我也是这样想的！”副统领笑着说，“南宫墨琛可是当年那位战神的第六子，一向以刚毅勇猛著称，我们首先要做的事，就是不能让他自杀，只有他活着，我们才有计划可以实施。”

“继续说。”侯阳大人指着副统领。

得到侯阳大人的赞赏，副统领眉宇间带了几分得意，他说：“在确保南宫墨琛不死之后，我们就一路放出消息，这一路上，肯定会有灵界的人进入魔界来救人，而这些来救的人，必然是龙凤族的精英。”

侯阳大人点点头。

“哼！龙凤军在边境杀了多少我魔界军人？这次，我们绝对不会放过他们！大人，我们将南宫墨琛的消息放出去，一路设下埋伏，龙凤族的精英会死多少？而埋伏在魔界的灵界间谍，这次又会暴露多少？”副统领越说越激动，“等南宫墨琛被送入帝都押入天牢，等待着龙凤族的人来救，听说龙凤族有位南宫二少，天资卓绝尤胜当年他爷爷，我们趁此机会将这位冉冉升起的新星绞杀。大人，您觉得如何？”

可怜的副统领大人没有注意到，苏落已经默默地在空间里开启了水晶果实。这一刻，苏落无比庆幸她有这么逆天的水晶记忆果实，还有可以隐蔽不被人发现多角度拍摄的随身空间……

“南宫流云……确实……”侯阳大人点头，“这位少年惊才绝艳、举世无双，有他在，日后龙凤族必然傲视苍穹，所以，南宫流云必杀！”

“此事还需从长计议，本侯先入宫面圣。”侯阳大人说罢，直接就进宫去了。

剩下的几个人里，副统领是最高兴的，他凑近苏落：“监察史大人，不如我们商谈一下对付龙凤族的事？”

副统领跟晋三是对立面的，侯阳大人又明显比较器重晋三，所以副统领急需拉拢苏落。

但是苏落却淡淡瞥了他一眼："我还有事要办，改日再聊。"

说完，苏落直接就走了，干脆而决然。

副统领愕然："这位监察史大人……"新官上任，难道不是要拉拢属下的吗？她倒好，走得痛快。

晋三淡漠的视线从副统领脸上扫过，也走了。

走出青衣卫的大门后，苏落整理了一下思绪，发现她现在要做的事有很多。

一、找到南宫流云，跟他商量如何解救南宫六爷，不要让龙凤族的精英葬送了性命。

二、尽快找到九阳壹尺，因为在解救南宫六爷的过程中，她的身份很容易暴露。

三、小洋的事必须先解决了。

苏落理清了头绪之后，直接就往瑞亲王府而去，她要去问瑞亲王，这一年将小洋安排在了哪里。可怜的苏落，她到现在还不知道，还有一件很麻烦的事需要面对，那就是魔帝对她的非分之想。当然，如果这件事苏落利用好了，那解救南宫六爷的事就更加方便了。

苏落在去往瑞亲王府的路上，她越是想速度快，就越快不了，因为前方竟然堵住了。

争吵声不断从里面传出来。苏落本来想从他们的头顶上飞过去，但是，当她听到里面传来的声音时，微微一愣。

这声音，怎么听着像小洋的声音？

苏落挤进人群，果然看到一幕让她愤怒的场景。

只见彪叔浑身是血地护在小洋身前，而那位小少年，紧绷着小脸，薄唇抿成一条白线，他一双漆黑的眸子盯着眼前那群黑衣杀手："公西家族的人当真是厚颜无耻！当年你们奴才翻身做主，赶走我们嫡系，现在又赶尽杀绝，简直不要脸！"

"呵呵，小屁孩，你说什么我们不知道，我们只知道收人钱财替人消灾，你们安心受死吧！"一群黑衣人朝小洋他们冲去。

"小少爷快跑！"浑身是血的彪叔挡在小洋面前，冲他大吼，"快去找小世子求救！"

"跑？看你往哪里跑！"随着这道声音响起，嗖嗖嗖，瞬间又出现二十名黑衣人，将小洋围得密不透风。

"给我去死！"黑衣人首领一刀朝彪叔劈去，下一秒却砰的一声倒飞出去，狠狠地撞到墙上。

彪叔一回头，脸上露出惊奇万分的神色："苏落姑娘！"

"姐姐！"小洋看到苏落，激动得眼眶都红了。在这最绝望的时候，又是苏落姐姐从天而降，带给他生的希望。

"给我上，格杀勿论！"黑衣人首领从地上一跃而起，挥舞着钢刀朝苏落冲去。

与此同时，他带来的五十个黑衣杀手，有三十个围住了苏落。

苏落冷冷一笑，摊开右手，凤舞剑出现在苏落手中。

苏落的凤舞剑才解开第二重封印，第三重封印一直都没有解开，苏落知道解开的方法但一直都没有用，因为解开的方法就是鲜血。今日，就用这些魔界人的鲜血，来解开凤舞剑的第三重封印吧。

凤舞剑起，神女剑法出，苏落身形如电，每一剑必中黑衣人胸口。剑锋染上鲜血，骤然放射出耀眼的光芒。

不消片刻，就有四十名黑衣人死于凤舞剑下。黑衣人首领一看形势不妙，恶狠狠地瞪了苏落一眼，一挥手："撤！"

十名黑衣人朝着不同的方向逃去，苏落冷笑一声，衣袖一扬，之前从公西敏那里得到的细雨针嗖嗖嗖地飞出十根，正中十名黑衣人的后脑勺。

"啊——"十名黑衣人几乎同时发出惨叫，倒地身亡。

黑衣人首领本以为他已经跑出了苏落的杀戮范围，但是——

"给我去！"苏落的凤舞剑径直朝黑衣人首领追去，刺入他的后背，瞬间绽放出绚烂的光芒，发出一声轻微的凤吟。

虽然只有这么一声，但是魔界的京城，那些沉寂的高手都被这轻微的凤吟声惊动。

"凤吟声？难道是帝庙的那只浴火凤凰？"高高的魔界之巅，一位老者缓缓睁开眼睛，目光如电，直射京城方向。

"凤吟初动，风云际会，京城不太平啊。"一个纯朴的隐世山村里，村长望着京城方向，叹息一声。

"凤吟已动，天下大变，京城，我来啦！"无数的身影正朝着魔界京城而来。

而此刻，苏落却不知道，凤舞剑第三重封印的解开，竟然引来这么多人的关注。

"姐姐！"帮彪叔稳住伤势之后，小洋跑到苏落面前，那双漂亮的眼睛里充满了惊喜。

“没事吧？”苏落笑着问。

小洋精致的脸上全是庆幸：“还好姐姐从天而降，不然我和彪叔就没命了。”

苏落皱皱眉头：“我不是将你和彪叔托付给瑞亲王了吗？瑞亲王没有派人保护你们？”

“有，这一年里多亏了瑞亲王派人保护，我和彪叔一直都很安全。这次我们是和小世子一起上街的，小世子不知道跑哪里去了，我们运气不好碰上了这群杀手，所以……”

运气不好碰上杀手？这群黑衣人显然是有备而来的。苏落心中存了疑惑，不由得微微皱眉。

“城防兵来了，大家快让让。”人群中有人高喊起来。

很快，一队人马出现在苏落面前，为首之人骑着高头大马，身形魁梧，目光如炬，一脸的凶相。

“咦，是乌队长，今天轮值的竟然是乌队长。”

“乌队长又怎么了？这事可有什么说法？”

“你没听那漂亮少年说吗，是公西家族派人来杀他们的，也就是说，地上倒着的这些黑衣人，很有可能都是公西家族的人。”

“哦，难道行凶的真是公西家族？可这乌队长跟公西家族又有什么关系呢？”

“哎哟，你连这都不知道啊？乌家跟公西家族是姻亲啊，这位乌队长娶了公西家族的七小姐啊。”

“哦，我就说嘛，难怪今天这城防兵来得怎么这么慢，敢情这其中……”

魔族人本就胆大，更何况是皇城根下的这些魔族人了，一个个都看热闹不嫌事大，议论得兴高采烈。但是，当这些话传到乌队长耳朵里时，他的表情就不好看了。

事实上，众人的猜测已经八九不离十了。乌队长的岳父大人正是公西宁的老爹公西郁，也就是公西家的老三，专门负责追杀公西嫡系的那位。

追杀公西小洋这件事已经拖了一年，拖得公西郁都快抑郁了，所以这次他用调虎离山计将小世子引走，让小世子遇险，所以原本保护公西小洋的人全都去保护小世子了，以至于公西小洋身边只有彪叔一人。他还特意嘱咐乌队长善后，务必将公西家族的痕迹抹干净。

然而现在，乌队长看着鲜活的公西小洋，看着有气无力但依旧活着的彪叔，看着满地的黑衣人尸体，有些蒙了——这就是岳父口中的善后？

乌队长很快就了解了事情的经过。

岳父信誓旦旦地说绝对不会失误的五十名黑衣杀手，居然不到一分钟时间，就被眼前这姑娘斩杀殆尽？怎么会这样？

“报上你的名字。”乌队长居高临下，冷冰冰地盯着苏落。

为安抚岳父的怒火，看来只有将这姑娘抓起来了。

苏落的目光从乌队长脸上扫过，说出简单的两个字：“苏落。”

乌队长一挥手：“苏落当街杀五十人，罪不可赦，来人，将她给我抓起来，押入大牢，等候上面发落。”

一听到乌队长要将她抓起来，苏落顿时笑了：“抓我？乌队长为何要抓我？”

“当街行凶，杀人过五十，为何不能抓你？当场狙杀都是便宜你了！”乌队长冷笑。

“是这群黑衣人追杀我们，我们是正当防卫。”小洋站出来，目光冰冷地盯着乌队长。

“正当防卫？杀了这么多人也叫正当防卫？好一个正当防卫！都给我抓起来！”乌队长眉头紧皱。

“这些都是公西家族的人，都是来追杀我的！”小洋忽然跳到一块高高的石头上，当着所有人的面高喊，“公西家族原本是我家的，可是后来老祖宗早亡，临终托孤给公西羽这个奴才，谁知公西羽这个恶奴欺主，多年前不仅将公西家族据为己有，还将我们公西嫡系一脉逐出帝都！”

“简直是一派胡言！给我把人拿下！”乌队长知道，再由着这个少年当众说些什么出来，这件事就真的麻烦了。

公西家族的这件事，在过了这么多年后，只有帝都资深的家族还知道，很多新兴家族都不知道，乌家就属于不知道的那个。

乌队长的手下想冲上去将公西小洋拿下，但是他们却忽然发现，他们控制不了自己的身体，仿佛全身都被定住了一般，别说迈步了，就连动一根手指都异常艰难。

“队长……”

乌队长脸上的冷汗不停地往下淌，因为他也动不了了。他下意识地朝苏落看去：是这位容颜绝色的姑娘动的手脚吗？如果真是她，那她的实力该强大到何种地步？就因为这么一耽搁，公西小洋已经说出公西家族对公西嫡系斩尽杀绝的恶行。

公西小洋豁出去了，丝毫没有为现在这个公西家族留情面的打算，所以他直接就说："当年公西家主征战沙场，聪明睿智。他知道仆强主弱，公西羽会有反意，所以逼公西羽发下毒誓，除非找到代表公西家族的原木令牌，否则，不得对公西嫡系动一根手指。十一年前，公西家族机缘巧合找到了原木令牌，所以，公西羽一脉开始疯狂地屠杀嫡系。"

公西小洋那张白皙的容颜上带着愤怒，全身被圣洁的光芒笼罩着，看起来让人心疼极了。

他说："十一年来，一千多个嫡系子弟倒在了公西羽一脉的屠刀之下，父母叔伯、兄弟姐妹全部惨死，当年被驱逐的公西泉祖上，如今只剩我这么一个后人了！诸位父老乡亲，这就是现在的公西家族！"

大家都被这真相唬得心里一跳一跳的。

就在这时，苏落跳上巨石，站在公西小洋身边，目光幽冷地盯着下方那一具具黑衣杀手的尸体，声音冰冷漠然："恶奴欺主也就罢了，取而代之也就罢了，可是他们还要赶尽杀绝、斩草除根！朗朗乾坤，天理昭昭，咱们魔界难道就没有公道了吗？"

"没想到公西家族竟然是这样的，简直让人震惊！"

"难怪公西家族尊公西羽为老祖，而不是当年那位征战沙场的公西老将军！"

"恶奴欺主，还如此理直气壮，若是所有的奴才都这么干，这天下岂不是乱套了？"

公西小洋的遭遇，引起在场所有人的同情，众人议论纷纷。

乌队长一看情势失控，赶紧将事情禀报给他的岳父。公西郁听了乌队长的话，脸色骤变……

第十章 连续跳级

公西家族。

“老三，怎么了？脸色怎么这么难看？”公西老大瞥了老三一眼。

公西老二也不解地看着老三：“你的手怎么在发抖？发生了什么事？”

“大哥、二哥，出大事了！”公西郁气得浑身发抖，“公西小洋现在正在当街诉说当年之事！这件事瞒不住了，我们公西家族的声誉这次真的要完了……”

“老三，你不是说已经杀了公西小洋吗？”老大不解。

老二也看着老三。

公西郁郁闷地扇了自己一巴掌：“大哥二哥，我以为今日之事必成，所以才告诉你们已经杀了公西小洋，但是这事出了纰漏，公西小洋非但没死，我派去的那五十名黑衣人反而被对方全部杀了。”

公西郁恶狠狠地说：“听乌宋说，有个小姑娘挺身而出保护公西小洋，如果将这小姑娘解决了……”

“解决？现在解决还来得及吗？当务之急，是消除对我公西家族的负面影响！”公西老大当机立断，“这事就交给我处理吧，老三你不要轻举妄动，免得越描越黑。”

“那大哥的意思是……”

老二插嘴道："大哥，既然乌宋解决不了，不如让他爹出面。他爹好歹是城防统领，三品的军职，若是连他也解决不了，您再出面也不迟。"

老大一听，觉得他说得有道理，就点头道："老三，还不快联系你的亲家！"

不说公西家族做出的一系列应对之策，单说眼前。

公西小洋的一番话激起了公愤，乌宋眼见场面失控，心中暗暗着急。他已经通知公西家族了，为什么他们的人还没来？

就在这时，有人高声喝道："闪开闪开，统领大人到！"

"父亲大人！"乌宋看到马背上那魁梧的中年汉子，激动地大喊一声。

乌统领居高临下地环顾四周，视线最后定格在苏落身上，杀气凛然地吩咐手下："把他们抓起来！"

"凭什么抓我们？"彪叔冲出来，挡在苏落和小洋面前道，"乌统领和公西家族是姻亲，果然沆瀣一气、狼狈为奸，不问青红皂白就要抓我们入狱！"

彪叔的话引起周围老百姓的共鸣，大家纷纷低声说着同样的话。

但是，乌统领凶神恶煞般的目光往周围一扫："除了他们三人，还有谁不服？一并站出来，我乌某人不介意送他去监狱住住！"

乌统领就是乌统领，一开口就气势汹汹、霸气十足，原本还义愤填膺地喊着要去扫平公西家族的这群乌合之众全都沉默了。

这群老百姓是不怕死，但也怕麻烦，乌队长他们还可以戏弄一下，但是乌统领……还是算了吧。原本怒气冲冲的老百姓一步步地往后退，最后只剩下苏落、公西小洋和彪叔三个人了。

彪叔脸上神色大变，但是苏落依旧泰然自若，她本就知道，靠别人是靠不住的，能靠的只有自己。

乌统领盯着苏落："你是谁？"

"苏落。"简单两个字。

苏落？这名字似乎有些耳熟。

乌统领一时没想起来，也就没有在意，只冷冰冰地下令："把这三个人抓起来，投入大牢等候发落！如有反抗，以谋逆罪论处，杀无赦！"

乌统领快刀斩乱麻，解决了这一切，然后狠狠瞪着他儿子："这么简单的事都办不好，还有脸请求升职，回家再收拾你！驾！"

乌统领正欲离去，却有人出声阻止："且慢！"

苏落和乌统领回头一看，然后就看到了他们的熟人。

“晋三？”这么巧？苏落眸中浮现一抹讶异。

晋三看了苏落一眼，冷冷地说：“见你一个人出来，怕你出事就跟来看看，你果然是惹祸体质，走到哪儿都惹祸。”

苏落没好气地说：“现在是别人招惹我。”

而且，现在的苏落就算惹事又如何？她惹得起。

乌统领看到晋三，先是愣了愣，注意到晋三跟苏落谈笑风生，好像熟识的朋友一般，心中忽然有一种很不好的感觉。

“晋大人。”乌统领看着晋三，抱了抱拳，“不知晋大人喊住下官有何事？”

晋三在青衣卫的军职是二品，而他乌统领，不过是三品。

官大一级压死人，说的就是现在这种情况。

“晋大人？乌统领这声‘晋大人’喊得本官很是不安啊。”晋三似笑非笑地说。

“哦？不知晋大人不安什么？难道晋大人被降级了？哈哈哈，开个玩笑，晋大人不要介意。”乌统领笑呵呵地看着晋三，但是眼中的警告之意却很明显——虽然军职比晋三低一级，但是这件事他已经管定了，希望晋三不要插手。

晋三摸摸鼻子，瞥了苏落一眼：“你不预备拿出点什么？”

乌统领不解地看着晋三，又戒备地看着苏落：她拿出来的会是什么？为什么晋三用看白痴一样的目光看着他？

“你想抓我？”苏落看着乌统领。

乌统领冷笑。

“以什么罪名？杀人罪？”苏落继续看着乌统领。

乌统领点头：“你杀了五十个人，这件事人证物证俱在，是你抵赖不得的！”

“那么，如果我说这件事属于青衣卫的管辖范围，让你乌统领闭嘴呢？”苏落笑吟吟地看着乌统领。

“青衣卫？”乌统领警告地看了晋三一眼，“小姑娘，你虽然长得漂亮，但是晋大人应该还没有这个胆子来包庇你。”

可怜的乌统领还不知道，他们家魔帝陛下还真看上了苏落的美貌。

晋三双手交负在后，一副袖手旁观的模样，除了提醒苏落一句，似乎就没有插手的打算。

乌统领看到晋三的态度，当即对苏落冷冷一笑：“你要拿什么便拿出来吧，本统领还会怕你不成！”

“可是，我觉得你真的会害怕啊……你做好心理准备了吗？”苏落认真地看着乌统领。

“怕？我乌某人天不怕地不怕！再说你一个黄毛丫头，能拿出什么东西来？青衣卫的黄蝉令牌不成？哈哈哈……”

青衣卫一共就只有一块黄蝉令牌，持此令牌者，如侯阳大人亲临。

这块黄蝉令牌，能够全权代表侯阳大人，能调动所有青衣卫，但是这块令牌是由侯阳大人掌管的，旁人不可能拿到。

而此刻，众人眼看着乌统领连晋三大人的面子都不给了，都觉得苏落肯定要吃亏了。

大家看到苏落的手在宽大的衣袖里掏啊掏，看她脸上充满了纠结之色，全都替她着急。

但是苏落却一点都不急，她还在犹豫，究竟掏哪块令牌呢？如果掏魔帝给的那块令牌，效果肯定好，乌统领肯定直接就给跪了，但是……苏落想起魔帝之前看她的眼神，总觉得用他的黄龙令牌不是什么好事。

虽然不知道为什么，但是苏落深信自己的第六感，所以最后她还是掏出了她凭实力得来的那块黄蝉令牌，丢到乌统领的手中。

乌统领看清楚手里的东西，脸色骤然变得很难看，他不得不翻身下马，单膝跪在苏落面前，双手将玉蝉还给苏落：“请姑娘收起玉蝉！”

“哦，这东西你认识？”苏落似笑非笑地问道。

认识！青衣卫最高等级的一块令牌，怎会不认识！

在苏落嘲讽的目光中，乌统领艰难地点头。

“哦，那这玉蝉，你觉得是伪造的吗？”苏落依旧笑眯眯地看着他。

伪造？这玉蝉里有侯阳大人的魔气，旁人如何能伪造出来？唯一能伪造的就是侯阳大人本尊了。所以，乌统领艰难地摇头道：“不是伪造的，是真的黄蝉令牌，千真万确。”

“哦，真的啊，其实这玉蝉的作用我也不太明白，你能帮我解惑吗？”苏落笑得那么甜美，犹如最美的天使，但是在乌统领眼中，此刻的苏落就是个小恶魔。

乌统领硬着头皮说道：“持此令牌，犹如侯阳大人亲临。这块黄蝉令牌，能够全权代表侯阳大人，能调动所有青衣卫。”

“嗯，你明白就好。”苏落看着乌统领，淡淡一笑，“那么现在，你还要抓捕我吗？”

手持黄蝉令牌，犹如侯阳大人亲临，乌统领哪敢将“侯阳大人”抓捕入狱？乌统领看了晋三一眼，用眼神询问：这位手持黄蝉令牌的姑娘，到底是什么人？

“这是我们青衣卫新晋的监察史大人。”晋三好心地提点乌统领，“一品军职的苏落苏大人。”

乌统领是三品军职，晋三是二品，苏落是一品，而侯阳大人则是超一品军职。

听到苏落的军职，乌统领很有一种拿头撞墙的冲动，甚至有一种他很快就会被革职丢进天牢的错觉。

这时候，什么姻亲，什么兄弟，全都被他抛诸脑后了，乌统领当即给苏落跪下：“苏大人，刚才是末将有眼不识泰山，您大人有大量，还请多多包涵。”

“不抓捕我入狱了？”苏落笑眯眯地问了一句。

“不敢不敢。”乌统领额头上的冷汗唰唰唰地往下流。他一个三品军职，在一品军职面前，平常连说话的份都没有，哪敢抓捕她，这不是找死吗？

苏落淡淡瞥了乌统领一眼：“今天这件事，乌统领预备怎么办？”

乌统领能怎么办？他只能哭丧着脸，朝苏落抱拳：“苏大人，这事……只当末将没有出现过，苏大人该怎样还是怎样，走！”

乌统领转身就想走，远离这是非之地，可是还没等他骑上马，公西郁匆匆赶来，拦住了他的去路：“乌统领这是要往哪儿去啊？”

乌统领想走却不能走，只能郁闷地牵着马站到一边，将主场让给公西郁。让公西郁尽情折腾去吧，反正他是不会去自取其辱了。

公西郁一看乌统领那垂头丧气的样子，心里暗骂了一句蠢货，面上却堆满笑容，对苏落抱拳道：“没想到能在这里见到苏大人，真是有幸，有幸啊。”

面对公西郁的套近乎，苏落直接一句话：“你是谁？”

周围的人都倒抽一口冷气。姑娘哎，人家好歹是公西家族的三老爷，您这样会不会太打脸了？公西郁也没想到苏落一开口就是这句话，当即愣在那里。

公西郁的随从当即说道：“这位是公西三老爷——公西郁，苏大人竟不认识吗？”

公西郁，公西三老爷，苏落怎么会不知道呢，她可是背过帝都关系谱的人，所以她比任何人都了解公西家族的成员。

苏落淡淡瞥了公西郁一眼：“有事？”

面对苏落的冷淡，公西郁脸上的笑容几乎挂不住了，他勉强笑着，指着公西小洋和彪叔说："这两位是我公西家的人，我将他们带回家去，苏大人觉得如何？"

如果不是那一品军职，如果不是青衣卫监察史的职位，公西郁怎么可能对苏落这样低声下气？

苏落还没说话，彪叔已经冷冰冰地拒绝："进公西家族？只怕我们刚一进去就被害死了，这样的地方我们可不敢去！"

公西郁恨不得一拳头砸死彪叔，但是表面上还得赔着笑："这是哪里话，大家本是一家人，哪有什么害不害的？走走走，这就回家去，老爷子很想见你们呢。"

公西郁怕彪叔说出什么来，赶紧朝手下使了个眼色。公西郁的手下便如饿狼一样冲上来，当即就要抢人。

"公西郁，大庭广众之下，你们就要抢人吗？公西羽恶奴欺主之事早已尽人皆知，就算你将我们关起来，也堵不住悠悠众口！"彪叔愤怒地大吼。

公西郁闻听此言，脸色顿时变得很难看。他知道这件事被宣扬出去了，阻止已经来不及了，但是大哥说得对，只要将这两个人弄死，就算那件事传出去又怎样？谁又会为两个死人做主？他们家可是皇后的娘家！

公西郁一挥手："两位不必担心，劲松院已经收拾完毕，回去就能入住了。至于其他的事，我公西家族自然会为你们做主，看往后谁还敢欺负你们！"

公西郁避重就轻，绝口不提他们派杀手追杀公西嫡系的事，还以保护者自居。

"姐姐……"小洋无助地望着苏落，他不要去公西家族。

苏落对小洋点点头，有她在，公西郁居然还敢明目张胆地抢人，这倒是有意思得很啊。苏落冷冷一笑："公西郁，需不需要我提醒你？"

公西郁正欲将人抢走，闻言不由得回头瞪着苏落。苏落漠然看着公西郁："公西小洋状告公西羽恶奴欺主，状告公西家族残杀公西嫡系一千余人，这状纸本座已经收了，现在，身为被告的你们，这是要将原告抓回家去？"

公西郁一听，顿时傻眼了。就算他再无知也明白，被告将原告抓回家去，这是怎样的罪名。

"状告？什么时候告的，我怎么不知道？"公西郁恶狠狠地盯着苏落，目光赤红，"今天这人我必须带走！"

"你不妨试试。"苏落冷冷一笑。

"试试就试试，难道我这一品军职，竟比不上你这一品军职？"一道人影出现在公西郁身边，正是公西郁的大哥——公西直。

苏落淡然瞥了公西直一眼，转眸看向晋三：“想从青衣卫手中拿人，晋三你怎么看？”

晋三冷冷地看着公西直：“这件事既然青衣卫已经接手，就没有半途被人劫走的道理，如果公西将军想要人，不妨问侯阳大人去要！”

“侯阳大人将玉蝉都给她了，怎么可能会放人！”公西郁指着苏落。

苏落嘿嘿一笑：“对啊，所以你们就别白费心机了嘛。”

“如果我们一定要劫人呢！”公西直盯着晋三。

晋三拔出身后的十方刀，嘴角挂着一丝冷笑：“那就只能领教一番了。”

“领教什么？你们聚在这里做什么？有热闹看吗？让开让开，快给小爷让开！”一道稚嫩的声音从人群外传来，不出几秒钟，小世子就穿过人群出现在众人面前。

小世子第一眼没有看到苏落，因为他的注意力全被公西小洋吸引去了。

小世子看到彪叔满身的鲜血，再看看小洋的脸上、身上也沾着血迹，当即脸色大变，他冲上去，急急问道：“喂，你有没有受伤？会不会死？”公西小洋摇头。

小世子狠拍一下胸口，大大松了口气：“还好还好，如果你死了，我这条小命就完了，姑姑一定不会放过我的！”

松了一口气的小世子随即眉头一皱：“这是怎么回事？你们被人欺负了？”要知道，人是他带出来的，也是他半路将人弄丢的，现在苏落姑姑交代他要保护的人竟然被人欺负了，这还得了？

小世子当即怒了，指着公西直和公西郁质问：“你们欺负他了？”

公西直和公西郁对视一眼，都在彼此眼中看出一抹难堪和震惊。难堪的是，他们一把年纪了，却被一个小娃娃指着鼻子质问；震惊的是，瑞亲王府真的跟公西小洋关系这么密切？瑞亲王不是将人丢在城外的庄园里，然后就不闻不问了吗？

“问你们话呢！是不是你们欺负公西小洋了？”小世子内心的怒火熊熊燃烧。

公西郁也就罢了，可公西直是什么人？自从公西老爷子退居幕后，公西直继承了侯爵之位，这个公西侯府就一直由公西直担着。而现在，他却被小世子指着鼻子责骂。公西直气得浑身发抖，可是他却极力忍着怒火，不让自己发作。

“问你话呢，聋了还是哑了？本世子的人是不是你们打的？”小世子暴跳如雷。

这可是小世子，瑞亲王捧在心尖尖上的小世子，太后娘娘爱到心坎里的小世子……公西直深吸一口气，再吸一口气，勉强挤出一抹笑容："小世子，有话好好说，好好说。"

"原来你不是聋子，也不是哑巴啊，那本世子问你话为何不回答？"小世子无理取闹。

"小世子，这其中有些误会，等老夫处理完这件事，再亲自给小世子赔罪。"公西直硬着头皮，强忍着怒火，对小世子好言相劝。

公西郁也赔着笑脸："我们哪敢打小世子的朋友？再说，公西小洋也是我们公西家族的人，我们爱护都来不及，怎么会伤害他呢，小世子您说是不是？等他们回了公西府，我们一定会好好款待他们，甚至还送小洋去皇家学院进学，您觉得如何？"

"你们说的是真的？"小世子摸着下巴，似乎在思考。

"真的，真的，必须是真的。小世子您信我，小洋他们回公西府，这叫回归家族，对他往后的发展才是真的有好处啊。你说，这一家子的，锅碗相碰还有声呢，怎么会没有一点小矛盾呢？可这也就是一点小矛盾罢了，哪里值得大动干戈的，您说是不是？"

他见小世子摸着下巴思考，以为将小世子忽悠过去了，便继续说道："小世子，你也觉得这是家庭内部的小矛盾是不是？可是有的人不知怀着什么目的，非要将事情闹大，还要告到青衣卫去，简直可恶，小世子……"

公西郁说着说着，忽然看到小世子的眼睛直勾勾地盯着一个方向，紧接着，小世子爆发出惊天一吼，声音中蕴含着狂喜："苏落姑姑！"

然后，公西郁就看到小世子迈着小短腿，兴冲冲地朝苏落冲过去，抱住苏落的大腿，仰着圆圆的小脑袋，亲昵地喊着："苏落姑姑，呜呜呜……"

苏落没好气地拍拍小世子的脑袋："下来。"

"哦。"小世子乖乖松开苏落的大腿，仰首开心地看着苏落。可是下一秒，小世子忽然转身，怒视着公西郁："你刚刚说什么来着？"

"啊？"公西郁一时没有反应过来，不解地看着小世子。

小世子瞪着公西郁，冷笑道："刚刚你说，偏偏有的人不知怀着什么目的，非要将事情闹大，还要告到青衣卫去，简直可恶。你是这样说的，是不是？"

不容公西郁辩解，小世子已经小老虎一样向他冲去。当即有一个护卫俯身跪在地上，小世子嗖地跳到他的背上，目光跟公西郁平视，眼中含着怒意。

公西郁隐隐意识到了小世子要做什么，他试图辩解："小世子，这……"

“你居然说我苏落姑姑可恶？”小世子像小狮子一样暴怒，抬手就朝公西郁脸上抽去，“竟敢说我苏落姑姑的坏话，我打死你！”

啪！一记重重的巴掌声响起，所有人都惊在当场。公西郁被打蒙了，公西直也蒙了。

公西郁回过神来后，第一反应就是要抽回来。被小孩子当着这么多人的面抽巴掌，以后他公西郁的脸往哪里搁？他儿子的脸往哪里搁？他公西家族的脸往哪里搁？

公西直见公西郁扬起手要抽小世子，猛地将公西郁往身后一拽。

“大哥，你干什么！今天不打这兔崽子，我就不姓公西！”公西郁气得理智都丧失了。

“那你就不要姓公西了！”公西直一巴掌朝公西郁脑门上拍去，这才将他拍醒。

“什么？你刚刚骂本世子什么？兔崽子？你的意思是，本世子的父王是大兔崽子，本王的皇帝伯父是头号的兔崽子，本世子的皇祖母是兔崽子他妈？”

公西郁快被气死了，赶紧辩解：“我不是这个意思！小世子，我只是一怒之下……”

“一怒之下就可以这样骂陛下、骂太后，那你再怒之下岂不是要杀人？给我打！狠狠地打，打死了算我的！”小世子站在护卫的背上，嚣张得不可一世。

小世子一声令下，那些明着暗着的护卫，不知道从哪里蹿出来，一个个都手持水火棍，冲上来对着公西家族的人就砸。

“小世子，别打了！”

“小世子住手啊！”

公西直和公西郁简直快要给这小霸王跪下了。哪有这样的啊，这也太欺负人了吧！

小世子尤在那里碎碎念：“敢打本世子罩着的人，嗯？敢骂本世子的苏落姑姑，嗯？敢骂本世子是兔崽子，嗯？”

公西直快哭了：“小世子，这都是误会，误会啊……别打了，再打就要出人命了……”

公西郁都傻眼了。他知道小世子嚣张，可他不知道小世子竟然嚣张到这种地步，真的说打就打，真的说往死里打就往死里打啊。

眼看真要将公西郁和公西直打死了，苏落看了小世子一眼：“把人打死了，会有点麻烦。”

小世子从护卫背上跳下来，噔噔噔跑到苏落面前，一脸兴奋地说：“苏落姑姑，那你说，你让他们活他们就活，你让他们死他们就死。”

苏落抚额：“你这孩子，就不能含蓄一点表现你的特权吗？”

小世子不解：“为什么要含蓄？想打就打啊，难道他们还敢反抗不成？”

苏落揉揉额头，对小世子说：“真让公西直这么死了，陛下虽然宠你，太后也会护着你，但终究会有麻烦的，毕竟是殴打朝廷命官致死，好说不好听啊。”

围观群众听了，也都跟着点头，对啊对啊，这事确实影响不太好，虽然大家都知道魔帝和太后疼你，可这事表面功夫还是得做的。咦不对，苏落大人不是叫小世子含蓄点吗？她这样说出来，也是一点都不含蓄啊。

小世子认真地看着苏落，等着她的指示。苏落又说：“他们家不是皇宫里还有位皇后吗，陛下对他们还有恩宠呢，放了他们，他们不能拿你怎么样，但是肯定会进宫哭诉。”

众人一听，对哦，这公西直肯定会进宫哭诉，可能不止公西直，只怕他家那位老爷子也会出动吧？

“姑姑想看他们哭吗？”小世子的重点永远跟别人不一样。

谁知，苏落却笑着点点头：“你不觉得他们这群年纪一大把的人跑去抱着陛下的大腿痛哭，是一件很好玩的事吗？”

小世子眼睛亮晶晶的，拊掌道：“对哦，想想都好好看！行，就这么办！”

然后小世子一挥手：“住手住手，真打死了，他们还怎么进宫去哭啊？”

而此刻，公西直和公西郁真的快哭了。刚才挨打的时候，他们竖起耳朵听苏落和小世子的对话，当听清楚那对话的内容时，他们差点一口血喷出来。

小世子走到公西直面前，双手叉腰，踢踢他的腿：“喂，老头儿，你还没死吧？”

公西直白了小世子一眼。

“会翻白眼就是还没死绝，很好，那你打算什么时候进宫去哭啊？”小世子瞪着公西直，仿佛公西直不去哭，他就要一脚将公西直给踩死。

“小世子未免欺人太甚！”那边公西郁已经爬起来了，扶起公西直，带着手下狼狈而去。

小世子回过神来，冲上去要狠狠踹公西郁，却被苏落拉住了。

“苏落姑姑，为什么不让我打他？”小世子很不解。

“你没打他。”苏落严肃地看着他，“你没打他，他们之所以受伤，是被误伤，跟你无关。”

“啊？”小世子一脸茫然。

苏落无比认真地说：“嗯，在打斗过程中，你的手下一直蹿来蹿去，所以不小心就将两位国舅爷误伤了。”

“啊？哦，对对对，就是这样！”小世子回过神来，握拳道，“这两人真可恶！手下打架就打架嘛，他们蹿来蹿去干什么？是要故意受伤来诬陷本世子吗？他们以为受伤了本世子就不追究他们杀小洋哥哥的事了？简直太可恶了！”

谁说小世子愚笨？谁说小世子草包？这孩子立即举一反三，连给公西直和公西郁的罪名都安排好了。

“那你知道下一步要做什么吗？”苏落笑嘻嘻地看着小世子。

“什么？”小世子茫然不解。

苏落在小世子耳边说了一句话，小世子一听，顿时握拳，大吼一声：“好！”

说完，小世子就急匆匆地走了。

大家都很好奇，苏落到底跟小世子说了什么，小世子怎会如此兴奋？

小世子回去的时候，将小洋也带了回去，因为接下来他有一盘很大的棋要下。当然，真正的棋手是他的苏落姑姑。

而直到苏落和小世子离开后，才忽然有人回过神来：“咦，你们发现没有？”

“发生什么？”

“这个苏落啊，小世子竟然叫她姑姑！”

“能让小世子喊一声姑姑的，必须得是宫里的人吧？”

“还必须得是长公主吧？”

“难道苏落姑娘的靠山不仅仅是侯阳大人，还有……”

议论纷纷的人们，谁也没有注意到，有一道目光一直紧紧盯着苏落的背影。

那是一个很普通的路人，五官平淡无奇，仿佛看多少眼都会忘记。

此刻他盯着苏落的背影，眸中一片沉思。

苏落，名字一样，那张脸也一样……她明明该是灵界那位南宫二少的未婚妻啊，怎么会是魔界的长公主？这到底是怎么回事？

人群中，这个人的眼睛微微眯起，他决定要将这件事探查清楚。如果真的是灵界那位苏落混进魔界，还混入核心高层，那这次他真要立大功了！

而此刻，苏落并不知道她已经被人惦记上了，她进宫后第一件事就是去找太后。

太后正闲着无聊，见苏落过来，高兴得不得了，忙拉着她的手问东问西。

苏落见太后兴致好，就先跟她说了青衣卫的事。

“哟，青衣卫那样的地方，你居然就这样打进去了？有没有受伤？”太后一脸关切。

苏落得意地挑眉：“那些人怎么伤得了我？太后您不知道，我的实力好着呢。”

太后不信，在她眼中，苏落就是个娇滴滴的小姑娘，怎么可能打赢那些粗犷的青衣卫？

苏落又转了话题，说了一些街上的趣事。

太后常年待在宫里，对外面的世界很是向往，所以她听得津津有味。

“要说最有趣的事，今天还真的碰上了。”苏落故意卖了个关子。

果然，太后的兴致瞬间就被提上来了：“最有趣的事？还有什么有趣的事？快说说。”

苏落算了算时间，距离魔帝每日过来晨昏定省还有半个时辰，距离小洋进宫告状还有一会儿时间，所以她决定先给太后铺垫一下故事情节。

“太后，我给您讲个故事吧，一个真实的故事。”苏落笑着说。

太后自然很感兴趣。

苏落把她出山后被小洋所救，一路上被追杀，最后到达帝都的事说了一遍。

太后越听越怒，听到最后，狠狠一拍桌子：“这个公西家族，简直是反了！这样的事他们也做得出来！”

太后生性单纯，疾恶如仇，对公西家族恶奴欺主、取而代之还斩草除根的事异常恼怒。

“难道之前公西家族易主的事，太后都不曾听闻？”苏落不解地问。按说，这事不是秘密吧？

“这是几千年前的事了，到现在记忆都模糊了。”太后想了想，对苏落说，“当年听说是公西泉身子弱，被送到温暖的南方休养，从此之后，就再也没有他的消息了，谁能想到公西羽这么可恶！”

就在太后义愤填膺的时候，外面传来一阵急匆匆的脚步声。

“太后，小世子求见。”太后身边的嬷嬷来报。

一听小世子来了，太后忙高兴地点头：“这天都黑了，团儿怎么来了？快让他进来。”

小世子刚生下来的时候，白嫩嫩的一团，所以当时太后就笑着说，这孩子，跟个小糯米团子似的，可爱极了。所以，小世子的小名就是“小糯米团子”，简称“团团”。

小世子急匆匆地进来，看到太后，当即扑通一声跪下，抱住太后的大腿：“皇祖母，呜呜呜……”

平时这孩子多傲娇啊，抱都不让人抱，现在却哭得这么伤心。

太后当即就急了，扒拉出小世子的脑袋一看，发现这孩子脸上青一块紫一块的，太后当即一口血就提到嗓子眼了。

她家的小团团，她宠得跟眼珠子似的，现在居然被打成这样！

“小团团啊，你快告诉皇祖母，发生了什么事？是谁打的你？”太后越说越怒，手指紧握成拳头。

“皇祖母……团团错了……”小世子低垂着脑袋，呜呜呜地哭泣，哭得太后心痛极了。

这时候，瑞王妃急匆匆地走进来。

太后怀里搂着她的小团团，目光质问瑞王妃：“这是怎么回事？是你们将小团团打了？”

“不是不是，母后息怒，不是我们打的，是公西家的人打的！”瑞王妃也很生气。

“公西家？反了他们！居然敢打我的小团团！”太后怒极。

小世子抱着太后的脖子，一边哭一边说：“公西直还骂我小兔崽子！”

“他想死！”太后大怒。

“他骂了我，我的人自然不依，冲上去要打他们，场面一片混乱，打来打去，然后公西直那老家伙见没人注意，就痛下杀手，将孙子打了一顿！”小世子哭得泣不成声。

苏落之前已经铺垫了公西家族追杀小洋的事，现在再加上小世子恶人先告状，太后对公西家族的怒火已经累积到顶点。

她大手一挥：“走，找皇帝去！看这次他还怎么包庇他的大舅子、小舅子！哼哼！”

太后怀里抱着小世子，带着苏落、瑞王妃还有一群下人，浩浩荡荡地冲向魔帝的御书房。

而此刻，御书房也已经是一片干号声。

公西直和公西郁并没有回府，为了抢时间，他们直接带着一身乱七八糟的伤进了宫，直奔御书房而去。

公西直抱着魔帝的大腿，哭得那叫一个凄凄惨惨戚戚啊，旁边还有公西郁时不时地干号。

通过公西直断断续续的告状，魔帝连蒙带猜终于知道了事情的始末。什么？竟然被小团子打了？听到这个理由，魔帝差点笑出声来。

不过看到公西直那凄惨模样，魔帝故意绷着脸，单手负在身后："你说小世子将你打成这样？"

公西直点点头。

"小世子为什么要打你？"魔帝直指重点。

在来的路上，公西直和公西郁已经套好话了。

谎话的最高境界，就是十句真话一句假话，这样看起来就会很逼真，所以，追杀公西小洋的事死活不能承认，其他的小错可以认认。

抱着这样的宗旨，公西直正要说话，却见外面冲进来一个人。

那个人手拿白玉棍，抡起来就朝公西直的脑袋砸去，一边砸一边痛骂："好你个国舅爷，欺负别人也就算了，居然敢打我家小团子，活腻了你！"

进来的不是别人，正是瑞亲王。

等公西郁和魔帝反应过来时，公西直已经被砸了好几棍了。

"老二，你做什么！"魔帝大喝一声。

瑞亲王将白玉棍一丢，扑通一声跪下，抱住魔帝的大腿哭诉："皇兄，皇兄啊，你侄子被人打啦！小团子被人打得都起不来了，现在正在母后那里呢！"

原来，小世子跑回家，将事情的经过跟瑞亲王一说，一个字都没有隐瞒。瑞亲王何其护短，只许他儿子欺负人，哪容别人欺负他儿子？公西家族居然敢当街杀人灭口，而这个人还是苏落托他照顾的人，这是没将他瑞亲王放在眼里啊，所以瑞亲王当即就怒了。

当然，小世子脸上的伤也是瑞亲王的主意。吩咐了小世子去太后那儿哭之后，瑞亲王就亲自跑去哭魔帝了。

公西直还是第一次做这种事，所以难免经验不足，可是瑞亲王不啊，他抱他皇帝哥哥的大腿哭号已经不是一次两次了，业务熟练得很，脸皮也厚得很。

魔帝顿时一惊："小团子怎样了？伤得严重吗？传御医了没有？御医怎么说……"

瑞亲王哭道："这两个人居然找皇兄恶人先告状，简直可恶至极！皇兄啊，小团子就是被这两个人打了啊，而且是当街被打的啊！皇兄，你可一定要为你大侄子做主啊！"

见瑞亲王抱着魔帝的大腿干号，公西直和公西郁当即一愣，甚至都忘记哭了。

什么情况？难道不是他们俩被小世子打了吗？什么时候变成他们打小世子了？

"具体说。"魔帝扶起瑞亲王，而这时候，太监总管早就贴心地抱着柔软的椅子过来了。于是，魔帝将瑞亲王往软椅上一按，没好气地说，"别着急，慢慢说，谁敢欺负小团子，朕一定要他好看！"

魔帝一边对瑞亲王说，一边狠狠瞪了公西直一眼。

公西直只觉得眼前一黑。恶人先告状，瑞亲王居然说他们恶人先告状，明明这句话该送给瑞亲王才对！

公西直组织好语言，正要指责瑞亲王时，却听到外面传来一声禀报："太后娘娘到——"

话音未落，太后娘娘就怒气冲冲地进来了。

魔帝赶紧迎上去："母后……"

太后重重地冷哼一声，当她看到跪在地上的公西直和公西郁时，越发愤怒："皇帝，这是在干什么？你侄子被人打了都不管，却在为你大舅子、小舅子做主吗？"

魔帝忙赔笑道："母后说的哪里话，朕是最疼小团子的，听说小团子受伤了？"

太后冷笑道："小团子就是被你的大舅子、小舅子打的，你怎么说？包不包庇？"

公西直和公西郁委屈极了，明明被揍的是他们两个，可这皇家的人一个比一个护短，竟然反咬一口，说他们打了小世子。

"陛下，冤枉啊，我们不曾对小世子加以一指之力，是小世子打的我们啊，请陛下明察，不要冤枉了好人啊。"公西直为自己争辩。

"好人？你是说我们小团子不是好人？"太后冷笑。

"我……"公西直被噎住了。

"骂我们小团子是小兔崽子的，也是你公西大人吧？"

“我……”公西直的气势完全被太后压制，顿时说不出话来。

“你什么你，问你话呢！你有没有骂小团子是小兔崽子？实话实说！若敢说谎，哀家让你去死！”太后很生气。

公西直想哭，他只能硬着头皮承认：“是三弟……但是他有口无心，他……”

“有口无心是吧，那好，哀家就让他有口无心，让人把他的心给挖出来！”太后女王气场全开。

公西直恨不得抽自己一巴掌……他发现自己真是越描越黑、越说越错，好像无论说什么都是罪加一等。

太后怒气更甚，对魔帝说：“打了我们家小团子，居然还恶人先告状。一个外人，竟敢这样欺负我皇室中人，皇帝，你忍得了，哀家可忍不了！”

魔帝苦笑：“母后，此事需要细细调查、从长计议……”

“还从长计议什么，你就是想包庇你大舅子、小舅子！”太后很任性地直接下结论，“这样的人，怎么配做皇亲国戚？这样恶心的人，就应该抄家问斩，全部砍脑袋！”

公西直和公西郁傻眼了，他们进宫来告状，是想让魔帝为他们做主，为他们讨回公道，可是现在是什么情况？太后要废了这门亲，还要砍他们的脑袋？

魔帝也没想到，太后的气性会这么大，不由得劝道：“母后……这玩笑开大了……”

“母后没跟你开玩笑，皇帝你坐下，母后跟你讲一件事！”太后将魔帝拉着坐下，认真地看着魔帝，“这件事跟今天这件事有着很大的关系，可以说，今天公西家这两个人胆大包天，就是因为这件事。”

“母后请说。”魔帝被太后这件事那件事说得有些晕头转向。

太后在说之前，吩咐瑞亲王道：“你去将公西小洋和他的仆人带进来，他们是人证。”

公西直和公西郁一听公西小洋这个名字，当即有一种想拿石头砸自己脑袋的冲动。当他们看到苏落含笑站在太后身边时，他们当即有一种想死的感觉。

这是一个圈套！这是一个要将当年之事暴露出来、要将他们公西家族一网打尽的圈套，而他们两个这么傻，自己傻傻地钻进来。

不过，他们还心存侥幸——派去追杀公西嫡系的都是家族的暗卫，甚至还有杀手组织，应该没有留下证据。口说无凭，就算他们怀疑又如何？

公西直和公西郁用眼神互相安慰，苏落看着他们，嘴角勾起一抹淡淡的笑容。

要营救南宫六爷，就必须尽快拿到九阳壹尺，苏落想过半夜去公西家族拿，但是这个计划成功率很低，所以被苏落否决了，然后她选择了将公西家族扳倒。

当公西家族变成小洋的家族时，九阳壹尺轻易就能拿到。所以，当发生街头那一幕时，苏落稍加计划，公西兄弟就入了她的圈套。眼看公西羽这一脉在屹立了几千年后终于大厦将倾，苏落眼底浮现出一抹笑容。

没人知道这件事是苏落主使的，就连魔帝和公西直都想不到，这个看起来娇娇弱弱的小姑娘，居然有撬动大家族根基的能力。

太后正在跟魔帝说苏落之前说过的那番话。

公西将军死后，公西羽将公西泉赶走，取而代之，公西家族易主，公西羽后辈对嫡系赶尽杀绝、斩草除根……

听着听着，魔帝眼眸中隐隐有两簇火苗闪动。

太后又细细讲了公西小洋和苏落一路被追杀着进京的事情。

魔帝盯着苏落，问道："太后说的可是真的？"

苏落点点头："句句属实，我可以对天发誓。"

太后怒气冲冲地说："落丫头将公西小洋交给小团子照顾，结果今天小团子带人去街上逛，立马就出了事。小团子，你来说说，你怎么会跟公西小洋分开？"

小团子乖乖坐在太后腿上，对魔帝说："我是被人引开的，就在城外的交云山上。那人将我引过去之后，就点燃炸药将交云山给炸了。皇祖母，如果不是我跑得快，你们永远都看不见我了！"

引小世子入山，然后引爆交云山，这简直太可怕了，公西家族这是要造反吗？太后又急又气，当即抱着小世子上上下下地检查他的小身板："小团子，你被炸了？怎么样？受伤了没有？"

"皇祖母，您派去的护卫可厉害了，他们用身体护住我，我才没有受伤。只是那个冲击波太响了，耳朵到现在还嗡嗡作响呢，都听不清楚您说什么。"小世子拉着太后的衣袖，扁着小嘴，看上去可怜极了。

太后忙不迭地召太医过来给她的宝贝小团子检查身体。

魔帝怒气横生，他可以纵容公西家族，可是，如果他们将枪口对准皇族之人，那么，公西家族也就活到头了！

"我是有证人的！"小世子还不忘加上一句，"将我引到交云山的人，已被我的护卫活捉，如果你们不信，提上来审问便是。"

公西直一口鲜血憋在喉咙里，他死盯着公西郁，这件事是公西郁全权负责的。

公西郁接触到公西直的目光，再看到魔帝那恐怖的眼神，被吓得全身颤抖。他连连摆手：“没有啊，我没有派人去炸小世子，我只是派人将小世子从公西小洋身边引开了，这样才好动手，我真的没有命人去炸小世子，真的没有！”

大家都无语地看着惊慌失措的公西郁，公西直已经一口血喷出来了。

“是你，是你，又是你！”公西郁用手指着苏落，恨不得冲上去将她撕碎。

苏落用了阳谋坑他！

如果他不承认追杀公西小洋，那就必须承认谋害小世子的罪名。

是追杀公西小洋还是追杀小世子？当然是追杀小世子的罪名更重，所以，不管他肯不肯，他都必须得承认这一点！

“你！”公西郁拔剑指着苏落，身子朝苏落暴射而去。

“小心！”魔帝心系苏落，哪里舍得让她受伤？

只见他用力一拉，将苏落拉至他身后。公西郁手中原本指向苏落的剑，直直刺向魔帝。

“公西郁刺杀陛下，杀啊！”人群中，不知是谁大吼了一声。

所有人的注意力都集中到公西郁的匕首上面。此刻，那把匕首确实径直朝魔帝的心脏刺去。

苏落站在魔帝身后，她知道，只要她轻轻将魔帝往前一撞，公西郁的匕首就会刺入魔帝胸口，公西家族就完蛋了，魔帝也……可是，想到太后对她的好，想到魔帝刚刚拉了她一把，这种忘恩负义的事她可做不出来。苏落轻轻叹了口气。

公西直发现大事不好，猛地扑上去，一把拽住公西郁的腿，大喝一声：“公西郁，你疯了吗？大庭广众之下，你想当着陛下的面杀人吗？”

公西郁被公西直狠狠甩向墙壁，咚的一声撞得眼冒金星，但是他心中却一阵庆幸：幸好关键时刻被拦住了，否则整个公西家族都会被抄家灭族啊！

“皇帝！你就任由他们胡闹吗？”太后已经怒不可遏，声音又气又急。魔帝此刻板着脸，隐隐有怒意横生。

苏落是他看中的人，虽然他还没表明心迹，但是魔帝已经将苏落看成了他的所有物，所以公西郁的行为已经彻底惹恼了他。

就在这时，外面传来一阵脚步声，有人禀道：“公西小洋到！公西彪到！”

“让他们进来！”魔帝的声音带了一丝冰冷。

公西小洋和公西彪很快就进来了，他们看到这么多人，不由得愣了愣。

不过当公西小洋看到苏落时，提着的心顿时就放下了。

魔帝瞥了公西小洋一眼，目光冰冷地盯着公西郁："公西郁，你刚才承认了你派人追杀公西小洋，这事你还记得吗？"

公西小洋惊讶地睁大眼睛：这件事已经上达天听了？陛下已经在审理了？那是不是表示，他们家族千年前所承受的侮辱，将会一次性讨回？

公西郁只觉得浑身冰冷，公西直狠狠盯着公西郁。他眼中的意思，公西郁怎么会不明白？正因为明白，所以他才打了个哆嗦。

"想想公西宁。"公西直的视线盯着公西郁。

公西郁猛地一咬牙，跪在魔帝面前，磕了三个响头，大义凛然地说："陛下，您没听错，的确是微臣派人追杀公西小洋。"

众人都震惊地看着公西郁，就连公西小洋都没想到，公西郁竟然承认了。

这件事其实还有回旋的余地，而且公西家还有一位皇后，可是他却轻易认罪了，此事定有蹊跷。苏落的眉头微微皱起，她有预感，事情在这里会与她的预计出现偏差。

果然，公西郁握拳，咬牙说："追杀公西小洋是我的个人行动，跟公西家族无关，陛下要杀就杀我吧！"

"你为什么要追杀公西小洋？"魔帝听了太后的话，知道了大概，但毕竟是一家之言，所以他还要听听公西郁怎么说。

公西郁咬牙："微臣与公西小洋的父亲公西虚有情仇，徐咏君本是微臣的小妾，却被公西虚夺去，夺妻之恨不共戴天，所以微臣才派人追杀公西小洋一家。"

"你胡说！"公西小洋小脸涨红，"我父亲母亲从小青梅竹马一起长大，岂会跟你有什么关系，简直可笑！"

苏落的眉头却微微皱起，看公西郁眼底的冷笑，似乎小洋的母亲真的有秘密。

果然，公西郁哈哈大笑起来："没关系？呵呵，你娘身上有没有一块紫色的玉佩，她有没有将那块紫色玉佩贴身戴着，她有没有爱它胜过爱自己的性命？哈哈哈……"

公西小洋惊骇地瞪大眼睛，死死盯着公西郁。

公西郁更是狂笑："你以为你真是公西虚的儿子？公西虚的儿子我会让他活到现在？哈哈哈……孩子，你该叫我父亲！"

当这个消息爆出来时，所有人都震惊当场，就连太后和魔帝都有些反应不过来了。

这件事太过复杂了，也太出人意料了。

但是谁也没有注意到，公西彪此刻脖子上青筋突突突地冒起，拳头更是紧紧握起。

“彪叔？”公西小洋坚定地看着彪叔，“我是我父亲的儿子，对不对？”

彪叔很想告诉他是，但是这个字在他喉咙里滚来滚去，却怎么都说不出来。

公西彪想起在公西虚一家被追杀的时候，就是因为那块紫色玉佩，所以一家老小才没有逃出来的。

当时就是小洋的母亲徐咏君说紫色玉佩落在屋子里了，她必须进去拿出来，公西虚担心她速度慢，就让她先跟着大部队走，他进去拿玉佩。

公西虚是家主，他不在，家族老小谁敢先走？大家都焦急地等待公西虚，就因为耽误了这些工夫，所以被黑衣人赶上，最后几乎全军覆没。公西彪一直想不通徐咏君为何拖后腿，但是当公西郁这么一说，他瞬间就全部想通了。

公西小洋原本是不信的，但是当他看到公西彪脸上的神色时，他有一种晴天霹雳的错觉。不，这不是真的，这一定不是真的……公西小洋拼命摇头。

“哈哈哈，夺妻之仇不共戴天，我杀公西虚一家何错之有！公西小洋，你今天逼死你亲生父亲，来日必遭天谴！”公西郁自知活罪难逃，所以他藏在衣袖中的匕首猛然插向胸口。

不好！苏落想阻止，可是她被魔帝挡在身后，再想阻止公西郁时已经迟了！

匕首齐柄而入，公西郁瞬间成了一具尸体。

谁也没想到公西郁居然这么狠毒，承认了杀公西虚一家后，将所有的罪名扛在身上，然后一匕首将自己捅死了。随着他的死，当初公西羽恶奴欺主上位的事，被硬生生扭转成了桃色情杀事件。

公西直号啕大哭，哭得不能自已。

“三哥，三哥……”皇后一路跌跌撞撞冲过来，当她看到公西郁的尸体时，顿时一阵哭号……

太后的脸色很不好看，魔帝的脸色也好不到哪里去。

苏落原本的计划，被公西小洋母亲的事毁得一干二净。苏落摸摸额头，果然计划不如变化快，谁能想到公西郁竟然能对他自己那么狠，认下所有的罪名然后自杀呢？如此一来，这件事只怕会不了了之了。

这件事果然被按下去了。

太后因为目睹了这件惨事，回到慈意宫后，当晚就发起烧来。

在接下来的时间里，太后的病一直反复发作，魔帝一直亲自侍奉着，哪里还有空管公西家族的事，竟然还真的让公西家族逃过一劫。

苏落知道这件事后，也只能感叹一声此乃天意了。

这段时间，苏落并没有闲着，因为公西小洋的事最主要在徐咏君。

好在苏落现在已经是青衣卫仅次于侯阳大人的二号人物，所有的卷宗、档案、情报，她都有权调阅，所有的青衣卫她都有权调用，所以，苏落将公西家族这件事定为特殊案件，让青衣卫去查。

晋三盯着苏落："这件事随着公西郁的死，已经消沉下去了，陛下不会喜欢你这么做。"

苏落嘴角微微勾起："有些事，不是陛下不喜欢就不用去做的，比如公道。"

晋三皱眉："公西郁死了，你还要查什么？"

"徐咏君。"苏落冷笑，"只要查出徐咏君是公西郁派到公西虚身边的间谍，就可以顺藤摸瓜，查出公西郁为什么要派人去公西虚身边，几千年前的那件事，不就被扯出来了？"

晋三不解："可是现在已经证明了公西小洋是公西郁的亲生儿子，那么，就算你查清了又有什么用？就算你帮公西小洋得到这个公西家族，那继承这个家族的，还是公西郁的儿子啊，这有区别吗？"

苏落抬眸看着天空，是啊，流在身体里的血是改变不了的，公西小洋是公西郁之子这件事，苏落确实已经证明了。

"即便小洋身体里流着公西郁的血，但他还是想翻案，为死去的那些家人，为曾经的公西将军。"苏落严肃而认真地看着晋三，"这是他的心愿。"

"你对他倒是好。"晋三冷笑。

苏落想起那个备受打击的少年，也不知道他那瘦弱的肩膀能不能承受未来的艰辛。

她叹了口气："这孩子命太苦了，是该有人对他好点。"

苏落瞥了晋三一眼："既然你这么闲，还有空找我闲聊，不如帮我查查这个人。"

苏落将一张纸条递给晋三。

"冀州？"晋三瞪着苏落，"冀州远在一千城池之外，来回至少需要一个月，这种事让下面的万户长、千户长去查就可以了，你居然派我去？"

“能者多劳，再说，我信任你。”苏落将那张纸往晋三怀里一塞。

“那你去哪啊？”晋三瞪着苏落。

“皇家学院。”苏落没好气地望着天空。

苏落一直在关注她的九阳壹尺，她曾潜入公西家族寻找九阳壹尺，但是苏落很悲催地发现，九阳壹尺竟然不在公西府里。

苏落记得公西宁说过，他已经将九阳壹尺带回家族，献给他爷爷了，现在居然没有？

经过苏落的查探，她终于发现一个让她无奈的事实。

公西宁去了皇家学院，而九阳壹尺已经被他炼化了。也就是说，公西宁这个移动的九阳壹尺，已经进了皇家学院！苏落很清楚，九阳壹尺一旦被炼化，随着时间的推移，会在宿主的身体里越长越牢固，最后与宿主合二为一，人即是尺，尺即是人。

到时候苏落想要九阳壹尺，必然要杀公西宁，而即便杀了公西宁，九阳壹尺被宿主的鲜血污染，想要洗净，又得花费一番工夫。

苏落有些头疼地揉揉脑袋。为了一把九阳壹尺，她从灵界帝都赶往碧落大陆，又从碧落大陆进入魔界帝都，而现在，又要进入魔界皇家学院追捕公西宁。

这把九阳壹尺，可真够折腾人的！

不过，为了凑齐十二大神器，为了救出父亲、母亲，就算再艰巨的任务、再曲折的过程，她都会坚持到底。

而苏落，必须得在南宫六爷被押解进京之前，收回九阳壹尺。

要进皇家学院，这件事对于别人来说难于登天，但是对苏落来说却毫无难度。

这件事苏落并没有惊动太后，因为魔帝最近几乎天天来找太后。

其实苏落还隐隐感觉到了一件事，那就是魔帝对她似乎不同寻常。

魔帝总是试图找她说话，各种关心照顾。如果这只是一个帝王的关切也就罢了，可偏偏，他看苏落的眼神太过炙热，说出的话暧昧又撩人。

苏落冰雪聪明，心思又敏感，之前是没往那方面去想，所以才不知道，但当她往那方面想的时候，魔帝做的那些小动作就逃不过她的眼睛了。

当苏落知道这件事时，第一反应是生气，但是她很快就冷静下来了。被魔帝喜欢，倒是可以在营救南宫六叔的时候，给她创造很多便利条件，所以这件事她暂时还不能说破。

只要躲过这几个月，等南宫六爷一到，苏落将他营救出来，跟南宫流云一会合，大家拍拍屁股走人，留下风中凌乱的魔帝便是。

所以，苏落决定正大光明地去找公西宁，这样既可以躲过魔帝的炙热眼神，又可以夺回九阳壹尺，一举两得啊。

苏落知道，公西宁进了皇家学院的神龙秘境。一旦进入神龙秘境，想出来就只能靠自己了，旁人是无法将其从神龙秘境里召唤出去的。既然公西宁出不来，那苏落只好进去找他了。

为免引起魔帝的注意，苏落既没有动用那块监察史的令牌，也没有惊动太后，而是直接去找瑞亲王帮忙。

瑞亲王还不知道魔帝对苏落的心思，也不知道苏落要躲魔帝的心思，所以满口答应："好啊，你想要什么职位？一年级到六年级的老师，你随便选。"

苏落淡淡一笑："我要当学生，如果能直接将我安排进六年级，那就再好不过了。"

"皇家学院都是从一年级开始的，从来没有半途插班的，如果你要进六年级……"瑞亲王一脸踌躇，最后下决心道，"也罢，这件事也不是不能通融。"

苏落对瑞亲王笑笑："既然如此，那就麻烦瑞亲王了。"

"哎，说什么麻烦不麻烦的，落丫头的事，从来都不是麻烦事。"瑞亲王笑着问道，"那你准备什么时候动身？"

"择日不如撞日，就今日吧。"苏落必须尽快找到公西宁，这次绝对不能再让他逃了。

瑞亲王带着苏落很快就到了皇家学院。不过很不巧的是，院长竟然不在。

"院长不在，那谁在？"瑞亲王有一种很不好的预感。

果然，接待他们的那位胖主任说："闵副院长在。"

一听到闵副院长在，瑞亲王的脸色顿时黑下来。

"副院长不是有四位吗？其他三位副院长呢？"瑞亲王不死心地问。

胖主任笑呵呵地说："其他三位副院长都被院长带走了，因为北边出了一些事情，只留下闵副院长坐镇。瑞王爷，您看这……"

胖主任也很为难啊。谁不知道闵副院长跟瑞王爷的恩恩怨怨？有闵副院长在的地方就没有瑞亲王，有瑞亲王在的地方就没有闵副院长。

瑞亲王硬着头皮问苏落："这件事能否延迟一些时间，等院长大人回来？"

苏落用那双如水洗过的灵眸定定地看着瑞亲王，瑞亲王顿时被打败了，摆摆手道："好好，不能延迟就不能延迟吧，今日就今日吧。徐明，去通知闵敏，就说我求见。"

胖主任闻言，不由惊诧地多看了苏落一眼。要知道，先不说瑞亲王跟闵副院长的关系有多差，单是瑞亲王对这姑娘的宠溺程度，就不免让人多想。

"这位姑娘是……"胖主任忍不住问道。

瑞亲王拍拍苏落的肩头："本王的妹子。"

"哦……"胖主任干笑。瑞亲王有没有妹妹，帝国的人还不清楚？哪来的妹子？不过胖主任也不敢多问，赶紧让人去通知闵副院长。

很快就收到了闵副院长的反馈，胖主任握着通讯珏，看了瑞亲王一眼，压低声音道："人就在我这呢……也没说您出去了啊……现在才说出门了，这有点……求您给条活路……那是亲王啊……"

胖主任虽然压低了声音，但是这些话怎么可能逃得过瑞亲王的耳朵？瑞亲王已经气得说不出话了。

也不知道对方说了什么，胖主任的声音越来越低，甚至都带着哭腔了。最后，胖主任终于挂了通讯珏，回头对瑞亲王干笑道："闵副院长同意新人入学，不过得从一年级开始念。"

"她还说什么了？"瑞亲王知道，肯定没好话。

"她、她说……要留下就留下，不留下就滚蛋！直接进六年级，没门！嘿嘿……"胖主任学着闵副院长的口气说道。

瑞亲王深吸一口气，再吸一口气……就在他忍不住要爆发的时候，苏落拉住他道："从一年级开始就从一年级开始吧，反正能跳级的，不是吗？"

瑞亲王眼睛一亮，对啊，他家落丫头在内书库里背了整整一年的书，皇家学院这些考试对她来说算得了什么。

"对！没错！跳级！哈哈哈……"原本憋了一口气的瑞亲王顿觉扬眉吐气，他郑重地对苏落说，"落丫头，你可得为你二哥争口气啊，咱不能被那姓闵的老婆娘看扁了，咱要狠狠打她的脸，知道吗？"

"打我的脸？"随着一道冰冷的声音响起，一位容颜精致的老妇人出现在众人面前，银白的头发梳得整整齐齐，表情威严，眼神带着嘲讽。

瑞亲王瞪着闵副院长："怎么？难道我说错了吗？"

闵副院长不屑地瞥了瑞亲王一眼，视线转向苏落，从一开始的不屑，到微微蹙眉，连她都看不出苏落的实力，这可奇怪了。

“哈哈哈，怎么样，我家落丫头的实力，连你也看不出来吧？你放心，就按你说的，从一年级入学，反正不出一年，我家落丫头必然会是六年级的学生！”瑞亲王得意扬扬地说。

“你确定？”闵副院长不屑地瞥了瑞亲王一眼。

“当然确定！”瑞亲王瞪眼道。

“那打个赌如何？”闵副院长嘲讽地看着瑞亲王。

瑞亲王一拍掌：“赌就赌！如果我赢了，闵副院长就辞了这副院长之职，回家吃你自己去！”

“好，如果我赢了，你这瑞亲王也就做到底了，辞了这亲王之位，自贬平民去！”闵副院长冷笑。

于是，苏落笑眯眯地看着这两位签下了赌约。

签下赌约之后，瑞亲王还想跟苏落交代一些话，但是闵副院长直接把他赶走了。

“丫头，你可一定要争气啊，老哥这辈子能不能争口气，可就全靠你啦！”瑞亲王一步三回头，一次次地叮嘱苏落。

苏落淡淡地对瑞亲王点头：“放心。”

瑞亲王这才心满意足地离开。

“放心？”闵副院长冷笑，“我看他怎么放心！许主任，带她去一年级一班！”

“啊？闵院长，这……”许主任有些不忍心地看看苏落，再看看闵副院长，要知道，从一年级到六年级，一班都是重点班，精英荟萃，天才云集。那就是个打击人的所在，所以许主任怕苏落受打击。

闵副院长冷笑道：“不是想跳级到六年级吗？怎么，小小的重点班都不敢进？把她给我丢进去！”

看着闵副院长头也不回地傲然离去，许主任同情地看着苏落。他觉得这姑娘真是倒八辈子霉了，居然找了瑞亲王来当说客，还偏偏碰上了闵副院长。

他们很快就到了一年级一班教室的门口，给一年级一班上课的是一年级里最严厉的贾老师。

许主任在贾老师面前端着身份，摆起了他的排场。他漫不经心地瞥了贾老师一眼，无视他脸上的笑容，冷冰冰地说：“这是今天闵副院长新收的学生，名叫苏落，你好好带着，可别怠慢了。”

许主任交代完了，回头对苏落笑着说：“如果还有别的事，尽管来校办找我。”苏落淡笑着点头。

贾老师见许主任对苏落态度这么好，心里还有什么不明白的——这姑娘分明就是特权阶级，还是特别特权的那种。

许主任离开后，贾老师将苏落迎了进去，笑着给大家介绍：“这位新同学是苏落，今天刚来班里，接下来的一段时间，请大家多多照顾。苏落姑娘，你还有什么想说的吗？”

苏落点点头：“我不会在这里待多久，所以，再多的介绍就不必了。”说完，苏落直接来到最后一排的空位置坐下。

苏落刚坐下，就听到有人议论，说明天就要期中测验了。苏落转头问她的同桌：“期中测验都考什么啊？”

苏落的同桌是位清瘦的少年，他腼腆地答道：“这次一共考十五门，每一门的书单都有一百本。考官们会从这里面出题，只要通过了其中一门的考核，拿到考核证明，这门课就算学完了。”

“以后都不用再学了？”苏落又问。

“是的，只要拿到这门课的学分，以后就不用学这门课了。”腼腆同桌对苏落羞涩地笑着，补充道，“每年可以考核两次，期中考一次，期末考一次。”

苏落哦了一声：“那你把书单给我吧。”

“你要报考哪门？”腼腆同桌跟苏落说了几句话后，胆子有点大了。

“一年级一共有多少门课？”

“五十门课，我们最多一次只考两门，不过你刚来，我建议你报考一门比较好。”腼腆少年好心地提议。

苏落想了想，问：“五十门的书单你有吗？”

“有是有，可是贪多嚼不烂，你要知道——”

“拿来吧。”苏落摊开手，“我要报考五十门。”

“五、五、五十门？”腼腆少年傻傻地看着苏落，只觉得整个世界都疯了，但是在苏落的注视下，他还是哆哆嗦嗦地拿出五十门课程的书单给苏落，“这五千本书，你怎么可能看得完？”

苏落对他笑笑：“谢啦。”

苏落拿着书单转身就离开了，只留下一室寂静的同学们……

在苏落自己都不知道的情况下，她一下子考核五十门的事就已经在皇家学院里传开了，而她，在入学第一天就成了不折不扣的小名人。

当苏落走到许主任办公室的时候，许主任已经先一步得到了消息。

看到推门而进的苏落，许主任苦笑连连：“苏落姑娘啊，你这是……要一次性考五十门课程？”

“你怎么知道？”苏落不解。

“我怎么不知道？现在整个皇家学院都知道你要一次考五十门课程的事了。哎哟我说苏落姑娘啊，你行不行啊？”

“如果不行，我就不报了；既然报了，那自然是行的。”苏落神色淡然地说，“这是五十门考试的书单，把这些书送来，好歹我要看一遍吧。”

好歹看一遍？也就是说，在此之前从来没看过？胖主任又要哭了，可是看到苏落坚定的目光，胖主任没法子，只能让他的助理赶紧帮苏落去找。

为了节约时间，苏落让胖主任给她找了间宿舍住下。

胖主任并不知道眼前这位姑娘正在逃避他们的帝国皇帝，若是知道的话，以他的性子，绝对会将苏落打包给魔帝扛过去。

五十门课，每一门都有一百本书，加起来一共是五千本书。

这五千本书，将苏落原本宽敞的房间堆得满满当当，几乎没有落脚的地方。

胖主任看着几乎将苏落淹没的书，没好气地说：“明天就要考核了，你确定你不是在开玩笑？”

“我就算开玩笑，也不拿自己开玩笑啊。”苏落摆摆手，打发胖主任离开，“你利索点儿，把二年级要考核的书都给我找来。”

胖主任走后，苏落拿起离她最近的一本书翻开一看，顿时乐了：“哎哟，跟我猜的差不多嘛，果然都是在帝国学院学过的，这省了我多少工夫啊。”

苏落在帝国学院可是从一年级学到五年级的，那些理论知识早就存在她的脑海里了，现在不过是换一种语言方式表达出来而已，对于苏落来说，难度指数为零。

不过，苏落为了万无一失，还是将这五千本书全都过了一遍。

因为苏落空间里的时间有十倍之多，所以把这五千本书全部扫完，也不过是费了几个小时的时间。

扫完一年级的书之后，苏落见时间尚早，又去找胖主任要书。

“啊？”胖主任一时之间有些反应不过来，“刚才不是都给你搬过去了吗？”

“都看完了。”苏落一脸平静地说。

“都看完了？”胖主任震惊地看着苏落，“小姑奶奶，不要开玩笑！”

苏落没好气地看着胖主任："这有什么好开玩笑的？如果可以的话，我还想把二、三年级的也一并给考了。"

"你在开玩笑吧！"胖主任瞪着苏落，简直不知道该作何反应。

苏落眨眨清澈的大眼睛，说道："我很认真的。"

胖主任示意苏落坐在他对面，很认真地对苏落说："小姑娘啊，我们皇家学院的跳级模式不是那么容易通过的，必须要经历两场考试，一场是理论考核，一场是武力考核。这理论考核就算通过了，武力也必须同期通过才算的，你这样专门考理论也不行啊……"

苏落点点头，打断他的话："考试规则我明白，我只问你一句话。"

"什么？"胖主任愣愣地看着苏落。

"你就当我有六年级的实力，我只想问你，如果我放开了考，这次能考到几年级？"苏落笑眯眯地看着胖主任。

胖主任已经完全傻了："这还从来没有过啊，如果放开了考，谁知道……"

"你给算算。"苏落笑看着胖主任。

胖主任真的开始算了。

算完之后，他告诉苏落："按照正常考核时间来说，最多只能考到三年级，不过……不过如果情况特殊，可以跟上级申请，如果得到允许，就可以继续进行考核，直到考到六年级。"

"哦，那就请您准备好二年级到六年级考核所需要的书吧。"苏落对胖主任点点头。

"什么？"胖主任再想问的时候，苏落已经走出门口了。

苏落很潇洒地跟胖主任挥挥手："等下将书送到我的房间里。"

这丫头……不会真的打算一路跳到六年级吧？这不是天方夜谭吗？

可是，胖主任想到瑞亲王跟闵副院长的赌注，再想想如果瑞亲王输了之后他的悲催下场，虽然心里一点不相信苏落能做到，他还是亲自往图书馆跑了一趟，帮苏落搜集从二年级到六年级所需要的书。

苏落也没有闲着，而是去买买买，储备了巨额的食物和日常用品。

考试周，在所有人期盼或不期盼中，终于来临了。

苏落在胖主任的带领下，走向皇家学院秘境。

考试是分时间段的，一年级在第一天考核，二年级是第二天，三年级是第三天，以此类推。

所以，苏落想考到六年级，时间上还真是有可能的。

事实上，苏落是必须要考进六年级，从而进入神龙秘境的，因为就在昨晚，苏落的通讯珏响了，那位魔帝亲切地问苏落在哪里，要不要跟他共进晚餐。

苏落心想，共进晚餐你个头！虽然你是魔帝，可哪有我家南宫的万分之一好？

现在皇家学院隔断任何人进入，六天后苏落只要进入神龙秘境，就可以不出来了。半年时间一到，南宫六叔被押解进京时她再出去，如此才万无一失。

“你真的要一口气考到六年级？”胖主任还是不信。

苏落没好气地白了他一眼：“不行也得行。”

不过到时候，魔帝的怒火……胖主任你要多多担待了啊。

考试时间终于到了，苏落跟天才班的学生一起进入皇家学院秘境进行测试。

从科目一到科目五十，有五十个房间。

因为同学们选择的考核科目不一样，所以每个人都进入自己要考核的房间，至于苏落，反正她要从科目一一直考到科目五十，所以苏落干脆就按照顺序来，免得有的科目忘记考，错过了。

苏落进入科目一的房间，科目一考的是校规。

苏落一拿到试卷，就开始唰唰唰地答题，不到五分钟就将整整十张纸的卷子答完了。答完卷子，苏落在卷子上盖上属于她的印记，转头就离开了。因为每个考生都在单独的隔间里答题，所以同学之间都看不见彼此，因此苏落进来、离开，同一考场的人都不知道。

因为今天是一年级学生考试的日子，所以来的都是一年级的学生。

秘境外面有个大屏幕，能够看到考场的走廊，所以，胖大叔一眼就看到了从科目一教室出来的苏落。这么快？才五分钟？胖大叔有些难以置信地揉揉眼睛。

就在他揉眼睛的时候，苏落已经不见了，因为她进入了科目二的房间。从讲台上拿过试卷，坐在单独的隔间里，苏落看了一遍题目就开始答题。五分钟后，别的同学还在绞尽脑汁地计算，而苏落却慢悠悠地交了卷，走出科目二教室。

胖大叔正想在苏落考试的时候回去处理点事情呢，可是一抬头，又看到苏落晃晃悠悠地从科目二教室走出来了，他当即倒抽一口冷气。五分钟的时间够答题吗？非但不够答题，而且连将所有题目看一遍的时间都不够吧？难道她口中说的考核五十门课程，是走个过场？至于能不能通过，她一点都不担心？

陆续有学生答完题目从考场里走出来了，他们看到胖主任，想到苏落今天报考了五十门课，于是，他们也不急着走，全都站在外面等着。

因为每门课的考试成绩，出考场一个小时后，就会公布出来，所以没有一个同学离开，大家都静静地站在广场上，等待着成绩出来。在等待的时候，他们发现一件很诡异的事情——这位一口气报了五十门考试的苏落同学，以五分钟考一门课程的频率进出教室……如果只有一次两次也就罢了，可问题是，她一直都是这样的频率。

大家偷偷观察胖主任的脸色，发现胖主任的脸色已经黑得几乎能滴出水来了。众人不禁议论纷纷，就在这时，屏幕右下方刷出一条名单来。

“快看快看，科目一的成绩已经出来了！”不知是谁大叫了一声。

大家全都疯狂地涌上去，如潮水一般。胖主任也急了，他牵挂着苏落的成绩啊，可是他胖胖的身子想挤都挤不进去。

就在这时，人群中爆发出一阵阵欢笑声。

“科目一我过了！”

“我也过了，六十二分，好险！”

“我才六十分，低空飞过，哈哈哈……”

“看看苏落，看苏落过了没有？”胖主任隔着人群冲里面嘶吼。

这时候就有学生喊起来：“咦，都已经显示到八十分了，那位苏落同学咋还没出现呢？”

屏幕右下角的分数，是按照从低分到高分的顺序公布的。

“哇，已经九十分了，那位苏落同学的名字还没出现呢！”人群中爆发出一阵激动而兴奋的声音。这跟他们的猜测隐隐相合，就说嘛，那样的丫头，才刚刚插班进来，连一堂课都没上过，怎么可能通过考试！

“九十五、九十六、九十七……天啊！苏落居然考了满分，她居然是科目一的榜首，有没有搞错啊？”

苏落考了满分，苏落是榜首？大家全都震惊地搜寻着苏落的身影，发现她又从一个考场晃悠到了另一个考场……

“或许第一场她用的时间比较多呢？”有很多人不甘心地猜测道。

可偏偏绝大多数人都信，都纷纷附和：“就是就是，不就是一科满分嘛，这又不能代表什么。”

五分钟后，科目二的成绩出来了。众人都盯着分数看，神色既严肃又紧张，目光既忐忑又担忧。

等榜首的名字刷出来后，人群顿时沸腾了。

“哎哟，怎么又是她！”

“还真的是她！”

“更可怕的是，她还是满分啊！”

胖主任的脸上露出一抹笑意，他原本不信苏落的话，现在却看到了一点点希望。

接下来的时间，每隔五分钟，就有一科成绩公布出来，苏落全都考了满分。直到苏落从秘境里走出来，直到最后一门成绩出来，苏落还是一百分，当之无愧的榜首！

胖主任深深地看了苏落一眼，朝她竖起大拇指：“好样的！”

周围的同学也都用复杂的目光看着她。

苏落对胖主任笑笑：“不过才迈出第一步罢了，有什么好激动的？接下来还需要许主任带路。”

许主任满脸笑容：“好好，咱们这就去武力考核，如果再过了，那就再好不过了。”

苏落和许主任的对话让周围的同学震惊，眼看着苏落和许主任走远了，众人才回过神来，全都跟在苏落和许主任后面去看热闹。

测试内容是：考核力量。

许主任将苏落领到一号重力室外面，对苏落说：“只要不低于六十分，你便可以过关。”

一进重力室，苏落就感觉到一股庞大的压力陡然将她罩住，将她压制得死死的。不过，当苏落释放出一点魔力时，重压力陡然间变轻了。

考核老师对苏落淡淡一笑，说：“看到前面那堵黑色的墙壁了吗？等下你往墙上打三拳，记住，要用尽全力，墙壁会直接显示出测试分数，取三拳中的最好成绩，记住了吗？”苏落点点头。

等考核老师出去后，苏落定定地站在墙壁面前，静静地看着那堵墙。

在重力室外面，有一块硕大的屏幕，所有人都可以通过屏幕对里面的考生进行观察和监督。

“开始！”考核老师发出指令。

苏落在众人的注视下，轻轻挥出一拳，整堵墙壁忽然发出一阵轰鸣，一号重力室顷刻间化为一片废墟。考核老师看着坍塌的一号重力室，欲哭无泪……

不过，即使一号重力考核室塌了，成绩依旧是有效的。考核老师低头看看成绩，又抬头看看苏落，没好气地说："一年级苏落，武力考核一百分，过了。行了，你可以走了。"

可是，苏落却没有走，而是用那双过分漂亮的眼睛看着他道："老师，我还要考啊。"

"你已经过了，还考什么？"考核老师一刻也不想让苏落多待。

苏落认认真真地说："一年级的过了，二年级的还没过啊，我要进行二年级的武力考核。"

苏落思考过，一年级理论考核到一年级武力考核，然后二年级武力考核再到二年级理论考核，然后三年级武力考核到三年级理论考核……如此一来，时间就能接上了。

当然，这话苏落并没有说出去，因为说出来的话，又会吓死一批人。就比如现在，考核老师瞪着苏落问道："你说什么？你还要考二年级的？"

苏落没有说话，只点点头："对啊，考二年级的啊。怎么了？不能考吗？"

"你能保证，二号重力室在考核时不会坍塌吗？"考核老师认真地盯着苏落。

苏落嘿嘿一笑："第一次参加考核，把握不好力道，现在知道了，您放心，保证不会将二号重力室给弄塌了。"

考核老师瞪了苏落一眼，深吸一口气，问道："报名了吗？"

苏落回头看了胖主任一眼，胖主任递上来一块报名的牌子。这些事，胖主任早就帮苏落准备好了，只要她用心去考就行了。

眼看着苏落走进二号重力室，所有人的眼睛都睁大了。这个苏落，还真是真人不露相啊，从刚才一拳击塌一号重力室的情况来说，她通过二号重力室考核的可能性很大啊。

这一次，苏落果然控制好了力道，二号重力室是没有坍塌，但是那堵黑色墙壁却被苏落砸成了黑渣。考核老师死瞪着苏落："你……"

苏落很不好意思地摊手："我已经控制力道了，可是我真没想到墙壁会这么脆弱。当然，如果您觉得这是我的错，我愿意赔偿。"

考核老师气结，这姑娘当真是武力考核的煞星。平时别人考核就一点事儿没有，遇到她考核，一年级的重力考核室被一拳砸塌了，二年级重力考核室的考核墙被砸坏了。

"老师，快说快说，苏落过了吗？"同学们比苏落还急。

"连墙都砸坏了，你们觉得这考核能不通过吗？我真是没见过破坏力这么强的考生……"考核老师碎碎念。

见苏落又要说话，考核老师吓得脸都白了，一脸惊恐地看着苏落："你要干吗？我可告诉你，二年级理论考核没通过的话，休想再考三年级的武力测试！"

苏落对考核老师摆摆手道："那好吧，等明天考完了二年级的理论，再来考核三年级的测试好了。"于是，苏落在胖主任的陪同下离开了。

苏落回去睡了个好觉，第二天起来，又神清气爽地去了考场。而胖老师则全程陪着苏落。很快，成绩出来了，苏落又拿了所有科目的满分。胖主任冲着苏落直乐，苏落对胖主任说："走吧，去考三年级的武力测试。"

胖主任一听这话，就想起了那位处于崩溃边缘的考核老师，不禁为他暗暗掬了一把同情泪。

苏落和胖主任在前面走，后面跟了一大群看热闹的学生。

苏落进入三号重力室，只用了灵界三年级时的实力。黑色墙壁晃了一下，好在没断裂。苏落施施然走了出来，慢悠悠地走到考核老师面前，笑眯眯地问："过了吗？"

考核老师没好气地往屏幕上一指："你觉得能不过吗？"分明又是一个满分好吗？

一、二年级的学生们都已经傻掉了……

在三年级理论考核的时候，苏落走进考场，再走出考场，等成绩公布的时候，所有科目又全是满分，这时就有学生质疑苏落的成绩了，怀疑苏落在考核时作弊。

这件事很快就传到了闵副院长那里。闵副院长听到苏落完成三年级的考试，以满分的成绩进入四年级时，眉头微微一皱："居然这么快？"

"院长，我们要不要……"助理知道闵副院长跟瑞亲王的赌约。

闵副院长冷冷一笑："如果我闵敏要靠诬蔑别人作弊来取胜，那这样的赢，得到又有何意义？"

不多时，闵副院长的声音在皇家学院上空响起："皇家学院秘境运行良好，从不存在舞弊现象，说别人作弊，只能证明你自己不够好。"

这句话一出，所有的学生都沉默了。有闵副院长做证，谁还敢说苏落作弊？本来就是没影的事。

现在的苏落，已经光荣地成为四年级学生。事到如今，有不少人对苏落的看法已经变了——如果苏落跟他们处于同一水平，或者只比他们强一点儿，他们会嫉妒，会不甘，会眼红，但现在苏落已经超过他们太多了，他们的眼睛里已经没有嫉妒，更多的是羡慕，还有崇拜。

第二天一大早，广场上人山人海，一至四年级的学生都来了。经过轰轰烈烈的前三天考试，苏落已经名动京城。

“苏落？连续跳级？”一个毫不起眼的路人听闻此事，盯着皇家学院的院门，目光炙热。

在灵界的时候，那位女神苏落可不就是因为连续跳级而出名的吗？如果真的是她，在灵界学过一遍之后，再转到魔界，当然能够突突突地跳级了……所以，这个人是灵界苏落的可能性更大了。不行，不能再拖延下去了，必须将这件事告诉青衣卫。

而此刻，苏落正在跟四年级的学生一起参加考核，全然不知有人正打算揭穿她的身份。

理论考核，苏落依旧是五分钟答一份卷子，答完就换教室，即使外面有几万双眼睛盯着她看，她还是依旧如故。等成绩出来，已经没有人傻眼了，因为成绩皆在大家的意料之中——

各科第一，门门满分！

苏落又一次来到重力考核室。依旧是那位考核老师，也不知道是不是被苏落打击多了，打击出强大的内心来了，这位考核老师这次见到苏落，已经恢复了正常神色。不等苏落开口，他直接就摆手：“去吧去吧，四号重力室。”苏落淡淡一笑，转身就要走。

“苏落同学，你等等。”考核老师朝苏落招手。

“什么事？”苏落停住脚步，回头望着他。

“接下来你还要考吗——五年级升六年级的跳级考试？”

苏落理所当然地点头：“考啊。”

考核老师没好气地说：“那你直接将五年级升六年级的重力测试给考了吧，免得一趟趟过来，我这心脏一次次受刺激，都快成心脏病了。”

苏落笑着点点头，淡然进入四号重力室，挥出一拳，然后连看都没看一眼，直接转身出门，进入隔壁的五号重力室。

当苏落进入五号重力室的时候，她能够明显感觉到，五号重力室里的重压力强了数倍。苏落当即从灵界帝国学院出来游学的时候，其实就是五年级的实力，如果那时候的她来拳击这黑色墙壁，应该会很吃力。但是这一路上游学，苏落奇遇不断，再加上后来又机缘巧合下分出两个丹田来，实力更是大涨。这样的她，何惧这堵五年级实力的墙壁？拳头对准墙壁，又是一拳重击。轰隆隆，黑色墙壁上留下苏落的小小拳印。

众人看着那突突突往上升的数字，一个个全都目瞪口呆、张口结舌……

在院长办公室里，闵副院长怔怔地坐在椅子上。从她知道苏落通过了五年级升六年级的重力测试之后，她就一直坐在那里，看着远处的夕阳。

多少年了……小瑞，这次你真的能赢吗？你那么烂的眼光，也终于明亮了一次吗？

闵副院长露出且哭且笑的神色，没有人知道她脑海深处究竟在想什么。

而此刻，知道消息的瑞亲王已经高兴疯了。

“落丫头太给本王长脸了！哈哈哈……”瑞亲王仰天狂笑。

此刻，公西家族也听闻了苏落在皇家学院连续跳级，即将考入六年级的事情。

“那臭丫头去皇家学院了？而且已经升到五年级了？”公西直眼睛死死瞪着管家，“而且她还马上要考进六年级了？”

“不一定能考上，据说会由闵副院长亲自出题。”管家垂首答道。

“还有什么没说的，一并说出来！”公西直对苏落恨之入骨，一心想将她杀之而后快，如今得知她大放异彩，内心怎么平静得了？

“据说闵副院长跟瑞亲王打赌，如果苏落考进六年级，则闵副院长输；如果苏落考不进六年级，则瑞亲王输。”管家眼睛渐渐亮起来，“如果闵副院长输了，她将辞去帝国学院副院长的职务；而如果瑞亲王输了，瑞亲王将会自动请辞那铁帽子亲王！”

公西直的视线直直盯着管家，目光雪亮如剑。在他恨的人物名单中，第一名是苏落，第二名就是瑞亲王。如果能一并将苏落和瑞亲王除去，那简直是天大的好事，可问题是——如何才能让苏落在这场考核中出局呢？

公西直摸着下巴在客厅里走来走去，就在他愁眉不展时，一道人影飞快地冲了进来。这个人不是别人，正是公西敏。

当初在青衣卫的时候，公西敏暗算苏落，从而被苏落下了子午透骨针，后来还是大司空出手，才将他身上的痛苦根源拔除。

这是公西敏在拔除子午透骨针后第一次去青衣卫，却没想到他刚去，就有了一个意想不到的收获！公西敏喜出望外，哪里还待得住，赶紧拉了那个人回公西府了。

“父亲！父亲！”公西敏抑制不住内心的激动，一把拉住公西直的手，“我终于抓到苏落的把柄了，这次她必死无疑！”

公西直见公西敏激动成这样，当即心里一动：“什么把柄？”

“父亲，苏落很有可能是奸细！”公西敏抑制不住兴奋，全身都在发抖。

公西直的目光陡然间精光四射：“你说什么？什么奸细？”

“那个苏落啊，她不是魔界人，她是来自灵界的奸细！”

公西直这会儿还算冷静：“胡说什么，她怎么可能是灵界人？她身上可没有一点灵力。你从哪里听来的消息？”

“父亲等着！”公西敏见父亲不信，当即急了，一个箭步冲出去，一眨眼的工夫，手里就拎着一个人冲回来。

这个人不是别人，正是当初盯着苏落的背影看、认出苏落的那位路人甲。

“父亲，这是路人甲，青衣卫中的密探，从婴儿时期就被送往灵界，如今期满回魔界了，他能证明苏落是灵界人！”

这样的密探，原本是不归公西敏管的，但现在的问题是，苏落已经成了青衣卫中的二号人物，侯阳大人又对她好得不得了，所以这密探根本不敢据实以报。而他又知道苏落跟公西家族有仇，这仇还是化解不开的死仇，所以他才敢找上公西敏。

“路人甲，这到底是怎么回事？”公西敏瞪着他。

公西直也威胁路人甲道：“将你知道的事全都说出来，如果有半句虚言，小心你的小命！”

路人甲将苏落在灵界的事迹说了一遍，又描述了一番苏落的容貌，对公西直和公西敏说：“这个苏落，跟灵界的苏落如出一辙，就连容貌都一模一样，所以我断定，她就是灵界的苏落。”

可怜苏落，本来就没打算进魔界，只是被人追杀才被迫来到魔界，因为没有准备，也没想过她要站在高处，所以她从一开始就没有易容，以至于现在被人认出来了。

“你有什么证据？”公西直听了，心里有些信了。

因为他曾经调查过苏落的来历，她在西域从天而降，但是从天而降之前的事，倾公西家族所有的人力物力，竟查不出来分毫，这就足以说明很多问题。

“我就是人证！”路人甲神色依旧平静，只是那双眸精光闪闪。

“物证呢？”公西直问。

“虽然不知道她用什么办法抑制灵气，释放出魔气，但是只要检查，就一定能查出来。”路人甲很肯定地说，“魔界人和灵界人，从本质上就能区分。”

公西直死死盯着路人甲：“你就这么确定，她就是灵界的那个苏落？”

公西直总觉得应该没人会这么傻吧？当间谍都不易容、不改头换面，甚至连名字都不换？这不明摆着被人发现吗？有这么傻的间谍？

可是路人甲很坚定：“她就是灵界的苏落，千真万确！”

公西敏激动地说：“父亲，只要将苏落抓起来，让大司空给她把脉，绝对能查出真相，到时候她就无所遁形了！”

公西直没好气地瞪了公西敏一眼：“说得倒是轻松，现在的公西家族能跟以前比吗？以前有皇后在中宫坐镇，公西家族就是再张扬跋扈、肆无忌惮也没事，但是现在已经今非昔比，就算报上去了，皇上也不见得信啊，如果不查苏落，到时候死的就是我们！”

陛下的雷霆怒火，可不是随便说说的。

“那怎么办？那个苏落真的是灵界的奸细啊！”公西敏急得直跺脚。

“可是也不能找侯阳大人。也不知道苏落给侯阳大人灌了什么迷魂汤，侯阳大人对她好得很，容不得旁人说她半句不好的话。”

其实公西敏不知道，侯阳大人虽然器重苏落，但他真正无条件地维护苏落，是在魔帝看上苏落之后。

“对了！”公西敏跳起来，“要说魔界还有一位大人物没有对苏落表现出喜爱，那就是少年国师了。父亲，咱们去找少年国师吧，事关魔界的存亡，少年国师一定会出手的。”

“这位少年国师神秘莫测，平时几乎不踏出国师塔半步，就连陛下也不是想见就能见着他的。”公西直顿了顿，“也罢，如果最后真的能证明苏落是灵界的奸细，那么，将苏落引荐给皇上的瑞亲王也难辞其咎！”

打定主意之后，公西直就将那位青衣卫密探藏了起来，然后连夜赶往国师塔。